タボリンの鱗《うろこ》

竜のグリオールシリーズ短篇集

The Taborin Scale
The Skull

ルーシャス・シェパード
Lucius Shepard

内田昌之［訳］

竹書房文庫

タボリンの鱗《うろこ》

竜のグリオールシリーズ短篇集

contents

タボリンの鱗《うろこ》

1

もしも偏執の強さで人を測ることができるとしたら、ジョージ・タボリンはとても小さな男と言えたかもしれない。タスマニアの森に住むと噂されるこびと族よりも小さいくらいだ。職業は貨幣学者、趣味は希少な古銭の収集で、さまざまな硬貨を分類整理し、洗浄し、じっくりながめては、それが動かしていた社会を心に描いて日々を過ごしていた。たとえば、アレクサンドリアで発見されたドラクマ銀貨に刻印されたプトレマイオスの顔をなでて、デメトリオス・ポリオルケテスによるキプロス侵略の場面（おそらく、攻囲軍によって陥落した最後の都市サラミス）に身を投じ、ローマ帝国とプトレマイオス朝エジプトの歴史的背景に思いをはせるだけでなく、呼び起こされる鮮明なヴィジョンによって胸にあたる甲冑《かっちゅう》の重みや犠牲者の体内でくすぶるギリシア火を染み込ませた矢からただようナフサのにおいをまざまざと感じ取る。それはまるでジョージの親指のふくらみが硬貨のエネルギーをかき乱して過ぎ去りし日々のエッセンスを放出させているかのようであり、六歳の誕生日に叔父《おじ》からフェニキア銅貨をプレゼントされて以来ずっとそんなふうだった。

こう聞くと、四十歳のジョージは気むずかしく偏執的な空想好きの小男で、眼鏡《めがね》をかけ太鼓腹で親しい友人もほとんどなく、最小限の生活はたいせつなコレクションを飾ってあるトレイのようにきちんとした区画に整理されていたと思うかもしれない。その推測は正しいがひとつだけまちがいがある——ジョージ・タボリンは小男ではなかった。身長は六フィートを優に超えていて、ごわごわした黒髪のてっぺんから測るとさらに高かった。髪は洗わないでいると棘《とげ》が生えたようになるので、まわりからはジョージが（いつものように）うつむいて走ってくるのに出くわして体にひとつかふたつ穴をあけられずにすんだら幸運だと言われていた。農夫の両親から愛する家族の一員というより若年労働力とみなされていたおかげで体のほうは頑強だった。座り仕事のせいで体力は落ち腹まわりはたるんでいたが、それでも喧嘩《けんか》をふっかけられることは多くなかった——学生時代にタフでしぶといという評判を得ていて、それがいまだに忘れられていなかったのだ。下顎がわずかに突き出していて、まっすぐな鼻は顔に似合わぬほど大きいという以外なんの特徴もなく、しつこい鼻炎のせいで口で息をしがちだった（そんなこんなで、彼の顔はあちらで一オンス、こちらで一センチと、ほんの少しずつハンサムになり損ねていたが、もう少し下支えとなる自信があればそれも変わっていたかもしれない）。こうした顔の造作が大きな体と相まって、ひょろりとしたバカな男の子が肉をつけておとなになったような間の抜けた印象をもたらしていた。めったにないことではあったが、鏡をのぞき込むときには、自分の魂が体に見合うほど太っておらず、その格納庫の内部でカラカラところがっているように思えた。それはみずからが動かす肉体にふさわしくなく、発育不良であまりにもちっぽけだった。

家族の望みに従って（若いうちに結婚しなかったら一生女と縁がないだろうと思われていた）ジョージは十五歳でローズマリー・ルマスターと結婚した。むっちりした、陰気な、あまり魅力のない娘だったが、四半世紀もたつころには、媚態《びたい》をふりまくラファエル風の奥方へと成長していた。子供には恵まれていなかったものの、ジョージはとても家族をほしがっていたし、ローズマリーも同じ気持ちだった（と本人は主張していたが、ジョージは妻が妊娠しないよう手を打っているのではないかと疑っていた）ので、ふたりは週にいちどの夫婦の交わりを規則正しく続けていた。ただ、このころにはジョージの事業（タボリン古銭・骨董品店《こっとうひんてん》）が繁盛していて、召使いを雇う財力があったので、家事から解放されたローズマリーは、さっそく自分に青春時代がなかったことを埋め合わせようとして、ポート・シャンティで中流階級の上位にいる妻たちの集まりに加わった。彼女らはそのグループを（多くが住んでいる地区の名からとって）ホワイトストーン・レンジャーズと呼び、自分たちを実際よりもずっと美しく、ずっと洗練されたファッショナブルな存在とみなしていた。ローズマリーはパーティやささやかな慈善活動（たとえば波止場へのプランターボックスの設置）に明け暮れる社交界の軌道に入り込み、それをきっかけに男たちと知り合って、お仲間ともどもたわむれの恋や情事にふけった。ジョージは妻の不貞に心乱されたが（はっきりした証拠がなかったとはいえ、夫婦の絆に対するレンジャーズのリベラルな姿勢は明らかだった）、文句を言ったりはしなかった。彼とローズマリーはそもそも別々の生活を送っていて、新たに疎遠になる要素ができたところで型どおりの結婚生活に亀裂が入ることはなかったのだ。それに、ジョージ自身もちょくちょくローズマリーを裏切っていたので、文句を言える筋合いではなかった。

毎年春になると、ジョージはテオシンテ市へ三週間ほど出かけ、モーニングシェードにある娼館《しょうかん》で遊んで過ごした。この地区はけっして朝日が射し込むことがなく、竜のグリオール[注1]の恐ろしく巨大な影にいまにものみ込まれそうで、場所によっては頭上に竜の胸郭が緑色と金色に染まった空のようにせり出していた。[注2]娼館はさておき、モーニングシェードはジャンク品を扱う商店や屋台が多いことで知られており、竜の形をしたパイプやペンダントに交じってグリオールがらみの骨董品や遺物（ほとんどは偽物）を見つけることができた。竜の絵姿は、皿、小旗、玩具（木剣がよく売れていた）、テーブルクロス、ティースプーン、マグカップなどさまざまな商品に描かれていたし、竜の秘密の宝物庫のありかが記されているという地図もあった。[注3]ジョージは午後になると古銭を探してこうした店を見てまわっていた。

注1　魔法使いの呪文によって麻痺《まひ》させられた、全長一マイルの竜。テオシンテはその陰から広がった。

注2　この空の一部、竜から剝《は》がれ落ちた鱗《うろこ》が、ときおり下につらなる屋根に落下して、家屋をつぶし、それが建っていた区画の土地の価値をあげることがあった。同じような災害が起こる可能性がほぼなくなるからだ。

五月のある夕刻、いつものように探索を終えたあとで、彼は〈アリの永遠《とわ》なる恩恵〉（看板には〝ゲスな〟の文字がぞんざいに書き加えられて、〝アリの〟と〝永遠〟とのあいだに挿入の矢印がのびていた）に立ち寄った。モーニングシェードの陽の当たる側のはずれにある娼館で、一杯やりながらその日の収穫をじっくりながめようとしたのだ。

灯油ランプに照らされた酒場は、まだ早い時間なのでほとんど客がいなかった。全体がIの字に似た形をしていて、炒めたタマネギと気の抜けたビールと数十年分の脂のにおいがただよっている。ピッチにおおわれた梁《はり》が天井を四分し、その下には長椅子とテーブルがならんでいて、白塗りの壁は厨房《ちゅうぼう》からの煙と数知れぬ垢《あか》じみた手のせいでまだらな灰色に変わり、カウンターのむこうではトルコ帽をかぶったでっぷりしたバーテンダー（アリではない、あれはただの架空の人物だ）が横柄に突っ立って目を光らせ、ときおり蠅《はえ》たたきをぴしゃりと打ち付けて静寂を破っていた。三人の若い女がベルトをゆるく結んだローブ姿で部屋の中央にすわり込み、ぼそぼそと話をしている。外では荷馬車がガラガラと走りすぎ、女の行商人がココナッツ菓子の宣伝文句をがなり立てている。Iの奥側の隅で窓辺に腰をおろしているジョージには、通行人の会話は悪態まじりの意味不明な言葉の羅列でしかなかった。

ロットで買い求めた硬貨やボタンや錫《すず》のバッジを入れたガラス瓶をのぞき込み、年経《としへ》て汚れて硬くなった黒っぽい革のような小片を取り出した。形は親指の爪に似ているが、大きさは三倍ほどで厚みもずっとある。洗浄道具をひろげ、溶剤をひたした綿玉を何度か押し当てると、中心部に青みがかった緑色の点がぽつんと見えてきた。興味がわいたので、こまかい作業をするための眼鏡をかけ、小片にかがみ込んで綿玉でせっせとこすり、その点を広げていくと、青みがかった緑に宝石のようなつやが出てきた。ジョージは眼鏡に宝石職人用のルーペを装着して小片を目のまえにかかげた。

「なにそれ？」

桃色の絹のローブをまとったその娼婦は、二十代初めの痩《や》せたブルネットで、髪は巻き毛、肌は浅黒く、ジョージの好みとしては顔立ちがきつすぎた。すぐとなりで長椅子に腰をおろし、片手を差し出してくる。「見ていい？」

女があらわれたことだけでなく、気づかないうちに酒場が騒々しい客で埋まっていたことにぎょっとして、ジョージは女の手に小片を落とし、すぐにそのことを後悔した。持ち逃げされるのではないかと心配になったのだ。

注3　言い伝えでは、過去何世紀ものあいだ地の果てより訪れた人びとがグリオールへの奉納を続けており、それらの奉納品は竜にあやつられた代々の動物や人間たちによって竜しか知らない隠し場所へ運び込まれているとされていた（どこにあるかはその後にあやつられた者の記憶から消去される）。こうした宝物については信じられないほどすばらしいものだと言われたり、まったくの作りごとだと言われたりしていた。

「まえにこういうのを見たとき、あたしはまだ尻の青いガキだった」女は目にかかる髪をかきあげながら言った。「ばあちゃんが似たやつを首にかけてたよ。あたしに残してくれるって言ってたんだけど、いっしょに埋葬されちゃった」

「では、それがなんなのか知っているのかね？」

「竜の鱗だろ……グリオールみたいなでかいやつのじゃない。生まれたばかりの赤ん坊はこういう青い色をしてるって聞いたよ[注4]。グリオールがまだ小さかったころの鱗かもしれないね。このあたりじゃもう何世紀も赤ん坊の竜なんかいなかったから。ばあちゃんがつけていた鱗は三代まえからずっと受け継いできたんだよ」

ジョージは鱗に手をのばしたが、女はそれを握り締めた。

「これで楽しませてあげる」女はローブをひらいて乳房をあらわにし、上体を揺すった。

「返してくれ」ジョージはパチンと指を鳴らした。

「そんなこわい顔しないで！」女は手のひらで重さを測るように鱗をころがしてから、ジョージに手渡した。「こういうのはどう。一週間あんたと付き合ってあげる。ポート・シャンティへ戻るときには、グリオールのガイド付きツアーなんかよりずっといい思い出ができるよ、約束する」

「なぜわたしがポート・シャンティから来たと？」

女は得意げに鼻を鳴らした。「特別な能力があるからね」

あらわになった乳房はジョージが思っていたよりも豊かで、きれいな形をしていて、シナモン色の乳輪は大きかった。仕事では現実的な考えをするほうなので、この鱗は興味深いものではあっても、それほど高く売れるわけではないという判断はついた。それでも、ジョージは売り手の優位を利用した。

「ここにはあと二週間いるつもりだ」ジョージは言った。「そのあいだきみを意のままにできるなら鱗はあげよう」

「あんたの意のままに？　もっとはっきり言ってくれないと。縛られたりするのはいやなんだよ、どんな性癖か知らないけど」

「わたしは〈ウェザーズ〉に滞在している。いっしょに来てもらいたい」

「〈ウェザーズ〉ね」女はありがたいという顔になった。「ほかになにかある？」

ジョージが自分の要求を淡々と説明すると、女はうなずいた。

「決まりだね」そしてジョージをまねて手を差し出し、指をパチンと鳴らした。「それをよこして」

注4　これが当てはまるのはこの地域の竜にかぎられる。よそで生まれた竜だと、象牙色の鱗をもつ南極圏の雪竜から、かつてバイカル湖の北の荒れ地に棲《す》んでいた赤みがかった金色の竜までさまざまだが、成体になると色合いが濃くなって深みのあるブロンズ色になる。

「二週間が過ぎたあとだ。どちらかひとりは相手がきちんと契約を果たすと信用するしかない。それはきみのほうがいいだろう」

2

竜のグリオールが死ぬと、テオシンテの市議会はそれまで考えもしなかった疑問に直面しなければならなかった。千年にいちどしか心臓が脈を打たない生物がほんとうに死んだのかどうか、どうやってたしかめればいい？　はっきりした死徴は両眼が閉じていることだけだったので、メリック・キャタネイがその横腹に絵を描いていたときに塗りたくられた莫大な量の有毒な絵の具で昏睡状態にあるだけではないかという指摘がなされていた。注5　竜の体表や体内に棲みついた寄生生物はその肉体を離れていなかったし、腐敗の兆候も見当たらなかった（腐敗の速度がほかの代謝過程と同じようにとてつもなく遅いとすれば何年も兆候はあらわれないだろう）。それどころか、グリオールは魔法の存在なのでその死骸はけっして

注5　グリオールを殺したとされている作業は、完了までに三十年以上かかり、ヒ素系および鉛系の塗料で竜の横腹に絵を描くことで成し遂げられた。これらの塗料の製造によりカーボネイルス一帯の青々とした森は破壊され（塗料を蒸留する大桶《おおおけ》を熱するために木材を着実に供給する必要があった）経済にも大きな負荷がかかって、テオシンテの公庫をふたたび満たすために近隣の都市国家とのあいだで戦争が繰り返されることになった。

腐らないかもしれないという大胆な意見もあった。

　数十年まえ、キャタネイの計画を受け入れたとき、市議会はグリオールの死骸の処分に関して複数の事業者とひそかに契約を結び、竜が死んでもいないうちにそれを少しずつ売りさばいて、数億の大金を市の財源に加えた。だが、現在の議会はその前任者たちの判断を後悔して契約の履行を拒否した。[注6]生死がはっきりしていなかったせいで、彼らはまだグリオールを恐れていたのだ。もしも竜が生きているなら、解体を試みたときにどんな反応があるかは想像に難《かた》くない。それに見栄えの問題もあった。市の南部で何カ所か鉱泉が発見されたことと、もちろんグリオールのおかげもあって、テオシンテはいまや観光地となっていたのだ。市内の一部を数十万トンにおよぶ竜の肉と内臓と骨が散らばる食肉処理場に変えてしまったら、くつろげる楽しい場所という宣伝はしにくい。議会は行動を渋ったが、何世代にもわたってグリオールのえもいわれぬ支配のもとで暮らしてきたテオシンテの市民は公式の判断を強く要求した。なんとも微妙な、こまやかな解決策が求められる状況だったので、議会が──すべての老練な政治家たちと同じように──ほとんどなにもしようとしなかったのは妥当な判断と思われた。キャタネイが絵を描くために組んだ足場は壊され、竜の歯をおおう苔《こけ》はこすり落とされ、胴体に生えた草木も刈り取られたが、背中にへばりつくハングタウン（すでに管理人以外は住む者もない）は史跡とされていたので、そこを取り巻く茂みだけは残された。見学用にロープの通路が竜のいたるところに張りめぐらされ、ほとんどの市民が怖がって足を踏み入れないところまで観光客を導いていた。こうすればグリオールが死んだという印象を強めることができると考えられたわけだが、はっきりした証拠があるわけではなかったので最終的な判定は先延ばしのままだった。もしもグリオールがまだ生きていて、この社会実験によって観光客が何人か死んだとしても、まあ、それならそれでいい。豪華なホテルも何軒か建てられ――そのひとつが〈イヴァーズ・ルーストの斜面にある〈セブン・ウェザーズ〉――それぞれに竜のすばらしい眺めを提供していた。というわけで、例の鱗を見つけた翌日、ジョージは〈ウェザーズ〉の客室で窓辺にたたずみ、コーヒーと朝の葉巻を楽しみながらグリオールをじっと見つめていた。巨大な緑色と金色のトカゲは、邪悪な頭部をそなえた丘のようにそびえてその陰にすすけたスラムを従え、低くつらなる丘のあいだに

注6　推定重量が九百万ポンドに達するグリオールの心臓の権利を確保していたポート・シャンティのシーレ・ヴァン・アルスティンは、自身の傾きかけた製薬会社を立て直すのに必死になっていたので法的措置に訴えた。彼女に同調したのが、およそ一億六千万ポンド分の骨（頭蓋骨《ずがいこつ》だけは近隣のテマラグアの王に売却された）を購入して性機能改善薬や魔よけやみやげ物などに使うために国外へ輸出する計画を立てていた一団の投機家たちと、二億二千万ポンド分の皮膚（横腹の絵画は対象外で、キャタネイ博物館に収蔵されるはずだった）を購入していた第二のグループだった。市議会の弁護士たちが竜の死は厳密には証明できないと主張して時間稼ぎをしたので、これらの訴訟は無効となった。

尾をうねうねとのばし、牙の先端や首から立ちあがる矢状稜《しじょうりょう》のうねを日差しに輝かせていたが、照り返しのきつい横腹の絵画は、その角度からではなにが描かれているのかわからなかった。かつて頭蓋の平らな部分にならんでいた絵の具用の大きな桶は、劇的な風景をじゃましないように撤去されていた。

その女、シルヴィア[注7]が寝室でばたばたと動きまわっているあいだに、ジョージは書き物机にむかって腰をおろし、せっかくだからきれいにしてやろうと鱗の洗浄を再開した。こびりついた汚れは妙に頑固で、中央のほんのわずかな部分、表面の四分の一ほどをなんとかきれいにしたとき、シルヴィアがタオルで髪を拭きながら姿をあらわした。身につけているのはサンダルとベージュ色のゆったりしたズボンだけだ。机のそばにある肘掛け椅子にどさっと腰をおろしてため息をつく。ジョージは女にうなずきかけてから作業に戻った。じれったそうな物音が聞こえてきたが、相手にしなかった。女は肘掛けに両脚をひっかけ、タオルをするりと太ももに落として明るく言った。「ねえ、あんたのファックは商人《あきんど》っぽくないんだね、それだけは言えるよ」

ジョージは楽しげにこたえた。「それは親愛の表明なんだろうな」

「なに愛？」

「ほめているってことだ」

女は肩をすくめた。「あんたがそう受け取りたいのなら」

「では……」ジョージはしぶとい汚れを指の爪でこそげ落とした。「商人はどんなふうにファックするのかな？」

「たいていの連中はあたしの股ぐらにいるのが気まずくなるみたい。さっさとすませて帰りたがる。ズボンのボタンをとめるときは背を向けるし。あと、やってる最中にあたしがなにか言うといやがるの」女は濡れた髪を振り広げた。「あたしが声をあげるのをいやがるわけじゃないよ。そっちは大好きなんだから」

「そうなると別の疑問が生まれるな。わたしはどんなふうにファックする？」

「なんだか必死な感じ」

「必死？」ジョージは鱗をこすり続けた。「それはないな」

「必死というのはちがうかな」女はものうげに尻をぽりぽりとかいた。「あたしが差し出すものを本気で必要としてるみたいだった。あそこのことだけじゃないよ。どこかのシルヴィ

注7　彼女がこの愛称《ノンダムール》を使うことになったのは、ファーストネームがアーシュラだと知ってジョージが不満をあらわにしたからであり、その後の選定作業で候補が三つまで絞られた――オティルとアマリリスとシルヴィアだ。ジョージが最後の名前を選んだのは、ポート・シャンティで彼が恋していたある雑貨商の妻のことを思い出したからだ。国内でも最南端の地域からやってきた女で、〝シルヴィア〟のほうも同じところが故郷だと言っていた。

アになるんじゃなくて、あたし自身をさらけだしてほしがってた」

「たぶんそうだったんだろう」作業は順調に進んでいた。鱗の青い部分は空から見た泥と黒土の土手にはさまれた川のようになっていた。「これからはきみをアーシュラと呼ぼう」

「それもほんとの名前とはちがうけど」

「じゃあ、ほんとうは？」

「聞かないほうがいいよ――ひどい名前だから」女は日差しの中であおむけに猫のようにのびをした。窓のほうを向いた顔がまばゆい光にかすんだ。「正直言うと、べつにシルヴィアでもかまわないんだ。似合ってると思わない？」

「ふむ」

女は口をつぐみ、ジョージの作業を見守って、鱗をこする布がときおりたてる高い音に耳をすましてから言った。「あたしのこといいと思う？　つまり、いまはこんなふうにあんたと話をしてるけど」

ジョージは女にむかって片方の眉をあげた。

「ただの好奇心よ」

「だんだん存在が大きくなっているのはたしかだな」

「もっとちょくちょく自分をさらけだしてみようかと思ってたんだ。ずっとほかのだれかでいなくちゃいけないのはすごくきついから」女はタオルをすっかり落として椅子の上でもぞもぞと膝立ちになると、机の上に身を乗り出し、鱗をのぞき込んだ。「へえ、きれいな青色だね！　終わるまでどれくらいかかりそう？」

「きれいになったら磨きをかける。一週間かそこらだな」

女はさらに上体をかがめて、机に乳房をかすらせ、目にかからないように髪をかきあげながら、鱗を分割する青い筋に見入った。〈アリ〉で出会ったあの冷淡な商売女とはまるで別人のようだ！　そういうポーズを続けようとしても、つい気がゆるんでしまうことが増えてきて、その下にひそむ田舎娘がおもてにあらわれてくる。ジョージはこの女の身の上を知ったつもりになっていて――子供が多すぎる農家に生まれ、娼館の経営者に売り飛ばされ、十二歳になったときにはもう自活していた――具体的なことがわかればもっと深い接点を見いだせるかもしれないと思っていた。もっとも、女はジョージにそう思わせることでチップを増やそうとしているのかもしれない。こういうのが娼婦のすばらしいところだ。どんなにひねくれていても、どんなに巧妙な仮面をかぶっていても、必ずおたがいの立ち位置が見えてくる。意識を集中したせいでかわいらしくなった女の顔を見つめながら、ジョージは親指でぼんやりと鱗をなでた。

音が聞こえた。ほんのかすかな、息が漏れるような、ものが破けるような、なにか基本的な組織が、なにか遠くにある大きなものが、宇宙の剣で切り裂かれたような音（さもなければもっと手近にあるもの、たとえばぼろぼろの布きれが使い古され、突然の圧力で裂けたような音）。その音にはジョージが見たこともないようなヴィジョンがともなっていた。部屋を構成するさまざまな物体、頑丈なマホガニー材の家具が、帆船の模様がついたクリーム色の壁紙が、周囲にあるすべてが、ほんとうに色も姿も海のようになっていて、その海がいまは急速に後退し、遠ざかっていく。ちょうど津波の前兆で浜辺から潮が引くように。それが消えたあとにあらわれたのは、となりの部屋の床や壁ではなく、テオシンテの白い建物でもなく、強い日差しを浴びた平原で、丈の高いライオン色の草地にヤシの木々がならび、マツ林におおわれた丘が四方をぐるりと囲んでいた。ふたりはその風景のただなかに置き去りにされて、植物のにおいを嗅《か》ぎ、チーチーブンブンいう虫の声を聞き、やわらかく入り組んだそよ風に吹かれ……だがすぐにそれは終わって、木々も平原も丘も絵を描いた布が剝ぎ取られるようにすっと消え失せ、もとどおりの部屋が視界に出現した。ジョージが呆然《ぼうぜん》と見つめる先にあるのは奥の壁ぎわに置かれた旅行かばんだった。シルヴィアは乳房をかばうように両腕を交差させ、椅子の上でしゃがみ込んだまま、あちこちへ視線を走らせていた。

「なにをしたの？」女は震える声でたずねた。それから金切り声で、なじるように、同じ質問を繰り返した。いまのできごとにジョージがかかわっていたと確信したかのように。

「なにもしていない」ジョージは鱗を見下ろした。

「それをこすったじゃない！　見たよ！」シルヴィアは鱗をひったくって猛然とこすり始めた。なにも起こらないのがわかると、鱗を男に返して言った。「あんたがやって」

ジョージもあの平原の出現と自分の親指が硬貨の表面をこするときに呼び起こされるヴィジョンとのあいだにつながりがあるかもしれないとは思ったが、いままでのヴィジョンであれほど生々しい感覚を味わったことはなかったし、それをほかのだれかが目撃したこともなかった。もういちど試すことを考えただけで戦慄《せんりつ》が走り、彼は鱗をシャツのポケットにおさめた。

「服を着たまえ。朝食をとりに行こう」

一瞬、シルヴィアの顔に怒りの表情が浮かんだ。ジョージはペンナイフをたたんで洗浄道具を片付け、それもポケットにしまった。

「もう一回だけこすってくれない?」シルヴィアが言った。

ジョージは相手にしなかった。

シルヴィアは上半身にタオルを巻き付け、あざけりをあらわにしてからどすどすと寝室へ戻っていった。

ジョージはコーヒーをひと口飲んだがすでにぬるくなっていた。シャツの薄い生地をとおして鱗の不自然な冷たさが胸に伝わってきたので、取り出して机の上に置いた。思ったよりずっと貴重なものなのかもしれない。指先でそっとつついてみる――部屋はぴくりともしなかった。

シルヴィアがふたたび姿をあらわした。タオル一枚の姿のままでまだ怒っていたが、その怒りを隠してジョージを甘い言葉で籠絡《ろうらく》しにかかった。「お願い！　ちょっとだけこすってみて」男の首筋にキスをする。「あたしのために、ね？」

「さっきは怖がっていたじゃないか。なぜそんなに熱心に同じ思いをしたがるんだ？」

「怖がってなんかいない！　びっくりしただけ。怖がってたのはあんたじゃないか！　自分の顔を見てみるといいよ」

「はぐらかさないでくれ。なぜそんなに熱心なんだ？」

「グリオールが自分の存在を知らせようとしてるときには、ちゃんと注意を払わないと不幸に見舞われるんだよ」

ジョージはおもしろがって椅子に背をもたせかけた。「ではきみはグリオールが神だとかいうたわごとを信じているのか」

「たわごとじゃないよ。ここで暮らしてればほんとだとわかる」シルヴィアは両手を腰に当てて、なにかの引用文らしきものを披露し始めた。「かつてのグリオールは長生きではあっても死をまぬがれない存在だったが、いまではサイズだけではなく影響力も大きくなってきている。造物主《デミウルゴス》というのは育ちすぎたトカゲを表現するにはおおげさな言葉かもしれないが、まちがいなくそれに近い。彼の肉体は大地と一体化している。大地の震えや変動をすべてとらえている。その思考は物質界を流れただよい、その精神はわれわれの世界を雲のようにおおっている。その血は時の心髄だ。何世紀もの時がグリオールの中を流れ過ぎ、その残滓《ざんし》を彼はみずからに取り込んでいる。彼がわれわれの人生をあやつったり運命を知っていたりしても不思議はないではないか？」[注8]

「壮大な話だが、それではなんの証明にもならない。どこで聞いたんだ？」

「だれかが〈アリ〉に置いていった本だよ」

「書名をおぼえてないのか？」

「ないねえ」

「それなのに文章は暗記したんだな」

「ぼけっとすわってるくらいしかやることがないときもあるからね。退屈なときは読むんだ。書き物をすることもあるし」

「どんなものを？」

「ほかの女たちのちょっとしたお話とか。なんでも書くよ」シルヴィアはジョージの頬をなでた。「もういちどやって！　お願い！」

注8　引用元はリチャード・ローゼチャー『グリオール具現』の序文。この若き医師がグリオールの血液の研究中に抽出した強い麻薬により、テマラグア沿岸の総人口のかなりの部分がその常習者となった。ある種の悟りをひらいたあと、彼は竜の伝道者となり、晩年をグリオールの神性にまつわる執筆と布教活動に費やした。

うんざりしたふり――わりと本音だった――をしてみせてから、どうせなにも（あるいはほとんどなにも）起こらないだろうと思って、ジョージは鱗を取りあげ、親指をそのつやつやした青い筋に滑らせてぐっと押し付けた。今度はなにかが裂けるような音はもっと大きかったし、ホテルの部屋から日差しを浴びた平原への移行もあっという間《ま》だった。尻の下にあった椅子がいきなり消えて、丈の高い草の中にどすんと倒れ込み、鱗を握り締めて横たわったまま、目をほそめてダイヤモンドのように輝く太陽と雲ひとつない空を見上げた。まるで青いエナメルを塗り広げたようだ。シルヴィアが怯《おび》えた声をあげ、もぞもぞと起きあがろうとするジョージの肩をつかんだ。なにか言っていたが、ジョージのほうも気が動転していたので頭に入らなかった。まえのときは漠然としていた草と土のぼんやりしたにおいは、今回は明瞭かつ鮮烈だったし、太陽の熱もほんのり暖かいのではなく牛を焼くような勢いだった。汗のしずくが脇の下から体の側面を流れ落ちていく。虫が頭のそばをぶんぶん飛びすぎ、はるか上空では鷹《たか》が旋回していた。これはヴィジョンではない、とジョージは断じた。あの鱗がふたりをどこかへ、おそらくは谷の別の場所へ運んだのだ。遠くへ目をやると、森におおわれたゆるやかな丘陵地《きゆうりようち》が、そばにあるずんぐりした低い丘をぐるりと囲んでいた――ジョージの乗った馬車が海岸沿いの平野からテオシンテを目指してのぼっていたときに似たような丘を横切ったが、あそこは草木がすっかり剝ぎ取られていた。パニックのあまり、ジョージはホテルの部屋へ戻れるのではないかと鱗をこすってみたが、そんなことをしてもなんにもならなかった。

シルヴィアは地面にへたり込んでうなだれていた。その頼りなげな姿に保護本能を刺激されて、ジョージは背筋をのばし、だれかいないかと谷を見渡した。

「日差しを避けられる場所を見つけないと」呆然としたまま告げる。「それと水を」

シルヴィアはなにかもごもご言って顔を少しそむけた。

「あそこなら水がありそうだ」ジョージは遠い丘を指差した。「それに村も」

「村があるとは思えないね」

「なぜだ？」

「ここがどこかわからないの？」シルヴィアは右手にあるいちばん近い丘のほうへ力なく手を振った。「あれがへイヴァーズ・ルースト、〈ウェザーズ〉が建っていたところだよ。むこうの高台はグリオールの頭があった場所。コエビソウやヤシの木がぎっしり生えている左手の窪地――あそこがモーニングシェード一帯だね。ユーリン・グローヴも見える。そのまんまだけど家も人も見当たらない」

目につく地形を次々と指摘されると、ジョージもそのとおりだと認めざるをえなくなった。彼はシルヴィアがこの展開にうろたえ、怯えてヒステリックになると思っていた。だが意気消沈してはいても、彼女は見たところ落ち着いていた（ジョージよりもだ）。そこでどうしてそんなに冷静なのかとたずねてみた。

「このあたりじゃみんなこういうことに慣れてるんだよ」シルヴィアはこたえた。「きっとグリオールのしわざさ。あの鱗……彼がまだ若かったころに落としたのがめぐりめぐってあのガラス瓶までたどり着いた。なにか理由があってそれをあんたに見つけさせたんだ。あんたなら鱗を磨いてこするだろうから」

ジョージは反射的にこたえた。「そんなバカな」

シルヴィアはヘイヴァーズ・ルーストのほうへ投げやりに腕を振った。「テオシンテが消えてる。そうでなければどうしてこんなことが？」

揺れる草と、風になびくヤシの葉と、空を飛び交う小鳥たち以外、そのあたりにはなにもなかった。おかしなことに、鷹が近くにいるのに小鳥たちはずいぶんのんきにしていた。手をあげて日差しをさえぎりながら鷹を探してみたが、その姿は太陽の輝きの中に隠れてしまっていた。不安がつのってくる。

「ここにいるわけにはいかない」ジョージは言った。

シルヴィアはタオルを間に合わせのブラウスにして指示を待つような顔になった。

虫がジョージの耳元をブーンと飛びすぎた——ぼんやりとそれを払いのける。「どっちへ行けばいい？」

シルヴィアはほつれた巻き毛を引っ張ったが、いかにもだるそうなしぐさだった——グリオールあるいはなんらかの信じがたい力をまえにしてなにもかもあきらめてしまったようだ。

ジョージは女の手首をつかんで引き寄せた。

「ここがテオシンテのあった場所だとしたら、きみはどこに水があるか知っているはずだ」

シルヴィアはむっつりとこたえた。「そっちへ行ったら小川があるはず」かつてモーニングシェードがあった窪地のほうを指差す。「まえに見たときは汚れてたけど、いまはまわりにだれもいないから、水もきれいなんじゃないかな」

「行こう」ジョージは言ったが、シルヴィアが従う様子を見せなかったので、女の体を前方へ押しやった。シルヴィアはこぶしを振りまわしてジョージのひたいを叩いたが、痛みに悲鳴をあげて手をかかえ込んだ。

「怒っているのか？」ジョージは言った。「いいことだ」

「突き飛ばさないで！」シルヴィアは涙目になっていた。「許さないよ！」

「きみが腑抜《ふぬ》けた態度をとり続けるなら、わたしは好きなときにきみを突き飛ばす。うじうじして死ぬのを待ちたいのなら契約時間外にしたまえ」

3

小川までの距離の三分の一ほどを踏破したころ、ふたたび現実的にものを考えられるようになったジョージは、この正体不明の事態[注9]が好転しない場合にそなえて生きのびるための計画を練っていた。ところが、シルヴィアとのふたりきりの（いつまで続くかわからない）暮らしにそなえて、何カ月も何年も使える住みかを確保し、ふたりの時間を有効に使う方法を考えていたら、さっきの鷹がふたたび頭上に姿をあらわし、こちらへ降下しながらどんどん大きさを増してきて、もはやそれが鷹などのよく知っている食肉鳥だと思い込むことはできなくなった。シルヴィアの腰を抱えて地面から持ちあげ、女が金切り声をあげるのにもかまわず走り出したちょうどそのとき、一匹の竜が頭上を低く滑空していった。近すぎて風が吹き付けるのを感じられるほどだ。鱗を明るい緑色と金色にきらめかせながら、竜は体をかしげて急旋回し、またもやふたりへ迫ってきたかと思うと、関節のある翼を激しくはばたかせ、ほんの五十フィートほど先で高い草の中にこちら向きで降り立った。そいつは鼻面をさげて咆哮《ほうこう》した。半ダースのライオンがあまり声をそろえることなく吠《ほ》えているようなやかましい音だった。ジョージは竜の喉の奥に暗闇の中の宝石のように浮かぶひとしずくのオレンジ色の輝きに気づいて、シルヴィアを地面にほうり出し、その上におおいかぶさって炎が押し寄せるのを待った。なにも起こらなかったので、彼は頭をあげた。竜は距離をたもったまま、酷使されたエンジンのようにシュッシュッと息を吐き出していた――ふたりが動き出すのを待っているらしい。シルヴィアが文句を言ったので、ジョージはゆっくりと体をどけた。女は竜の姿を見るとひと声うめいて草の中に顔を伏せた。

急な動きにならないよう気をつけながら、ジョージは立ちあがった。恐ろしくてたまらず、膝に力が入らなかったので、やはりすわるしかないかと思ったが、震えながらもなんとか中腰の姿勢をたもった。竜が低くさげた頭はジョージの頭とほぼ同じ高さにあったが、背中や矢状稜はずっと高いところにそびえていた。尻尾《しっぽ》の先から鼻面までは二十五フィートかそれよりわずかに長いくらい。緑色と金色の鱗が筋肉組織に巧みに密着し、センザンコウの鱗のようにきっちりと重なり合っている。竜は低いうなりを発し、口をあけてジョージの腕よりも長い牙をあらわにした。乾いた肉っぽい臭気が巻きひげのように体にまとわりついてきて、

注9　時間あるいは次元の断層の存在が示唆されているが、ジョージがここで持ち出した仮説を提唱したのはペリ・ハウッコラ、ヘルヴェティア大学の哲学科で教授職についている人物である。ハウッコラはきわめて強いストレスにさらされた人びとは物理的宇宙を改変してポケット現実を創造することさえできると信じており、ジョージはシルヴィアがみずから認めるアイデンティティの危機によって生み出されたひとつの現実が、ふたりがこのとき住んでいた比較的なにもない風景を形作っているのだと推測した。

喉がぎゅっと締め付けられる。ただ、どれほど敵意あふれる物騒な姿をしていても、そいつが頭をかしげてふたりを見つめる様子にはどことなく犬っぽいところがあった。子犬（小屋なみの大きさがある）が妙な二匹の虫を見てとまどっているように。

「シルヴィア」ジョージは手をのばして探ったが、指にふれたのは女のタオルだった。

弱々しい声が返ってきた。「やだ」

「あいつがわたしたちを殺したがっているとしたら、とっくにそうしているはずだ」ジョージはまったく自信をもてないまま言った。

竜から目をそらすことなく、あらためて手探りし、シルヴィアの手首をつかんでぐいと立ちあがらせた。女は顔をジョージの肩にうずめ、けっして竜を見ようとしなかった。片腕を女の腰にまわして、やってきた方向へ引き返し始めたものの、一歩ごとに新たな不安が積み重なっていく。そのまま三十フィートほど進むと、竜が翼でなにかを叩くような音をたててふたりの前方へまわり込み、行く手をさえぎった。その場でうずくまり、低いうなりをあげながら頭を横へかしげる。シルヴィアは金切り声をあげ、ジョージは恐怖のあまりなにも考えられなくなった。竜はふたたび頭をかしげて、近くの草がたわむほどの朗々たる咆哮を発した。シルヴィアとジョージは目を閉じておたがいにしがみついた。竜が鼻面を空へ向けて絶叫した――音の高さと強さからするといらだっているようだ。三度、四度と、いずれも同じ側へ頭をかしげるのを見て、ジョージはそれらが誇張された意図のある身ぶりだと気づいた。それならばと、シルヴィアを引きずるようにしながら、指示された方向へそろそろと足を運んでみた。竜が肯定のそぶりも否定のそぶりも見せないので、ジョージはそのまま歩みを進め、かつてはグリオールの巨大な頭部が横たわっていた隆起を目指した。

こうしてたどたどしい行進が始まり、ふたりは竜のうなりに急き立てられるまま荒れた大地をよたよたと進んで、かつてテオシンテだった地域から、隆起を越えて、黄みがかった緑色の茂みや円錐形の丘が点在する広い平原へ出た。動物たちの足跡が縦横に走っている。ときおり、進路を変えさせようとしてか、竜がふたりの行く手に割り込んできてかなりの広さの草木をぺしゃんこにした。熱気がほとんど耐えがたいほど強まってくると、ジョージが現実を把握する能力もすり減り、ひと休みしようと足を止めて竜の咆哮で急き立てられたときには、さっと立ちあがって思わず巨獣を怒鳴《どな》りつけてしまった。数時間におよぶ汗と苦行を経てたどり着いたのは、小川が広がって澄んだ淵になっているところで、幅はもっとも広いところで八十から九十フィートほどあり、そこからあふれた水が別のいくつかの小さな池へ流れ込んでいた。淵のまわりには高いヤシがならび、周囲のもっと丈の低い木々や茂みとともに、棘のある低木とちくちくする草ばかりの荒れ地にひんやりした複雑な緑の一帯を生み出していた。竜はふたりをそこに置き去りにし、最後にもういちど警告の叫び（ジョージにはそう聞こえた）を発すると、空へ高々と舞いあがって見た目がふたたび鷹ほどの大きさになったあたりで雲間に姿を消し、残されたふたりは疲れ切って呆然としたまま、安堵《あんど》と絶望を胸にかかえていた。いちばん大きな池で水浴びをしたらいくらか気分がすっきりした。夜が来ると、ジョージは池のほとりに立つ木からしなびたオレンジをいくつかもぎ取り、シルヴィアとともにナッツと果物の食事をとった。ほどなく、あまりの疲労に口もきけなくなって、ふたりは眠りに落ちた。

朝になると、ふたりは最初に転送されてきた場所へ戻ろうかと話し合ったが、上空で旋回する竜の姿を見てあきらめ、ジョージは竹と蔓草《つるくさ》とヤシの葉で差し掛け小屋を建て始め、シルヴィアはこれなら得意だと言って魚とりに挑戦した。池の中でじっとかがんで魚が人間の存在を忘れるのを待ち、両脚のあいだを抜けるときにすくいあげようとしている様子を三十分ほどながめたあと、ジョージは魚の夕食は望み薄だと判断したが、驚いたことに、次に目を向けたときにはシルヴィアは中型の二匹のスズキをつかまえていた。

その晩、蚊《か》を寄せ付けずにいられるくらいの風が吹く中、小屋の中にシダとバナナの葉でしつらえた寝床にふたりで身を横たえていたとき、頭上につるりと広がる紫色の空はありえないほどの数の星で飾られていて、劇場の背景幕の、スパンコールをちりばめた絹の布だとしてもおかしくなかった……ジョージにとってはふたりの苦境もこの快適な寝床と満腹感のおかげで胸にさす影くらいにまで矮小化《わいしょうか》されていたが、シルヴィアのほうはそれほど気楽ではなかったらしく、彼がそばへ抱き寄せようとすると激しく抵抗して言った。「いまにも死ぬかもしれないのにそんなことしか考えられないの？」

「すぐに死ぬことはないさ」ジョージは言った。「あの竜はわたしたちが元気でいられるよう考えている。もっとずっと荒れ果てた場所へ連れてくることもできたんだから」

「だとしても、とても満足のいく状況とは言えないね」

「さあ、どうだろうな。ひとりは満足しているようだが」ジョージはおおげさにウインクをし、この誉め言葉でシルヴィアをうれしがらせようとした。

返ってきたのは辛辣《しんらつ》きわまりない視線だった。

「できるだけのことをするしかないだろう」ジョージは言った。

シルヴィアは鼻を鳴らした。「できるだけのことの中には、この窮地を脱する方法を考えることも入ってると思うんだけど」

「取引したじゃないか」ジョージは弱々しく言った。

「テオシンテにいたときに取引をしたんだ。ここではぜんぶ帳消しだよ」

「わたしはそうは思わないな」

「まあ、見解の相違だね……それにあたしは菓子屋をまかされてるんだ。いまは薬を持ってないし、ここで妊娠する危険はおかせない。テオシンテに戻ったらちゃんと相手をしてあげるから。それまでは自分の欲求は自分で処理して。あたしのいないところでしてくれるとありがたいね」

吹き寄せる風が小屋の草ぶき屋根をがさつかせ、かぐわしい香りを運んできた。シルヴィアの反応は予想されたものだとわかっていても、ジョージは胸が痛んだ。

「これはきみの責任なんだぞ」ジョージはむっつりと言った。

シルヴィアが上体を起こした。その顔は青白く、星明かりで色合いを失っていた。「なんだって？」

ジョージはストレスが社会的に合意された現実《コンセンサス・リアリティ》にあたえる影響に関するペリ・ハウッコラの仮説をざっと説明した。

「あんたはあたしがこれをグリオールのせいにするのはバカげてると言った」シルヴィアは言った。「それからこのハウッカマンとやらの話を持ち出して……」

「ハウッコラ」

「……それがなにかの証明になるようなことを言う。そいつがなにかくだらない仮説を立てたから真実に決まってるとでも言うように。なのにあたしはバカげてるって？」シルヴィアは皮肉な笑い声をたてた。「あんたもさっきの竜を見ただろ？」

「見たとも！　それもまたハウッコラの主張を裏付ける証拠でしかない。きみはグリオールに取り憑《つ》かれているせいで、彼の小さな友達を自分の空想に取り入れたんだ」

シルヴィアは唖然《あぜん》としてジョージを見つめた。「あの竜がグリオールなんだよ！　色も同じで頭の形も同じなのに気づかなかった？　たしかに、そこらじゅう傷だらけになってるわけじゃないしずいぶん小さい。でもあれは彼だよ、まちがいない」

「きみはトカゲのちがいを見分けられるのか？」ジョージはくっくっと笑った。

「生まれてからほとんどずっとグリオールをながめてきたんだから見分けられるさ」シルヴィアはジョージに背を向けた。「あんたもハウッコラも！　どっちもバカ野郎だ！　あたしを責めて気が楽になるなら勝手にすればいい。もう寝るから」

4

　風は夜明けの少しまえにやみ、小屋の中へ押し寄せてきた蚊に起こされたシルヴィアとジョージは、身を隠す場所を求めて水中へ駆け込んだ。太陽がさらに昇るころ、ふたりは池のほとりですわり込み、みじめな気分のまま熱気にあぶられていた。ほかにすることもなかったので、ジョージは小屋の壁を補強して天井を高くし、差し掛け小屋より少しはましなものにしてから、食べ物を探しに出かけた。やぶや棘のある低木やブヨを避けるために、曲がりくねった小川をたどって竹林や葉が乾いて褐色になったヤシの木立を抜けていく。いちど平原の上空で旋回する竜を見つけたときには、そいつが視界から消えるまでじっと伏せていた。そこから先は、ほぼ一時間近くのあいだ、体がきついこともあっていろいろな思いが頭の中を暗く流れ続けた。ようやく行き着いた先は深い茂みに囲まれた楕円形の草地で、わりあいに涼しく、一本だけあるマンゴーの木が影を落とし、枝からは熟した果実がシャンデリアのような房になって垂れさがっていた。ジョージがシャツを包みにしてマンゴーをそこへ入れ始めたとき、ふたつの人影が茂みからそっと姿をあらわした。そのこそこそした態度に不安をおぼえたので、ジョージはシャツを結んでマンゴーが落ちないようにしてから向きを変えて立ち去ろうとした。ふたりの男は行く手に割り込んできた。髪の薄い、痩せてやつれた顔をした男は、蔓草と木の葉で織りあげた腰巻きを身につけ、日に焼けた体に蚊にくわれた赤い跡を点々とつけていた。そいつがジョージにむかってこぶしを振りあげた。「それはおれたちのマンゴーだ！」あかで顔のしわがいっそう深くなり、しかめっ面に浮かぶ悪意を際立たせていた。

連れのほうはぽっちゃりした若い男で、ぼさぼさの髪は肩までのび、広いひたいは切り出したばかりの墓石のようにのっぺりしていた――頭は大きめなのに顔の造作がこぶりで特徴がないせいで、なんだか元気のない、未完成な顔に見える。ぼろぼろになったコーデュロイのズボンをはき、棍棒《こんぼう》として使えるほど頑丈な杖《つえ》を手にしているが、それを足の後ろに隠して目を合わせまいとしている様子は気弱な戦士そのものだ。ジョージはそのふたりの男は脅威にならないと判断したが、茂みの中に隠れている人影からは目を離さなかった。

「わたしがとったのはせいぜい十個かそこらだ」ジョージは言った。「きみたちのぶんもあるはずだ」

髪の薄い男はなんとか残忍な表情をつくろうとしているようだったが、実際には胸焼けに苦しんでいるみたいな顔になっていた。ぽっちゃり男に小声でなにか言われて、同意できないという声をあげる。

「わたしたちの野営地はここから遠く離れている――手ぶらで帰りたくないんだ」ジョージは言った。「とおしてくれ。二度ときみたちに迷惑はかけないから」

ぽっちゃり男が連れに目を向けると、髪の薄い男はちょっと考え込んでから言った。「少しなら分けてやってもいい。失礼な態度をとっちまったことはあやまるが、こっちも生活に必要なものを近所のやつらに盗まれて困っているんだ」

「近所の？　このあたりに村があるのか？」

「いや、おれたちと同じような連中だ。あんたもそうだろ。グリオールに追われて平原に追い出された。五十人か六十人くらいか。ほとんどが人付き合いを避けてあちこちに散らばっているから正確にはわからねえ。もっといるかもな」

ジョージはマンゴーを包んだシャツを取りあげて肩にかけた。「グリオールだって？　あの小さな竜のことを言っているのか？」

「あんたをここまで追い立てたやつだよ。おれたちが知っているグリオールとはずいぶんちがう。だが近くで見りゃそうだとわかる」

「ここへ来てどれくらいたつんだ？」

「三カ月、もうちょっとかな。とにかくおれと家族がここへ来てからはそれくらいだ」ぽっちゃり男を身ぶりでしめす。「エドガーは一週間ほどたってから合流した」

エドガーは笑みをたたえてジョージにうなずきかけた。

「あれがきみの家族か？」ジョージは茂みの中に見える人影を指差した。「わたしは危害を加えたりしないと伝えてくれないか」

「それはもうわかっているはずだ。あんたはどう見ても紳士だからな」頭の薄い男はきまり悪くなったのか、つま先で土を蹴った。「うちの娘はひどく怯えちまってね、さんざんグリオールに吠えられたせいで。それからずっと頭の具合がよくない。そばにだれかいると不安になるんだよ……このエドガー以外は」恨みか、なにかそれに近い感情が、声に忍び込んでくる。「娘はこいつにのぼせあがってる」

「あんたの仲間は何人くらいいるんだい、おじさん？」エドガーがたずねた。口がきけないのかと思い始めていたので、ジョージはぎょっとした。

「友人がひとりとわたしだけだ」

ジョージは自己紹介をして、頭の薄い男はピーター・スネリング、その妻はサンドラで娘がピオニーだと教わった。形式的なやりとりがすんだあと、ジョージはあの竜は自分たちになにをさせようとしているのだろうと質問してみた。

「月の重さがどれくらいあるかたずねるほうがましだろうね」

エドガーの言葉を聞いて、スネリングも口をはさんできた。「やつの目的を言い当てようとしたってむださ」

「きみたちもなにかその件で考えていることはあるはずだ」ジョージは言った。

「おれたちを食いたいわけじゃなさそうだ」スネリングが言った。「それならこんな手間をかけるはずがねえ……けど、あの男のことはたしかに食ったな」

「ほんとに食べたわけじゃないよ」エドガーが顎の肉をぽりぽりとかいた。「口にくわえてから吐き出しただけだ」

「やつが逃げようとしたからだろ。グリオールなりのやりかたでおれたちにじっとしていろと伝えたんだ」

これだけの試練にあいながらそれを理解するための努力をしないというのは、ジョージとはまったく相容《あいい》れない姿勢だった。どうやらこのふたりの男の知性はそれほど高いわけではなさそうだ。そこで、そもそもどうやってこの荒れ地へやってきたのか質問してみることにした。ジョージと同じように、彼らも魔法の力で転送されてきたのか？

「ピオニーと話してくれ」スネリングが言った。「あいつがなにかいじくりまわしていたんだが、おれには見せようとしねえんだ。家の壁がそっくり消えて、気がついたらまわりには野原だけが広がっていた。ピオニーは金切り声をあげて、手にしていたものを遠くへ投げ捨てた。捜しておくべきだったかもしれねえな」肩をすぼめて沈痛な顔つきになる。「なかなか信じにくいよな、あいつに責任があるなんて。だが、いまではあいつがやったんだと確信してる」

「たとえそれを見つけていたとしても、きみの役に立つことはなかっただろう」ジョージは言った。

エドガーが目をちらりと横へ向けたので、ジョージもその視線を追った。ひとりのとんでもなく太った女が、日焼けした鈍重な顔で灰色の髪を振り乱し、テントサイズの帆布を身にまとって、木の枝を振りまわしながら突進してきた。その枝がジョージの首や肩に振りおろされた。小枝で顔をひっかかれ、木の葉で視界がさえぎられる――わけがわからず混乱はしたがそれほど強烈な打撃ではない。ジョージは横へよろめいたが、倒れはしなかった。スネリングが飛びかかってきて背中にしがみつき、夫婦でジョージを地面に引き倒そうとしているあいだ、エドガーも丸い顔をときどき視界にのぞかせながら杖でつついてきたが、わずらわしいだけで脅威になるわけではなかった。ジョージはなんとか女を押しのけたが、すぐにまた迫ってきたので、片足をみぞおちに叩き込んでやると、女はのけぞって草地をふらふらとあとずさり、危険な場所から飛び立とうとするように両腕をぐるぐるまわした。女はカラスのような声をあげて茂みに倒れ込み、服を腰のあたりまでまくれあがらせて、しまりのない両脚を木の葉の中から突き出した。スネリングがしがみついたままかみついたりひっかいたりしていたので、ジョージは髪をつかんで口もとを殴りつけた。エドガーは杖をほうり出して草地の端のほうへ退却し、両手をもみ合わせていたが、苦しそうな表情がだんだんうつろになり、ついには弱々しい笑みが浮かんだ。おそらくあれがふだんよく見せる顔つきなのだろう。

ジョージは小枝で傷つけられた顎から血をぬぐい取った。スネリングは横向きに倒れたまま、口で荒い息をつき、血で歯を赤く染めていた。妻のほうはじたばたと上体を起こし、いっとき垂線とたわむれ合ってから、ふたたびあおむけに倒れた。

「サンドラ！」スネリングのかけた声はわびしく、いっそせつなげでもあった。それは警告の叫びではなく、思いやりの叫びでもなかった。

「頭がおかしいのか？」ジョージはスネリングに土を蹴りつけると、シャツを中にくるまれているマンゴーもろともつかみあげた。「わずかなマンゴーのために命を危険にさらすなんて！　この大バカどもが！」

背後で音がした――ジョージはさっと体をまわして身構えた。草地の端ぎりぎりのところに、痛ましい姿をした、十二歳か十三歳くらいのひょろりとした少女が立っていた。ぼさぼさの赤毛の髪が顔にかかり、色あせた青いぼろ着から未熟な乳房があらわになっている。虫にくわれてあちこち赤く腫《は》れているだけでなく、胴体や両脚の肌にはまだらにみみず腫れがついていて、その一部はまだ新しく、ひどい扱いを受けている証拠になっていた。少女は唇を震わせながらふらりと足を踏み出した。「助けて」かぼそい声が漏れた。体が大きくぐらつき、ジョージが支えてやらなければ倒れていただろう。あまりにもきゃしゃなので、腕をまわしただけで地面から浮きあがってしまったほどだった。

スネリングはあおむけに寝そべってあえいでいたが、妻のほうは初めの勢いを取り戻し、けたたましい声で叫んだ。「あたしの娘から手を放しな！」

エドガーが思わぬ凶暴性をあらわし、ジョージめがけて突進してきた。両腕をのばし、目をえぐり出そうとでもするように指を鉤状《かぎじょう》に曲げている。ジョージは横へ身をかわし、シャツにくるんだマンゴーで相手の顔を殴りつけた。エドガーは石のように地面に突っ込み、鼻血をほとばしらせながらめそめそ泣き始めた。そのすすり泣きの合間に、ジョージはピオニーがほとんど聞こえないほどの小声でつぶやくのを聞いた。「あの人はあたしの母さんじゃない……母さんじゃないわ」

「嘘《うそ》をつくな！」スネリング夫人がわめいた。「この恩知らず！」

「この子はあなたの娘かもしれないが、あなたはどう見てもこの子の母親ではないな」ジョージは言った。「ほんとうの母親なら自分の子供がこんなふうに虐待されているのを見過ごしはしない」

「クソ野郎！　ここがモーニングシェードだったら、おまえなんかぶちのめしてやるのに」

「わたしは運がよかったな、ここがモーニングシェードではなくて。きみも運がよかったよ、わたしは正義の裁きよりもきみの娘の怪我《けが》を手当てすることを重視しているからな」ジョージの怒りは頂点に達した。「まったく！　きみたちはどういう人間なんだ、子供をこんなふうに扱うなんて？　野生動物だってもっと思いやりがあるぞ！　この子はわたしが連れていく。じゃまをしようとしたら、もう容赦はしない。全員殺すからな！」

この発言を強調するために、ジョージはエドガーの太ももを蹴りつけた。そのまま草地からあとずさり、スネリングたちの姿が見えなくなると、ピオニーをかかえて走り出した。

二十五ヤードも行かないうちに、なにかが爆発するような音が、たぶん高いところから襲いかかってきて、そのあとに風が吹き付けてきた。目をあげると、ふくらんだ白い腹とひくつく蛇のような尻尾が頭上を通過していくのがちらりと見えた。すぐに、途方もない重みに茂みがバキバキと押しつぶされる音と低いうなり声が聞こえてきた。グリオールが近くに降り立ってやぶの中を突き進んでいるらしい。ジョージは地面に身を投げ、ヤシの木の下に散らばる枯れ葉の中にもぐり込むと、ピオニーを抱き寄せて、悲鳴が出ないようにその口をふさいだ。さらにバキバキと音がして、乾いた小枝が爆竹のように立て続けにはじけ、そのあとに竜の粘っこい呼吸音が続いた。ヤシの葉の隙間をとおして、鱗におおわれた太い脚が見えた。その先端についている足はソファのクッションなみの幅があり、かかとから突き出した一本の棘とかなり色あせた黄色っぽい四本の鉤爪をそなえていた。ジョージの両腕の中でもがいていたピオニーが急にぐったりしたかと思うと、ひんやりした感覚が脳内に押し寄せてきた。まるで潮の縁のように冷たく沸き返っている。そこから伝わってきたのは、加齢と怒りでささくれた自我、ほんのきまぐれでジョージのもっとも奥深い願望を抑圧する悪意に満ちた身勝手な力、彼にとってはそもそも従属するしかない絶対の実在。その冷たさの中からひとつのメッセージが鳴り響く銅鑼《どら》の音のようにくっきりと浮かびあがり、それ以外のあらゆる心の声を沈黙させると、ジョージは、古代ローマのセステルティウス硬貨に描かれた女帝のすり減った肖像を鑑定するときと同じだけの確信をもって、自分の居場所は池のほとりであり、あのマンゴーの木のところへはけっして戻るべきではないのだと悟った。あのような行動は二度と大目に見てはもらえまい。グリオールの精神（あまりにも異質で力強かったので恐怖が生み出した想像と片付けることはできなかった）にふれたショックで、ジョージがじっと目を閉じていると、やがて皮の翼が空気を叩く音と叫び声が平原のむこうから聞こえてきた。

ふたりで小屋を目指すあいだ、ジョージは竜が自分に語りかけてきた可能性について（たとえそうと確信していても）いっさいの脳内問答を拒否し、あの遭遇にかかわるすべての素材を精神の屋根裏にしまい込んで鍵をかけた。あれほどの力に直面したときには否認するのが唯一の理にかなった対応だ。さらに気をそらすため、煙を噴いて泡立つ自分の思考をつつきまわして、なぜスネリングに対してあんなに怒りをかき立てられたのか探ろうとした。子供のとき以来怒りで手をあげたことはなかったし、身を守ろうとしたとはいえ、自分の行動にともなっていた残忍な感情には慄然《りつぜん》とさせられた。過去にあれほどの悪意に満ちた反応を誘発されたできごとは思い出せないが、あのときつながった凶暴性のため池は、何年もまえから自分の中で沸き立っていて、適当な出口ができるのを待っていたにちがいない。ジョージが口にした威嚇はただの脅しではなかった。どれも本気の言葉だった。

5

ピオニーは体が弱りすぎていて長くは歩けなかったので、ジョージがほとんどずっと運んでやらなければならなかった。スネリングについて質問をすると、少女は頭を彼の肩にうずめて眠り込んだ。胸に当たる心臓の鼓動は、小鳥のようにかすかで速かった。一歩足を運ぶたびに、少女のはかなさが胸に迫ってきてなんとかしなければという気持ちが高まる。ときおり足を止めては、やぶに身を隠し、だれにも追われていないのをたしかめてから先へ進むようにしたが、午後早くに野営地に帰り着くころには、すでに頭の中で基本的状況を逆転させて、保護者の親にこそふさわしい目線でピオニーのことを考えていた。

シルヴィアは魚とりの最中で、半裸で池の中にかがみ込んでいた。身につけているのは裾をまくりあげたズボンだけだ。ジョージが近づいても聞こえないふりをしている。声をかけると憎々しげな視線を向けてきたが、ピオニーがいるのに気づいたとたん不快そうな表情に変わった。

「家畜を増やそうっての？」シルヴィアは険悪な声で言った。「あんたくらいの男になると女はひとりじゃ足りないわけ？」

「よく見ろ」ジョージはこたえた。「女と呼べる歳《とし》じゃない」

なにがあったのかを説明すると、シルヴィアは小屋の中へピオニーを運び込ませてからジョージを追い払い、自分が少女の世話をすると宣言した。

けっこうな大きさの魚が五匹、池のほとりにある平らな石の上にならべられ、断末魔の呼吸でつやつやした横腹を波打たせていた。一匹はオリーブグリーンの背に銀色の虎縞《とらじま》が入っていたが、なんという魚なのかはわからなかった。ジョージはすべて頭を切り落とし、はらわたを抜いて三枚におろしてから、切り身をバナナの葉に包んだ。それがすむと、やぶの中へ散策に出かけて、ハイビスカスの茂みのかたわらに生えているバンデリージャの木を見つけ、小枝の先から棘をはずしてバナナの葉の上に置き、その葉を持って野営地の周辺部へむかった。九枚目の葉を運んでいたとき、シルヴィアが茂みを押し分けてそばへやってきてなにをしているのかとたずねた。

「道沿いに罠《わな》を仕掛けておくんだ」ジョージはこたえた。「大きなダメージをあたえられるわけじゃないが、だれかが引っかかったら声でわかる」

シルヴィアは無言で彼の作業を見守っていた。

「ピオニーは眠っているのか？」

シルヴィアはうなずき、ジョージのとなりで膝をついた。「あの子はいっぱい面倒を見てあげる必要がありそう。できるだけのことはするけど……どうなるか」

「なにか問題でも？」

シルヴィアは首を横に振った。

「教えてくれ」ジョージはくいさがった。

「きれいな女の子にはよくあることなんだよ。だれも守ってくれる人がいないとね」

ピオニーの姿を思い出してみても、きれいな女の子と考えるのはむずかしかった。「どういう意味だ？」

「男どもだよ。あたしの見るかぎり、八歳のときからずっとやられてたみたい」

シルヴィアは感情を抑えきれずに声を震わせていた。あの少女に共感しているのは自分も似たような経験をしたせいかもしれなかった。

「傷つけたのはほとんどが男どもだ」シルヴィアは続けた。「だけど、母親にも同じように扱われてた」

ジョージは自分の母親から性的虐待を受けたりしたらひどい悪影響があるのではないかと指摘したい衝動に駆られた。一匹のムカデが足首にのぼってきたので、急いでそれを払いのけた。「あの子はスネリング夫妻が自分の両親だと言ったのか？」

「きいてみたけど、よくわからないみたい。いろいろと記憶があいまいで。ここへ連れてきてあげられてよかった」シルヴィアは雑草をむしった。「さっきはごめん……ひどいこと言って」

「気にしていない」

「あんなこと言う権利はなかった。あんたはたいていの連中よりあたしをまともに扱ってくれたのに」言葉を切る。「あの子があんたの持ち物にあったグリオールの鱗を見たの。あんたさえよければ、あの子に持たせておこうと思うんだけど」

「まかせるよ。そもそもきみのものだからな」

シルヴィアはひと呼吸置いて続けた。「しばらくどこかよそで寝てくれない？　ピオニーはあんたがしてくれたことに感謝してるけど、寝るときに男がそばにいないようになればすごくあの子のためになるはず」

ジョージは考え込んだ。「どのみち、もっと大きな小屋を作らないと。しばらくここで暮らすことになるかもしれないからな。小さめの池のそばにいい場所があるんだ。わたしがあそこに小屋を建てれば、あの子は充分なプライバシーを確保できる」

「ありがとう」

「この罠を仕掛け終わったら、作業にとりかかるよ」

シルヴィアは立ちあがろうとしたが、片手を地面についたまま中腰で動きを止め、ふたたび両膝を落とした。「もうひとつ。あんたのシャツをもらっていい？　切ってあの子に簡単な上着を作ってあげたくて」

「切る必要はないんじゃないか。あの子には大きすぎるが、そのまま着られるだろう」

「あたしもなにか身につけるものがほしいんだよ。あんたがおっぱいをながめるのが好きなのはわかってるけど、あたしにはじゃまくさいから」

声に敵意があるような気がしたが、シルヴィアの表情は淡々としていた。

「あんたはそれを荷袋がわりに使ってたじゃないか」シルヴィアは続けた。「なくなってもそんなに不自由はないだろ」

ジョージはシャツを脱いでシルヴィアに渡した。「まず洗濯しないと」

シルヴィアは両手でシャツをつかんで立ちあがった。まだなにか言おうとしているような気配があったが、黙ったままだったので、ジョージはうつむいてバンデリージャの小枝から棘をむしる作業に戻った。

「魚を残しておいてくれよ」ジョージは言った。

6

重労働と激しい興奮でくたくたになったので、暗くなるとすぐに、ジョージは一部だけ完成した新しい小屋の中で眠りに落ちた。疲れすぎていたので眠りは途切れがちになり、張り詰めた筋肉のうずきで何度も目が覚め、空一面を覆い隠してわずかな隙間に星明かりを残す黒々とした雲や、ヤシの葉を揺らし周囲の茂みをざわめかせる風に意識を奪われた。そうした眠りのはざまに、ひとつの影が小屋へ滑り込んできてかたわらに横たわり、女の手を腹と股間に蜘蛛《くも》のように這わせてきた。疲れているし、体も痛いと伝えようとしたが、ジョージがまだ寝ぼけていて、頭が心地よく混乱しているあいだに、女は彼のものを口に含み、舌を巧みに動かして素早くことをすませ、小屋をそっと抜け出して姿を消してしまったので、残されたジョージは、風と暗闇が共謀して愛人を生み出したのであり、その官能性は揺れる葉とざわめく茂みの息づく温かな相似物だったのではないかと思わずにいられなかった。翌朝遅くに目を覚ましたときには、夢を見たかなにか天恵を受けたのだとなかば信じかけていたが、池のほとりにいるシルヴィアがちらりと笑みを浮かべるのを見て、あの親密なひとときは想像でもなければ超自然のできごとでもなかったのだと納得できた。

ピオニーもいっしょに岸辺に立っていたが、ジョージの姿を見ると不安そうにシルヴィアの背後に身を隠した。別の状況であればあの少女だとはわからなかったはずだが、洗われた肌には虐待の跡がよりくっきりと浮かびあがっていた。髪をうしろでまとめているので、高い頬骨も、紫がかった青い大きな目も、繊細な顎には大きすぎる口と突き出した頤《おとがい》もすっかりあらわになっている。まさにこの世のものとは思えない美しさで、ジョージはひと目見たとたんにひっぱたかれたような衝撃を受け、同時に少しばかりの警戒心をおぼえた。ピオニーもシルヴィアも彼のシャツで作った上着をまとっていて、どこも似ているわけではないのに、そのせいで母と娘のように見えた——シルヴィアの歳はせいぜい二十二か二十三くらいのはずだが、その成熟ぶりのためにピオニーと比べると母性が付与されるのだ。この三人が家族になるかもしれないというのは悪い考えではなかった。

「わたしはジョージ」彼はピオニーに呼びかけた。「おぼえているかな？」

ピオニーはシルヴィアの肩越しにジョージをのぞき見たが、すぐに顔をそむけて、左の横顔を見せた。

「気分はどうだ？」ジョージはたずねた。

少女は目をそらしたままだった。「怖い」

「怖がる必要はない。きみを傷つけた人たちは……」

「この子が怖がってるのはその連中じゃない」シルヴィアが言った。「グリオールだよ」

「彼がなにか見せたがってるの」ピオニーが言った。「でもあたしは見ない」

ジョージは痛む肩をさすった。「よくわからないな」

「だいじょうぶ」シルヴィアは反論してみろと言うようにジョージをじっと見つめた。「ここにいればピオニーは安全、そうだよね？」

「ああ、もちろん。絶対に安全だ」ジョージはまだ肩をさすりながら、どうしてグリオールの心がわかるのかとピオニーにたずねた。

「シルヴィアからもらった鱗だとあまりはっきりしないの」ピオニーが言った。「あたしのやつのほうがよかった。でも……」

ジョージは少女が話を続けるのを待った。ピオニーは髪の先をいじくるだけで口をひらかなかった。

「なにがはっきりしないのかな？」ジョージはうながした。

「彼にささやきかけられてるみたいなんだけど、声はしないの」

「グリオールが話すのが聞こえる？　彼がきみに話しかけるのか？」

「彼はなにかいやなものを見せたがってるの。あたしたちみんなに見せたがってる」

「鱗にさわらなくても聞こえることがあるって？　わたしがきみをスネリング夫妻のもとから連れ出したときも、それが聞こえたのか？」

ピオニーはジョージにいぶかしげな目を向けた。「彼が怒ってるときはたくさんの人たちに聞こえるわ」

「スネリング夫妻も聞いたと思うかい？」

「もう魚をとりに行かないと。遅くなればなるほどつかまえにくくなるから」シルヴィアが片膝をついてズボンの裾をまくり始めた。「あんたたちはふたりでいっしょに過ごして、なにか果物でも集めてくれるとありがたいんだけど」

ジョージは眉をひそめた。「わたしは支柱にするための若木を何本か集めに行くつもりだったんだ。ほら、小屋に使うから」

「この子をいっしょに連れていけない理由でもあるわけ？」シルヴィアは立ちあがり、小声で言った。「あたしにもひとりになる時間が必要なんだよ」ピオニーのほうへ顎をしゃくり、その少女がひとつの試練であるかのように顔をしかめてから、ふつうの声で続ける。「ブドウをいくらかとってこられるかもしれないよ。昔はこのあたりにブドウの木が生えてたと聞いたことがあるから」

「ブドウ！」ピオニーのくすくす笑う声にはかすかに精神のゆがみが感じられた。

「そうよ」シルヴィアが言った。「それがどうかした？」

「目玉を食べるほうがましだわ。エドガーがそう言ってる」

「エドガー？」

「この子の両親といっしょに暮らしていた男だ」ジョージは言った。

「ブドウは目玉みたいな味はしないわ」ピオニーが言った。「でも目玉みたいにぐにゃぐにゃしてる」

「その人はどうして知ってるの？」シルヴィアが少女にたずねた。「エドガーは目玉食いなのかな？　ときどき上等な目玉を味わってるわけ？　溶かしバターにひたして喉の奥へ流し込んでるとか？」

ピオニーはその質問に困惑したようだった。表情から明晰《めいせき》さが消えて視線がさまよう。

「エドガーはまちがいなく目玉食いだね」シルヴィアが言った。「たいていの男はそうなんだよ」


ピオニーがそんなふうに明瞭に話をすることはめったになかった。たいていはまったく無反応で、直接なにかを問いかけられたときでも変わりはなく、かすかな声でぶつぶつ言ったり歌をうたったりしながら、木の葉でも小石でも、そのとき手にあるものをいじくりまわしている。それでも、ジョージはなんとか断片をつなぎ合わせて少女とエドガーやスネリング夫妻との生活の様子を解き明かした。ピオニーはサンドラのことは話そうとしなかった――ジョージがその話題を持ち出すたびに少女は顔をこわばらせた――が、夫のスネリングはサンドラが妻としてのつとめを果たさないときにはいつも、ピオニーを〝裏返し〟にして熱意が足りないと叩いていたようだった。エドガーは友達のふりをしてずるがしこく少女の歓心を買い、おだてて口で奉仕させることでマンゴーしか食べられないきつい一日のあとの慰めにしていた。長い航海に出ている水夫たちを思わせるエドガーの性的行為への執着に、ピオニーは彼を避けるようになっていたが、スネリング夫妻について話すときと比べたらまだその言葉には好意が感じられた。これだけのことを突き止めたあと、ジョージの憎しみの大半はエドガーへ向けられていた。スネリング夫妻より若くて力もあったのだから、ピオニーの助けとなることもできたはずなのに、あの男はおのれの情欲を満たすことを選び、少女をこんな壊れ物に変える手伝いをしてしまったのだ。

そのとき以来、ジョージは目覚めてから午後遅くになってシルヴィアに引き継ぐまでのあいだずっとピオニーの世話をするようになり、食料を探すときにはいつでも少女を連れて歩いた（三人分の食料の確保には一日の大半が費やされ、熱心にその任務に取り組んだにもかかわらず、だれもが体重と体力を驚くほどの勢いで失った）。おかげでジョージとシルヴィアはめったにふたりきりになれなかった。それは彼が思い描いた家族の生活とはちがっていたが、彼とローズマリーが送っていた夫婦の生活と似ていないわけでもなかった。責任はより重くなりセックスはより少なくなったとはいえ。シルヴィアは、ジョージがピオニーを連れて戻ったあの夜以来、彼の新しい小屋を訪れていなかった。あのときは、それを少女のために仲裁に入ったことに対するシルヴィアからの感謝のしるしだと思い込み、また定期的に性的な世話をしてもらうためには別の若い女を過酷な状況から救わなければいけないのかもしれないなどと考えていた。自分にはそういう慰めが必要なのだ、竜のことを心配して監視を続ける日々の緊張がひどく負担になっているのだと言って（まったくの嘘というわけではない――目が覚めているあいだはずっと憂鬱《ゆううつ》だった）シルヴィアに行為を強要したいという誘惑にも駆られた。そしてピオニーがふたりの生活に入り込んできた十七日後、シルヴィアがふたたびジョージのもとを訪れ、彼が眠っている小屋にもぐり込んできた。

半月と満月の中間くらいの月が小屋の中を照らして、バナナの葉を敷いた寝床を輝かせていた。シルヴィアが彼にまたがると、その姿は金色の光に包まれたシルエットとなり、暴れる髪は燃えあがる黒い炎のようで、風に揺れてぱちぱちと鳴る茂みがその印象をよけいに強めていた。シルヴィアはかつてないほど熱心に行為にのめり込み、ジョージのほうはそうした気持ちの高まりに単なる動物じみた激しさ以上のものを感じて同じように熱意をもって応じた。だが、ことが終わると、シルヴィアは性交後の沈黙を破ってこう告げた。「なにか特別なつながりができたとか思わないで。かゆいところを自分ではかけなかっただけ、わかるでしょ」

「なぜわたしがそれ以外のことを考えるんだ？」

月明かりで顔の張り詰めたしわが消えて、シルヴィアは見た目が若々しくなり、苦悩の色も薄れているように見えた。「男どもがどんなかんちがいをするか知ってるから」

ジョージはこれを聞いてあざ笑った。「男というのはとてつもなく原始的な生き物だからなあ？　すぐにむらむらするしかんしゃくも起こす。それ以外の点では成長しそこねたガキのようだ」

「そういうところもあるね。あんたが傷ついたのがわからないほどあたしが抜けてると思ってるわけ？　悪いけど、あんたにまちがった考えをもってほしくないから」

「断言するよ、おたがいの立ち位置はよくわかっている」

またしばらく沈黙が続いたあと、ジョージは言った。「ひとつわからないことがある。きみはまえに言ったじゃないか、性行為が論外なのは〝薬〟を持っていないからだと」

「ピオニーはあたしたちがここで長居することはないと言ってる。たとえ妊娠しても、テオシンテに戻ってからちゃんと始末すればいい」

「それを信じるのか？　ほっといたら一日中太陽を見つめている子供の言葉を真に受けるというのか？」

「あたしはもっとありそうにないことを受け入れざるをえなかった。あんたが竜の鱗をこすってあたしたちをここへ連れてきたということを受け入れたんだ。ピオニーみたいな人たちは障害を埋め合わせる才能を持ってることがよくある。でもだれが……」

「そんな古くさい考えを信じているなんて言わないでくれ！」

「あんたみたいなご立派な市民にそんな才能があるなんてだれも思わないだろ？」

「それはきみにとっては侮辱なのか？　わたしをご立派な市民と呼ぶのは？」

「そんなつもりはなかったけど、あんたがそう解釈したいなら」

み込んだ。

「〝ご立派な市民〟というのは侮辱だろう、きみのような……」ジョージは最後の言葉をの
「娼婦？　そう言いたいの？」

「わたしたちはきつい状況に追い込まれている。喧嘩をするのは無意味だ」

「無意味かもしれないけど、あたしは……」

「よせ！」ジョージは両腕でシルヴィアをかかえ込み、おたがいの胸がくっつくまで抱き寄せた。「わたしたちはもっと大きな問題をかかえている。もっと大きな敵がいるんだ」

「放して！」

　女は身をよじってのがれようとしたが、ジョージは力をゆるめなかった。シルヴィアは視点を変えようとでもするかのように、男の腕の中でせいいっぱい身を引き離した。「いったいなにをしたいの？」

「仲良くやっていく努力をしたいだけだ」

「これは……」抱きすくめられてはいたが、シルヴィアはふたりの密着ぶりについて話しているのだとなんとか伝えた。「これは仲良くやってないとでも？」

「言いたいことはわかるだろう」

「あたしたちは作業を分担して、ピオニーの世話でもそれぞれの役割を果たしてる。ほかになにがあるわけ？」

か」

「楽しそうにすることはできる」

「ああ！　そういうふりをしてほしいのね」

「ちがう！　ホテルにいたときのようにしてほしいんだ。おぼえているだろう。ほかのだれかのふりをしていなかったとき、きみはわたしがそれを気に入ったかどうかきいたじゃないか」

シルヴィアはおもしろがっていた。「あのときもふりをしてたとは思わないの？」

ジョージは怒りをこらえた。「あのときがどうであれ、もっとああいうふうにしてくれるならかまわない。きみはピオニーの予知能力を信じているようだが、もとの世界へ戻れるまで何カ月も何年もかかるかもしれないんだ。死ぬまでここから動けない可能性もある。仲良くやっていく努力をしなかったらふたりとも気がへんになってしまうぞ」

「仲良くする必要はないでしょ。結婚してるわけじゃなし」

「そうかな？　しょっちゅう口げんかをして、たまにセックスをして、それぞれが子供に対して責任を負う。それはわたしには結婚生活のように思える。ただ、結婚とはちがい、夜遊びに出かけて気晴らしをすることはできない。あのときききみがやっていたことを、ふりだろうがなんだろうが、ここでもやってくれたら助けになるかもしれないんだ。わたしたちは信じやすい人間ではないが、それでもおたがいを信じなければいけない。なにが起きているのかさっぱりわからないし、いま以上におたがいを頼らなければならない状況になるかもしれない。絆を築く必要があるんだ。それができなければ生きのびるチャンスはない」

「話はすんだ？」

「ああ、たぶん」

「放して」

ジョージがいらだった声をあげて押しやると、女はふらふらと膝をついた。バナナの葉の切れ端が汗ばんだ腰や太ももに張り付いていた――それは文字の残骸のようにも見え、ふたりの愛の行為で肌に書き記された緑色の文章がいまの口論でほとんどかき消されてしまったかのようだった。それ以上なにも言わずに出ていくと思ったのに、いったん足もとがしっかりすると、シルヴィアはうつむいたまま立ちあがった。髪は顔のまえに垂れ、両手は腰のあたりで組み合わされている。

「だいじょうぶか？」ジョージはたずねた。

シルヴィアは鼻をぬぐった。

「きみを動揺させるつもりはなかった」ジョージは言った。「おたがいに正直になったほうがうまくやっていけると言いたかっただけだ。本気で人としての関係を、友情をはぐくむ努力をしたら、どんなものが生まれるかわからないじゃないか。火口《ほくち》をたっぷり用意して火花を飛ばせば……」

「少しは黙ってられないの？」シルヴィアは爆発をふせぐように両手で頭をつかんだ。「あんたはなにか思いついたらそれをえんえんと話し続ける！　ほかの人がどんな気持ちでいようと、自分の声を聞いてるかぎりなんにも気にしない」すすり泣き、また鼻をぬぐって、両肩をそびやかす。「ごめんなさい。ほんとに」

そう言うと、シルヴィアは急ぎ足で闇の中へ姿を消し、残されたジョージは、どこでしくじったのかと思案し、ごめんなさいという言葉に頭を悩ませ、愚かな神を呼び出すマントラのように子音のないセンテンスを休むことなく唱え続ける風の音に耳をすました。

会話がそんなふうに終わったことから考えて、うれしい展開が待っているとは期待できなかった。ところが、そのやりとりのあと、シルヴィアは数日おきに夜になるとジョージのもとを訪れるようになり、愛をかわしたり、たいていはピオニーに関することだったが実務的な問題について話し合ったりした。昔ながらの家族ではないとしても、とりあえず家族としては機能しているということなのだろう。シルヴィアは本音ではそうした関係に興味がなさそうだったが、ジョージとしてはふりをしてもらえるだけでうれしかったし、長く胸にいだいてきた幻想をはぐくんで、この平原を支配するふたつの揺るぎなき圧倒的な存在に耐え抜く力を得ることができた――すなわち熱気と竜だ。ときおりジョージにはそのふたつの区別がつかなくなり、頭上を巡回する竜は恐ろしい熱気の象徴のように思えたし、熱気は竜がもたらす謎と脅威の心萎えさせる副産物のようだった。シルヴィアからの愛情とピオニーに対する父親としての立場がなかったら、絶望に屈していたかもしれない。日々は揺るぎなく単調に流れていった。明るすぎる朝とオーブンの中にいるような昼のあと、空には流れ過ぎる低い灰色の雲があらわれ、その下側を黒々と染める雨はけっして降ることはないが、濃密な湿気で空気はスープに変わる――それはあたかも、大きすぎて存在を把握できず、不快さと不信感しか伝わってこない巨大な生物のじめじめした口の中で暮らしているかのようだった。

もちろん、あの竜はもっとも顕著な脅威であり、説明もできなければ対策もなかった。ジョージはそうした謎に興味をしめさなかったエドガーとスネリングを軽蔑したが、竜の目的に関してどんな分析を試みようとそれはただの推測でしかないのだとすぐに気づいた。思いついたもっとも気のきいた説明は、あの竜が平原を食糧供給用の倉庫として利用しているというものだったが、そうなるとまたいろいろと疑問が出てきて、たとえばグリオールがなぜごちそうの人間をあんなにまわりくどいやりかたで選ぶのかという点は大きな謎だった（ほかの人びとも幼い竜の鱗にふれるかそれをこするかして平原へ転送されてきたことが前提ではあるが）。ジョージはあらためてピオニーを問いただし、グリオールの計画についてなにか知っているかとたずねてみたが、少女はあいまいな返事をするだけで、竜がなにかを見せたがっているという当初の発言を繰り返し、自分たちは「幸運な人びと」なのだと付け加えた。ジョージはさらに追及したが、少女は涙ぐみ、なにやら「炎」についてもごもごとつぶやいただけだった。

ジョージは、いま見ている竜がグリオールだということも、そうなると必然的にグリオールはまだ生きているということも完全に受け入れたわけではなかったので、ピオニーがこの疑問を解決してくれないことに耐えがたいいらだちをおぼえた。使えるあらゆる手段をもちいて圧力をかけてみたが、どうやっても少女がくわしく説明してくれないので、その件はもう棚上げにするしかないと判断した。気をまぎらすために、ピオニーに自然界のことを教えてみたが、その授業は少女にはうまく吸収できないようだった。終わりのない食べ物探しでいっしょに平原をさまよい歩きながら、あちこちの木々や茂みを指差してその名前を教えたり、日の出や雨の仕組みについて説明したりしたが、やりすぎてしまうことも多く、シルヴィアならうるさがるかもしれなかったがピオニーが文句を言うことはなかった。

ある日、小川の西側に広がるやぶの探索中に、ふたりは鳥たちの襲撃をまぬがれたビワの木を見つけた。枝にはくすんだオレンジ色の果実がたわわに実っていた。ジョージはその下にすわり込んでバナナの葉で間に合わせの籠《かご》を作り、ピオニーは果実をつんで茶色い大きな核のまわりから果肉をかじりとった。少女が十個以上腹におさめたところで、ジョージはそろそろやめないと腹を壊すかもしれないと声をかけた。ピオニーはまたひとつビワをもいだ。ジョージはもういちど注意したが効果はなく、とうとうそれ以上食べるなと少女を怒鳴りつけた。ピオニーはビワを取り落としてジョージから目をそむけた。弱い者いじめをしたような気分になりながら、ジョージは少女の腕をぽんと叩き、果実を食べ過ぎたらどうなるかをくわしく話して聞かせた。

太陽が天頂に近づいたころ、ジョージはふたりで休めるくらいの日陰を見つけ、ピオニーといっしょに身を横たえてうたた寝をした。エロティックな夢から目覚めてみると、ピオニーが彼のズボンの残骸のボタンをはずして陰部をそっとなでていた。初めはそれも夢の一部かと思ったが、すぐに彼は少女を押しのけた。ピオニーはすがるような声をあげてふたたび愛撫《あいぶ》を試みようとした――ジョージはやめろと叫び、少女は殴打から身を守ろうとするように両手で頭をかかえた。

「そんなことはするな」ジョージは言った。「もうそんなことはしなくていいんだ。しなくてもだれにも叩かれないから」

少女はジョージと目を合わせたがまったく理解している様子がなかった。涙が頬についたほこりに筋を引いた。

「だいじょうぶだよ」ジョージは言った。「きみに怒っているわけじゃない。こうやって人を喜ばせなければいけないときみに教えた人たちに怒っているんだ」

ピオニーはジョージをぽかんと見つめた。そのうつろな顔はエキゾチックな模様が浮き彫りになった洗いたての鉢のようだった。少女は地面に指先でくねくねと線を引き、もういちどジョージに目を向けた。

「わかるかい？」ジョージは言った。「もうこんなことはしなくていいんだ。だれが相手だろうと」

少女の眉間《みけん》に不安そうなしわが寄った。「みんなを喜ばせたいの」

「人にさわったり、人にさわらせたりする場合……なによりたいせつなのはきみ自身を喜ばせることなんだ」

少女はぎこちなく手をさまよわせてから目を伏せた。落としたビワを見てそれに手をのばしかけ、すぐにまた引っ込める。

「これから先」ジョージは続けた。「もしもだれかをああいうやりかたで喜ばせたくなったり、だれかに喜ばせてくれと頼まれたりしたら、わたしのところへ来てどうすればいいかききなさい。シルヴィアにきいてもいい。できるかな？」

ピオニーはうなずいてビワに手をのばした。ジョージはまた叱りそうになったが、少女にはほかに考えることがありすぎると思い直した。

シルヴィアに少女を引き渡すとすぐに、ジョージはピオニーを押しのけたときのためらいについて考え始め、反応が遅れたのは寝ぼけていたせいだけではなくよこしまな気持ちがあったのかもしれないと思った。そして夕刻になると、ピオニーを救出したあの最初の夜、シルヴィアが小屋へやってきたときのことを考え始めた。あれはほんとうにシルヴィアだったのだろうか。記憶にある女のさわりかたはあまり手慣れておらず、ためらいがちで、その点ではピオニーのさわりかたと似ていた。それにシルヴィアなら話しかけてきたはずだ――あんなにおとなしいのは彼女らしくない。考えれば考えるほど、ピオニーが自分の知っている唯一の方法で謝意をしめしたのだという確信が強まった。不愉快な思いつきではあったがどうしても考えずにはいられなかった。あの夜のできごとを思い返すたびに、わずかな淫欲《いんよく》が頭の中に忍び込んできて、ますます嫌悪感がつのった。なにかに取り憑かれた精神は、常におもてにあらわれる機会をうかがい、みずからが基本的な動因におさまることであらゆる清廉な衝動をくつがえしてしまうということはよくわかっていた。それでも、日がたつにつれて、ジョージは自分自身の罪を罰せずにいられなくなってきた。生存のための基本的な作業に没頭しているときでさえ、頭の一部は常にピオニーや、自分がやったかどうかわからない行為を意識していた。

この問題は簡単に解決できるはずだったが、シルヴィアが次に小屋へやってきたとき、ジョージは彼女からあの夜のことをなにか聞かされたら自分がくだした評決が裏付けられてしまうのではないかと不安になった。そして結局、自分の不道徳な行為にまつわるささやかな疑いは、なくしてしまうよりそのままかかえておくほうがいいだろうと判断した。シルヴィアとはうまく行為におよぶことができず、腹具合がおかしいのだと言ってその失敗の口実にした。ふたりで横になって平原を吹きわたる風の音を聞き、半月をかすめてふちを銀色に燃えあがらせる雲の群れをながめていたとき、彼はその親密さに気を許して、前日に自分とピオニーとのあいだに起きたできごとをうっかり口走り、あの救出の日の夜にきみはこの小屋へやってきたのかとシルヴィアにたずねた。いまになってあれはきみではなかったのではないかと不安になったから、と。

シルヴィアは一瞬沈黙してからジョージに顔を向けた。「そんなことで悩んでるの？　あたしに決まってるじゃない！」おどけて彼にパンチを打ち込む。「あたしだとわからなかったなんて屈辱だね！」

あとになって気づいたことだが、もしも正直な返事を求めていたのなら、ジョージは前置き抜きで質問をしていたはずであり、訪問者がピオニーだったのではないかと疑っているとか、夢を見ていたから現実かどうかよくわからなかったとかいう言葉は口にしていなかっただろう。シルヴィアに状況を把握してここは嘘をつくのがいちばんだと判断する機会をあたえたのはまちがいだった――嘘をつけば彼にこれからも少女を守っていいと自信をつけさせることができるのだ。この筋書きはシルヴィアに複雑な理解力があることを前提にしているわけだが、ジョージはもうずっとまえから彼女を知的で頭が切れる女と認めていた。こうして心の葛藤は未解決のままとなり、ジョージの精神の土台をむしばんで、より重要な心配事から彼の注意をそらし続けた。

ジョージは日中はピオニーと離れるわけにはいかなかったが、体のふれあいは最小限にして、きちんと礼節をもって接し、ハグをしたり手を握ったりもしなかった。ささやかで動物的な癒やしがなくなっても少女にはなんの影響もないように見えたので、ジョージは少しは罪が赦《ゆる》された気がしてもいいはずだった――それは少女がひどく傷ついていて、他人の行動がその混乱した心にほとんど影響をあたえないことをしめしていたからだ。だが、ジョージはそのせいでさらに苦しみ、さらに怒りをかき立てられたらしく、以前にも増してピオニーの安全な生活に気をくばるようになった。少女が膝をすりむいたり指に棘を刺したりするたびに心配した。少女の不満そうな声を聞くたびに全力で対応した。眠れないときには（その頻度はだんだんあがっていた）、より確実に少女を守れるようにと、野営地の周辺を自分の罠にかからないよう苦労しながら竜に負けないくらい規則正しく巡回した。ある晩、いつものように見回りをしていたとき、小屋のむこう側の茂みから立て続けに悲鳴が聞こえてきた。ジョージが近づくとそれはやみ、風以外にはなにも聞こえなくなった。南方で扁平な月が雲の陰から姿をあらわし、茂みの揺れる上端を銀色に輝かせて彼の行く手を照らした。すぐにまた声が聞こえた。男たちの不平たらたらの声。ジョージは音のするほうへ忍び寄り、木の葉のあいだからのぞき見た。小さめの池の岸からまばらな植生によって隔てられたあたりで、ふたりの男が一本の獣道《けものみち》をまたぐようにすわり込んでいた。月明かりだと黒く見える細い血の筋が、それぞれの脚の傷口からしたたっている――ジョージが仕掛けた罠にかかり、肉に刺さったバンデリージャの棘を抜いているのだ。ふたりのうちで小柄なほうは、ふさふさした黒髪で顔をなかば隠した筋骨たくましい男で、朽ちかけたズボンをはき、棘を抜くためにナイフの先端でふくらはぎをほじりながら悪態をついていた。もうひとりの男はエドガーだった。傷は連れよりも少なく、慎重に棘を抜くたびにきいきい声をあげていた。

ジョージの胸のうちに、熟練の騎手がやすやすと馬にまたがるように怒りがこみあげてきた——何週間もまえからこの瞬間のためにそなえていたようなものだったので、そのときが来たいま、どんな責務を求められようと完全に準備ができていた。そのまま獣道へ踏み出したが、彼が口をひらくより先に、筋骨たくましい男がはじかれたように立ちあがり、足をぎこちなく引きずりながらジョージめがけて突進してきてナイフをふるい、彼の腹に熱い痛みの筋を引いた。次の一撃は彼の前腕を切り裂いた。ジョージはパニックを起こし、身を投げるようにして男につかみかかると、ナイフを持っているほうの手首をがっちりとつかんだ。ふたりは酔っ払ったダンサーのようにいっしょにぐらぐらと揺れながら茂みを突っ切って岸辺に出た。敵は力が強かったが、優位はずっと体が大きいジョージのほうにあった——彼は男の体をまわして背後からしっかりつかまえたまま、体重をかけて池のほとりに膝をつかせた。ナイフが岸に沿ってはじけ飛び、男がそれを取り戻そうとしたので、ジョージは全身で男にのしかかって地面にうつぶせに倒し、その頭を水中へ押し込んだ。男が顔をあげて首をひねると、白い髭《ひげ》の生えた頬と、ゆがんだ口と、網状の濡れた髪をとおしてらんらんと輝く目が見えた。強烈な体臭がふたりを包み込んでいる。男は低くうなって大きく息を吸い込んだ。それからふたたび頭が水中に没すると、もがく体の動きがさらに激しく、痙攣《けいれん》するようになり、水面をかき乱した。男が左手を背後にのばして顔をつかもうとしてきたので、ジョージは男の首のうしろをつかんでぐっと押し込み、池の反対側へ視線を据えた。茂みとの境目あたりでシルヴィアが腰をかがめている姿が目に入ったが、特にその存在を意識することはなかった。男の体に震えが走り、それはいまにも達しそうな愛人のみだらな痙攣のようだった。念のため、ジョージはさらに男の首を押さえ続けた。しばらくして死体からごろりと離れ、そのかたわらに横たわって息をあえがせた。月が明るさを増していた。腹がずきずきしていた。上体を起こして傷口を調べてみる。見たところ浅いようだ。むしろ切られた前腕のほうが心配だ。この男が脚を怪我していなかったら、いまじっと横たわっているのはジョージのほうだったかもしれない。両手が震えていた。穏やかな流れで死んだ男の頭が上下に揺れた。魚がその目玉をかじる様子を想像して、死体を水中から引きあげようかと思ったが、行動には移さなかった。男のにおいが吐き気がするほどねっとりと肌にからみついていた。シルヴィアがかたわらで膝をついてなにか言ったが、意味が理解できなかった。女の姿にジョージは根源的なレベルで混乱してしまい、たしかなものがなにもなくなっていた。目をそむけたかったが、女の執拗《しつよう》な視線がそれを許さなかった。女がまたなにか、怒ったような声で言ったので、ジョージはこたえた。「だいじょうぶだ」

シルヴィアがジョージをひっぱたいた。「もうひとりの男が逃げたよ！」

ジョージはあたりを見まわしたが、だれも見えなかった。

「ほら！」シルヴィアは死んだ男のナイフをジョージの手に押し付けてきた。刃が赤く染まっている。手のひらにおさめてみても、それがなんの役に立つのか理解できなかった。

「あれはエドガーだ」ジョージは言った。

「エドガー？　ピオニーを閉じ込めてたやつ？　それならあれは……」シルヴィアは死体を身ぶりでしめした。「あれがスネリング？」

「そいつはだれなのかわからない」ジョージはナイフを草の上に置いた。「とにかくエドガーは脅威じゃない。ひとりなら無害だ」

「でもひとりじゃなかったんだろ？　きっと仲間をちょっとした冒険に誘い出したんだ。こっちにはいい女がいるからふたりで連れ戻そうって。それが無害だと言える？」シルヴィアは口をつぐみ、ジョージが黙っているので続けた。「あんたがなにもしないのなら、あたしがやる」

シルヴィアがナイフを取りあげようとしたので、ジョージは手で柄をつかみ、きしむ体で立ちあがった。頭がくらくらして熱っぽかったが、エドガーを見つけたいという気持ちではなく、シルヴィアがしゃべるのを止めたいという気持ちが強かった。

エドガーを追跡するのはむずかしくなかった。獣道を数分歩いただけで、ふつうに会話をする大きさの声が聞こえてきた。さらに三十フィートほど進むと一本のクレオソートブッシュがあり——多くの葉がむしり取られて全体が地面に複雑な影を落としている——エドガーがその影の中心ですわり込んでいた。魔法の模様で召喚されたまん丸な顔の無邪気な若い悪魔のようだ。かかとに刺さった棘をいじくり、ジョージたちに気づくと、なにか行儀の悪いことをしているところを見つかったように、きまり悪そうな笑みを浮かべた。

「ほら、言っただろ？」エドガーは自分に語りかけているようだった。「あいつらのことはほっとけって、そう言ったのに」

ジョージはエドガーのまえでしゃがみ込んだ。「スネリング夫妻はどこにいる？」

エドガーは以前よりも痩せていて、頰はこけ、腹の脂肪も減っていた。うなずいたが、どうやら目に見えないだれかが彼の苦言にこたえる声に耳をすませているようだ。ジョージは怒鳴りつけてエドガーの注意を引き、質問を繰り返した。

「ピーターは死んだよ」エドガーが言った。「サンドラは病気だ。それでぼくとトニーが来たんだ。そちらに薬がないかと思って」

シルヴィアがあざけるような声をあげた。

「それがきみたちの目的だったとしたら」ジョージは言った。「なぜトニーはわたしを殺そうとした？」

エドガーは考え込んだ。「たぶんびっくりしたんだ。あんたのことをぜんぜん知らなかったから」

「きみがなにか言ってやることはできたんじゃないか？　わたしが何者か説明できたはず

だ」

エドガーはぼさぼさの髪を指でいじくった。「ぼくもびっくりしたんだと思う」

「もういいよ」シルヴィアがきっぱりと言った。

「まだいくつかききたいことがある」ジョージは言った。

「こいつは適当に作り話をしてるだけ。見え見えじゃないか！」

ジョージはエドガーに話しかけた。「きみはピオニーに会いたかったんだろう？」

「ピオニーにはいつだって会いたいけど、そのために来たわけじゃないよ」

「トニーにあの子のことを話したか？」

エドガーは酸っぱいものを食べたように口を動かした。「おぼえてない」

シルヴィアが両手をあげた。「まだこんなことを続けるの？」

ジョージは立ちあがってシルヴィアをわきへ連れていき、エドガーに話を聞かれないようにした。「嘘をついていようがいまいが、あいつがわたしたちに危害を加えることはできない。単純な男だ」

「あんたは単純だと言うけど、あたしは演技だと思う。いずれにせよ、また別のトニーがあらわれたらどうするの――エドガーがそいつにピオニーの話をしないと思う？　あいつはあの子を取り戻したがってるんだよ、わからない？」

「トニーはなんとかなった。次のやつもなんとかなるさ」

「かろうじてでしょ！　あんたはたいした理由もなく危険に身をさらしたいのかもしれないけど、あたしはいやだね」

ジョージはちらりとエドガーを見た――かかとを指でいじくっている。

「あの男のせいでピオニーはあんなふうになった」シルヴィアが言った。「そこはまちがってないんだよね？」

「わたしたちはちょっと頭を冷やしたほうがいいと思う」ジョージは言った。「いつもいつも短絡的な反応をする必要はないだろう」

「どうしようもない大バカだね！」シルヴィアはいまにも唾を吐きそうだった。「ここへ来てずいぶんたつし、あれだけいろんな目にあってきたのに、あんたはまだ自分が何者かわかってない……自分がどこにいるかってことも。あんたはたったいま身を守るために男を殺した。その男に襲われたから肺が破裂するまで水の中へ突っ込んだ。なのに仕事をやり遂げるのを渋ってる。あんたは自分が道徳的な人間だというふりをしたいんだ。とても繊細だから人殺しなんかできないって。時間をかけてじっくり考えて、その概念を自分の人生観に当てはめたいんだ。まあ、あんたはそれで気分がいいかもしれないけど、気分がよくなってもここには道徳の入り込む余地なんかないという事実が変わるわけじゃない。正直な話、モーニングシェードにだってそんな余地はありゃしない。どこにだってないんだよ」

「おかしなことを。エドガーは脅威ではないと何度も言っているだろう」

「だれだって脅威なんだよ！　ここにはグリオール以外の法律はない。あいつがしょっちゅうあたりを飛びまわって怖がらせてなかったら、みんなはもっと勇気を出して、あちこち探索してるはず。その場合、たぶんピオニーやあたしは昼も夜もあおむけで働かされていただろうし、あんたはとっくに死んでた。あたしたちは近くで野営してる連中が臆病者で運がよかったんだよ」シルヴィアは指でジョージの胸をつついた。「遅かれ早かれエドガーはあんたより殺しが得意なだれかに話をするに決まってる。道徳なんかに縛られないだれかに。そうなったらあんたがどれほど道徳的な人間かよくわかるだろうね」

エドガーがなにやらぶつぶつ言い始めた。風が徐々におさまって、川の流れる音が聞こえてきた。ジョージはその音に疲労感をおぼえ、もの悲しい気持ちでいっぱいになった。

「あいつに死んでほしいんだろ？」ジョージはシルヴィアにナイフを差し出した。「わたしは今夜はもう血を流しすぎた」

シルヴィアは顔を封鎖し、無表情というよろいを着けた。ジョージは彼女がこの挑発に尻込みするだろうと思ったのだが、一瞬置いて、彼が「なにをためらっているんだ？」と言おうとしたそのとき、シルヴィアはナイフをつかんで決然とした足取りでエドガーのもとへむかった。寸前でエドガーが振り返って笑いかけてきたが、シルヴィアはそのままナイフを男の首の横に突き立て、同時に短く悲鳴をあげた。刺された勢いでエドガーは横へ倒れ込んで柄を襲撃者の手からもぎ取り、シルヴィアは自分がしでかしたことにショックを受けたようにあとずさりした。エドガーはかぼそい泣き声をあげ、首から突き出している刃に手を押し付けた。指と指のあいだから黒ずんだ血が噴き出し、白い肩に飛び散った。なにかに突っ張って、ぎりぎりのバランスをたもとうとしているように見えるのは、刃を引き抜きたいという思いとそんなことをしたらおしまいだという思いで板挟みになっているせいだろう。両脚がばたばたと蹴り出され、いっときその場で走っているような姿に見えた。やがて四肢から力が失われ、エドガーはクレオソートブッシュの根元を見つめたまま動かなくなった。夜の彼方《かなた》で、竜が絶叫した。

7

それ以降、いくつかの幻想がだいなしになったが、真っ先に消えたのは彼らは家族であるという幻想だった。ジョージとシルヴィアは、口にはしなかったが双方の合意のうえでもうセックスをしないと決め、あまりふざけあったりすることもなくなった。ただ、こうしたことはより大きな変化の予兆だったらしく、それがなにより顕著にあらわれたのは、雰囲気が真っ暗ではないにしても暗くなったことだ。まるで彼らに命をあたえていた火花が湿ってしまったかのようだった。それでも、その火花がぱちぱちとはじけて明るいひとときをもたらすことがないわけではなく、ある晩シルヴィアが以前に書いておぼえていた物語を披露したときもそうだった。彼女が語ったいくつかの物語は、どれも〈アリの永遠なる恩恵〉が舞台で、題材となるのは娼館の娘と占いカードの〝左利きの男〟から姿を借用した人物とのロマンスだった。ピオニーはその物語に夢中になり、ジョージがおおげさに賞賛の言葉をかけるとシルヴィアの顔には笑みが浮かんだ。だが、燃えさかる明るい気分はすぐに薄れて全員がもとに戻ってしまうのだ――天からの圧力と世界がもたらす絶望から身を守ってくれる確固たる絆をもたない三人の傷ついた者たちへと。

ピオニーはエドガーが死んでからの一週間はひどく動揺していた。シルヴィアは少女はちゃんと眠っていたと断言したが、ジョージはエドガーの処刑を目撃してしまったせいではないかと考えていた……あるいは、なんらかのかたちでそれを感じ取ったのか。少女はこぶしを握り締めてすわったまま、体を揺すって小さなやかんのような音をたて続け、なにをしても元気づけることはできなかった。四日たつと体を揺するのはやめたが、すわって竜の鱗をずっといじくっていて、ときどき緊張病とよく似た状態におちいると、よだれを垂らしてぼんやりするだけで完全に無反応になった。ジョージは夜になると自分が殺した男と自分がその死に加担したエドガーにまつわる記憶と夢にさいなまれた。そしてシルヴィアも眠れなかったりするのだろうかと考え、良心がむしばまれないようにどれほど巧みな言い訳を用意したのか知りたくなった――それはさぞかし役に立っているのだろう。ジョージ自身の眠りはよいときでも途切れ途切れだった。たいていは夜明けのずっとまえに起きてしまうので、午後遅くにはすっかり疲れて頭もまわらなくなり、すわっているときだけでなく立っているときでさえうつらうつらした。ふたりの男を殺した十日後の夕暮れどき、そういう短い眠りのあとで野営地のはずれに立ち、ぼんやりと平原を見渡していたら、地平線の上、ひと筋のスレート色をした雲の下に、黄色がかった赤い輝きが見えた。初めは日没のせいかと思ったが、そこで自分が見ているのは西ではなく、雲だと思っていたのは東につらなる丘の頂だと気づいた。輝きはその丘陵地とジョージのいる場所とのあいだから発していた。彼はなんだか妙だと思いながらそれが明るさを増して広がっていくのを見守った。かん高い悲鳴が聞こえたので目をやると、四、五人の人びとがやぶを突っ切って走っていて、その頭が茂みの上にのぞいていた。おそらく頭上で旋回している竜から逃げようとしているのだろう。愚かな連中だ。輝きのへりがゆらめき、煙っぽいにおいがしたような気がした。ジョージは一瞬ぽかんとしてから、においの出所がその輝きだと気づいた。平原が燃えていて、吹き寄せる風が炎の壁をジョージたちのほうへ押し広げていたのだ。

警告の叫びをあげながら小屋へ走ると、外へ出ていたシルヴィアとピオニーが、怯えておたがいにすがりつき、なにが起きたのかと目で問いかけていた。ジョージは腕をさっと東へ突き出した。「平原で火事が起きていて、それが風でまっすぐこっちへ押し寄せている。逃げないと！」

空の光がほぼ消えかけるころに三人は西へ逃げ出した。着実な足取りで、ぼろきれとささやかな所持品だけを背負い、まるで先史時代から抜け出してきた家族のように、恐怖で一致団結して。すぐにあたりは真っ暗になったが、それほどたたないうちに暗闇が炎で照らされた――ひとつひとつの炎のかたちまで見きわめられるようになり、ごうごうというかすかな音が聞こえてくる。ジョージは小川のそばから離れまいとしたが、グリオールがつきまとってきて三人を彼の選んだ方向へ追い立てた。家畜を楽に誘導しようとして竜が平原に火をつけたにちがいない。鱗を炎で輝かせた闇の創造物は、ときどき空から急降下してきては、ジョージたちにむかって咆哮し、三人の進路を正すと同時に火事の騒ぎにその強烈な轟音《ごうおん》を加えた。何度かほかのグループと遭遇したが、闇から出てこないのでどういう連中なのか見定めたり人数をかぞえたりはできなかった。この平原で過ごすうちに恐怖や疑念にすっかり順応したのか、だれもがさっさと逃げていった。炎の生け垣が周囲から迫ってきた。三人は汗ばんだ顔をすすで真っ黒にして、つまずいたりよろめいたりしながらやぶを走り、急にあらわれて行く手をふさぎそうな新しい炎の筋を避けるために何度となく進路を変えた。ピオニーがころんだのでジョージは少女をかかえあげた。シルヴィアがふらついてペースが落ちたのであいているほうの手でその体を支えた。煙がもうもうと立ちこめて息をするのがつらくなり、そのせいで集中力が落ちて疲労も増した。三人を先へ先へと追い立てるグリオールは、翼をなかば閉じたまま暗闇にその姿を浮かびあがらせていたが、一部しか見えないせいでよけいに恐ろしげで、牙は赤々と輝き、金色の眼には炎が照り映え、その咆哮は炎の轟音をも凌駕《りょうが》していた。ぱちぱちと燃えさかる炎が大気から酸素を吸いあげて熱するせいで、ジョージは息を吸うたびに喉がしわがれていくのを感じた。すっかり方向を見失い、グリオールにもてあそばれているのではないか、このままでは疲れ果てて袋小路で焼け死ぬだけではないのかと疑念がつのる。だが、もはや脱出方法を考えるだけの気力はなく、なにかを気にかける余裕も失せ、どんなかたちでもいいからさっさとケリがついてほしいという気持ちになっていた。

風向きが変わったらしく、気温がさがって燃える平原が放つ光も薄れ、入り混じった煙と霧がそれを覆い隠した——それでも竜はジョージたちを追い立てた。やぶから草の茂る斜面に出たが、三十ヤードほど進んだだけで、傾斜が急になり足場がごつごつしてきた。まわりがよく見えないので手探りで進むしかない——まるで岩山をのぼっているようだが、低いところは一段が数フィートの高さがある粗削りな階段状になっていた。もはや炎の音は聞こえず、この急展開に頭も混乱していたが、それを心配するだけの元気はなかった。ほどなく低い人声のようなものが聞こえてきた。暗がりに目が慣れると、いま踏んでいる階段はとても幅が広くて、そこに小人数のグループが散らばっていることに気づいた。ジョージはその人びとを避けて三人で腰をおろせるだけのスペースを見つけた。竜が下のほうで低くうなっていたが、それはなにやら考え込んでいるような音だった、というか、ジョージはそう解釈しておくことにした。走るのに疲れてもう一歩も足を踏み出せなかった。

「ここはどこ？」シルヴィアが暖を求めて身を寄せながらたずねた。だいぶ寒くなっていたので、彼女もピオニーもジョージの腕の下にもぐり込んできた。

「きみでもわからないのか？」

「テオシンテのほうへ……市街地があった場所へ戻ってると思ってた。でも近くにこんな場所はないよ」

「謎解きは朝になってからにしよう。少し休まないとな」

ジョージは男らしく監視を続けようとしたが、女たちの穏やかな寝息に誘われて夢も見ずに眠り込んだ。目が覚めると空が明るくなっていて、濃い霧で封じ込められていたその場所が石の階段の上だということがわかった。円形劇場のように見えるが、おそらく自然にできたものだろう。[注10] 朝の風が強まって、霧に渦や裂け目が生まれ、平原のそこかしこが見えるようになってきたが、やぶが黄色がかった緑色のままなのを見たら胸が騒いだ。前夜の火事の痕跡はどこにも見当たらず、なにかが焼けたにおいもしない。体のあちこちが痛むので、下のほうの段にいる人びとがやっているように（見たかぎりでは、ぜんぶで五十人まではいか

注10　この円形劇場は自然にできたものではなく、シルヴィアとジョージがテオシンテを留守にしていたあいだに（本人たちが感じた数カ月ではなく、数年におよんでいた）丘の側面を掘削して作られたものであり、その目的は〈音と光〉のパフォーマンスを見物に来る観客に座席を提供することとされていた。実際にそのようなパフォーマンスがおこなわれたことはなかったが、ランプは設置されていたしオーケストラ用の演台も作られていた。一部の人びとのあいだでは、円形劇場建設の意向をしめしたのは、それまで言われていた市の長老たちではなく、そういう皮肉な趣向を好むとテオシンテの長い歴史にずっと記載されてきたもっと狡猾《こうかつ》な仲介者だったのではないかと考えられていた――その座席は旅行者のためではなく、ジョージ、シルヴィア、ピオニーが野営地からの脱出を余儀なくされた翌朝にそこを占拠していた、まさにその観客たちのために用意されたのだと。

ないようだが、霧のせいではっきりしたことは言えなかった）凝りをほぐしてそこらを見てまわりたいところだったが、ピオニーとシルヴィアをできるだけ長く寝かしておいてやりたかったのでじっと観察するだけにしておいた。

人びとは石段のあちこちでかたまり、ジョージと同じようにすすけたぼろぼろの姿で、まわりにいるほかのグループに目を光らせるばかりで交流しようという態度はいっさい見せず、これで試練が終わるかもしれないという希望に意識が向いているせいか、各自が優先すること以外には関心がもてないようだった。ところが、そんな希望は長続きせず、円形劇場の真正面の霧の中から巨大な姿が浮かびあがると、ジョージには落胆する理由はひとつもなかったのに（それどころか、眼前に広がった光景はそのなじみ深さにより彼をすべての悩みから解放してくれるはずだった）、そのグリオールの姿が――小型版の化身ではない、麻痺して横たわる邪悪な鼻面をそなえた巨獣、その牙は蔓草や着生植物におおわれ、鱗は苔や鳥の糞《ふん》でいろどられ、緑色と金色の体表は浮かぶ雲にかすんで、流れる霧を亡霊のドレスのようにまとい、ぱっくりひらいた口は四つか五つの大聖堂の本堂を満たすほどの闇を内包し、丘のように高々とそびえる胴体はそのふもとにモーニングシェードの貧民街と工場地帯のトタン屋根を従え、そこからいまカランカランと鐘の音が響き渡っている――その姿がどこか奥深い領域への門をふさぐ巨大な存在のような、ひどく凄《すご》みのある偶像的価値を有していたために、ジョージはすっかり気力を失ってしまったし、ほかの目撃者たちもやはり打ちのめされたようだった。ざわめきが徐々に静まり、人びとは歩きまわるのをやめてその場に立ちすくみ、それぞれことなった十枚ほどの活人画となった。目を覚ましたピオニーは悲鳴をあげてジョージの肩に顔をうずめ、シルヴィアはひゅっと息を吸い込んで彼の腕に爪を立てた。地中から低くとどろく、すべてを包み込むような轟音は、まるで大地や空やあらゆる事物の核から発せられたようで、物質の基本要素が声を得て不平をとなえているようにも聞こえた。するとグリオールの口の中から、初めはぽつぽつと、次いで草原をのみ込む波のように、その巨体の内部に棲んでいた生き物が、滑ったり、這いずったり、飛んだり、跳ねたり、四本や二本の脚で走ったりして（というのも、蛇や蜘蛛や〝かっとび〟や〝ひらひら〟[注11]に交じって、なんらかの理由で社会を捨てて竜の体内へ逃げ込み、臓器や骨や軟骨が生み出すくぼみや洞窟や峡谷の中で暮らしていた大勢の男女がいたからだ）外へあふれだしてきた。それらが平原へ逃げ散っていくにつれ、モーニングシェードの住民たちの怯えた悲鳴や鳴り響くさまざまな警報が一体になった遠いどよめきが目撃者たちにも聞き取れるようになってきた。グリオールの眼がひらくと、鉱物の色をした斑点がある金色のふたつの車輪が、それぞれ垂直なスリット状の瞳孔で分割されて、その顔に邪悪な敵意を浮かびあがらせた。喉の奥深く

注11　グリオールに特有の寄生生物。〝かっとび〟は比較的無害だが、〝ひらひら〟のほうは、通常は鱗の一部に擬態し、その皮膚から毒を発散して大勢の不用心な鱗狩人《うろこかりゅうど》を死に至らしめた。

でオレンジ色の光輝が生じ、それがどんどん強く白熱して、じきに食道に詰まった星のようになった。これを見て、目撃者たちのうちの十人か十五人ほどが円形劇場の石段を離れて下に見える街へと駆け出した。その中にピオニーもいた。少女はジョージの腕をすり抜け、彼がつかまえようとのばした手をかわして石段を駆けおりていった。

シルヴィアがしかたなさそうに立ちあがったので、ジョージは言った。「わたしがひとりで追うほうが危険は少ない。平原で待っていてくれ。こっちできみを見つける」

シルヴィアの顔では安堵と恥辱が入り乱れていた。「あの子が自分の住んでた場所を知ってるとは思えない。グリオールの聖堂を捜してみて。あの子はその中をきれいだと言ってたから」

「ほかには？」

シルヴィアは首を横に振った。「わからない」だが、ジョージが動き出すと、彼女は呼びかけてきた。「娼館よ！　あそこかもしれない！　あたしの物語を聞いたから！」

ジョージがそれまですわっていた最上部の段から全体の三分の二ほどをくだったとき、グリオールが、咳き込むようなうなり声でとてつもない労力を費やしていることをしめしながら、頭をめぐらしてヘイヴァーズ・ルーストの方角へ体をひねり、その鼻面をつらなるトタン屋根の上へ突き出した——同時に、木の幹が折れるときに出るようなバキバキというすさまじい破裂音をたてて石化した関節を動かし、何千年ものあいだ筋肉を使っていなかったことからくる重々しい、いまにも倒れそうな緩慢な動きで、その巨体を起きあがらせた。それは非現実的な光景であり、山が変形し、巨像に生命が宿ったようなものだった。グリオールは前方へ一歩踏み出し、大地を揺るがす衝突音とともに、前足をモーニングシェードにならぶ掘っ立て小屋の中へおろし、かなりの広さの土地とそこに住むものすべてを押しつぶして、前脚全体が隠れるほどの砂ぼこりをまきあげた。竜の背中にある村、ハングタウンを取り巻く土と植物が、いくつかの大きなかたまりとなって横腹と左右の翼を滑り落ち、村にならんでいたぼろ屋がそのあとに続いて、空中でばらばらになった。ジョージの位置からだと、瓦《が》礫《れき》がどこに落ちたかはわからなかった。グリオールが咆哮し、その生々しい轟音がジョージの聴力を奪った。[注12] 彼は痛みにがっくりと膝をついた。両手を耳に押し当て、まぶたをぎゅっと閉じたが、ふたたび目をあけたときには、グリオールの口からほとばしって谷を横切った炎（移り変わるオレンジ色の風化模様のせいでレースのような奇妙な繊細さがあった）がヘイヴァーズ・ルーストの斜面に建つホテル群をひとのみにするのが見えた。ほんの数秒で、そこにあるすべての建物が、てっぺんに位置する庁舎も含めて、そっくり炎上していた。竜は一瞬ぐらついたようだったが、なんとか踏ん張り、低くした頭をわずかに右のほうへむけ

注12　このときの咆哮で数千名の人びとが死傷したが、その多くは砕けた無数の窓から飛散したガラスを浴びていた。住民の半数近くが程度の差はあれ聴覚に損傷を負った。

ると、噴き出したひと筋の炎で近郊のセロ・ボニートという、ゆるやかな丘陵地に裕福な外国人たちの所有地が広がる一帯を焼き払った。竜の唇や吐き出される呼気からしたたる炎のしずくが市内のほかの場所にも大火を発生させていた。火事の臭気に混じる刺激性の化学物質のにおいがジョージの鼻孔をつんと刺した。

動物じみた恐怖心に取り憑かれながらも、ピオニーを守ると心に決めていたおかげでなんとか不安と苦痛を無視することができた。耳が聞こえないのはかえってよかったかもしれない。ジョージが丘のふもとまで降りたころには、市内のかなりの部分が燃えていて（竜のそばと真下だけはそのままだった）、反対方向へ列をなして駆けていくパニックを起こした住民は、流血したりやけどしたりしている者もいたし、ひらいた口からは悲鳴が出ているようだったので、それが聞こえていたらジョージ自身に芽生えかけたパニックもいっそうひどくなっていたはずだった。モーニングシェードのはずれにたどり着いたときには、人びとの流れは洪水へと広がっていた。ジョージは平原へ殺到する群衆に逆らって通りを進まなければならなかった。砂ぼこりをとおしてまっすぐ前方へ目をこらすと、錆《さび》の縞模様がついた屋根のつらなりのむこうで、グリオールの前脚が地獄の果樹園に生えたがっしりした緑色と金色の木のようにスラム街から突き出していた。竜の汚れた白い腹は、彼を崇拝する四階建ての聖堂の頂点にある飾りの上に低く垂れかかり、空の一部というよりは巨人の汚れたベッドシーツのふくらみのように見えた。ジョージの左側にならぶ商店のあいだに一本の路地の入口があった。ジョージは群衆をかき分けてそこへ踏み込み、押し合いへし合いせずにじっくり行動計画を立てようとした。だが、いったん混乱した群衆から離れてみると、状況は絶望的に見えて、自分は無駄足を踏んでしまったのだと理解した。また群衆の中へ戻っていっしょに逃げようかとも思ったが、そのとき路地の突き当たりに、豊穣の角の粗雑な絵が描かれた看板が見えた――そこで宣伝されている質屋は〈アリ〉の近くだった。恐怖に屈服してしまうまえに、少しくらいなら時間がとれるだろう、と自分に言い聞かせる。ピオニーは娼館を舞台にしたシルヴィアの空想話が大好きだったので、もしも生きのびているなら、シルヴィアが愛情深い娘の住まいとして描いた場所へ避難しているかもしれなかった。ジョージは路地を走り、横丁をまばらに埋めた人びとを押し分けて〈アリ〉までたどり着くと、店の扉を勢いよく押しあけた。

痩せこけた、猫背の、白髪頭の男がカウンターで両手に持った酒を飲んでいる以外、店内にはだれも残っていなかった。テーブルも長椅子もひっくり返されて、瓶や割れた食器が床に散らばっていた。ジョージの聴力はある程度戻っていた――耳鳴りは続いていたが、はっきりした音なら聞き取ることはできる。ピオニーを見なかったかとたずねてみたが、老人はカウンターからジョージに顔を向けようとはしなかったし、そもそもいっさい反応を見せなかった。片耳から流れる乾きかけた血がしわの多い頬に筋を引いている。そのとき壁が揺れて、床板が跳ねあがり、垂木からほこりが降ってきてカウンターの奥の棚からはさらに瓶が落下した――グリオールがまた位置を変えたのだ。竜が二歩動くだけで人間たちの世界は大混乱におちいる。

ジョージは二階へあがり、廊下を急ぎ足で進みながら、扉を次々とひらいて部屋の中をざっと見渡し、乱れたままのベッドや椅子にかかる寝間着に目をとめたが、ピオニーの姿はなかった。自分は押しつぶされるか焼き殺されるかするのだという確信が刻一刻と強まってくる。突き当たりは窓から市内を見渡すことのできる部屋で、ピラミッド模様のついたクリーム色の壁紙の上で赤い光がゆらめいていた。ずんぐりした黒髪の女がピンク色のフランネルのローブをまとってベッドの端に腰かけ、燃えるテオシンテをながめていた。ジョージの姿を見ると、女の顔にうれしそうな表情がバターが溶けるように広がった。女は自分のとなりをぽんと叩いて、すわりなさいとうながした。逃げろと言ってやりたかったが、女の顔のなにかが、その中心をなす脱力感が、じゃまをするなと語っていた。頭の禿《は》げた筋骨たくましい男がジョージを押しのけて部屋に入り、彼にちらりと敵意のある視線をむけてからズボンを脱ぎ始めた。女はふたたび窓の外へ顔を向けて、ローブの襟をいらいらと引っ張った。なにか知らないがふたりには勝手にやらせておこうと、ジョージは階段を駆けおりて通りに飛び出し、そこで赤毛のきゃしゃな少女が扉の外にしゃがんで前後に体を揺らしているのをあやうく見逃しそうになった。ピオニーは抱きあげられても文句は言わなかった――呆然としていてなにも気にならないようだった。

　ジョージには〈アリ〉にいた男女のふるまいは崩壊の最終段階のように思えたが、通りではそれがさらに悪化していて、音も声も入り乱れてまともに聞き取れず、狂乱した人間たちが激しいつかみ合いを繰り広げていた。ジョージはだれかに突き飛ばされて体勢を崩し、片膝をついた。倒れまいとして片手をのばすと、群衆に踏みつぶされたひとりの少年の変形したあざだらけの顔で体を支える格好になってしまった。不快感にあわてて手を引っ込めたものの、この死との親密な接触によって決意がかたまったので、とにかく生きのびることだけを考えて、自分の体の大きさを最大限活用し、人びとを障害物とみなし、こぶしでそれらを殴り倒し、わきへほうり投げ、その連中がどうなろうがいっさい気にかけなかった――すでにひとつの死によって汚れ、いままたまちがいなくほかの死によって汚れていく自分の魂の状態についても。乱闘の中から唖然とした顔が次々とあらわれ、それをひとりまたひとりと片付けていく。わきあがる砂ぼこり、恐怖や憤怒《ふんぬ》のにおい……あらゆる狂気の毒素が大気を汚染していた。それでもジョージは恐怖を感じなかったし、感情をなくしたいま、彼はだれにも阻止されることのない無敵状態にあった。やがて街はずれまでたどり着いて、未舗装の通りがのぼり斜面に変わり、群衆がそこに扇状に広がっている場所へ出たとき、なにかが折れる音がほかの騒音をつらぬいて聞こえてきたが、その出所が自分の体の内側なのか外側なのかはよくわからなかった。背後を振り返って、竜の脚ががくっと折れ曲がり、ぞっとするほど白い骨の破片が膝の上の鱗から突き出して裂け目から血があふれるのが見えたとき、ジョージはキャタネイの予測が現実になったのを知った。[注13] グリオールの巨大な頭が左へ旋回して、悪意に満ちた金色の眼が下をむくと、ほかのだれもが同じことを思ったはずだが、ジョージもその竜がまっすぐ彼を見つめて、喉の奥深くで白い星を輝かせているような気がした。脚がさらに深く折れ曲がって、竜の体が人びとのほうへかしいだので、ジョージはピオニーをまるめた小さな毛布のように脇の下にかかえたまま、それまで以上に死にものぐるいで丘を駆けのぼった。群衆が嘆きの声を悲鳴に変えて、倒れてくるグリオールの下から逃げ出した。

グリオールがほんとうに死にかけている影響で重力が変化して時の流れが遅くなったのか、あるいは単に恐怖心で一秒が長く感じられただけなのか、いずれにせよジョージは自分ではずいぶん長く思える時間走り続けた。不気味なシュッという音が聞こえたとたん、背中に吹き付けてきた熱気で体勢が崩れたが、なんとか踏ん張ってまた走り続けた。時間の流れがさらに遅くなって、激しい耳鳴りや周囲の人びとの叫び声の中から自分の苦しげな呼吸音をはっきり聞き分けることができた。そのあと、ジョージが耳にすることになる最後の音がした。竜の最後の咆哮、その叩き付けるような音が彼の両耳を稲妻のようにつらぬき、泡立つような雑音に変わってほかのあらゆる音をかき消したあと、徐々に小さくなって、徐々に消えていき、立ちつくすジョージはまっさらな静寂のただなかに取り残された。大地が震えて、猫の背中の皮のように波打ち、ジョージは空中を吹っ飛ばされたが、なんとかピオニーを手放さず、怪我をしないよう守ることはできた。気絶はしなかったものの、十分か十五分、ひょっとしたらもっと長いあいだうつぶせに横たわって腕や脚をもぞもぞさせていたが、動けるかどうか試していたわけではなく、なにも考えずに休んでいるあいだにたまたまそんな動作が出ただけだった。体を起こしてみると、ピオニーは意識をなくしていたが呼吸はしっかりしていた。それからようやく、彼は頭をまわして砂ぼこりと煙のとばりのむこうにあるテオシンテへ目をこらした。

セロ・ボニート、ヘイヴァーズ・ルースト、ユーリンズ・グローヴなど市内のかなりの部分がまだ炎上を続けていて、五百カ所もの火災現場から黒い煙が空へ噴きあがっていた。だが、モーニングシェードの貧民街はまるで紙で作られていたかのように燃え尽きて、残っているのは煙がくすぶる残骸の山だけだった。実際には、火災の広がりかたがとても速かったために、その地区でも自前の給水手段をそなえていたいくつかの頑丈な建物（たとえばグリオールの聖堂）は、それほど被害を受けることなく残っていた。炎があまりにも急速に一帯

注13　キャタネイはグリオールが目覚めると予測したわけではなかったが、市の長老たちには、絵の具に含まれる毒が竜の体内に染み込んでその内部構造を弱らせるので、自重を支えられなくなった竜はいずれ「古い納屋のように崩れ落ちる」と説明していた。

をとおりすぎたために長く危険にさらされることがなかったのだ――おそらく、そこの使用人や住人たちが建物を守るための処置を講じたのだろう。廃墟と化した風景を圧するように、グリオールの巨体が横向きに倒れていて、背中はジョージとピオニーがいる丘のほうを向き、首がねじれているせいで鼻面は鱗におおわれた塔のように斜めに空へ突き出し、牙のあいだからは二叉になった舌がだらりと垂れさがっていた。胸郭が砕けて骨が五、六カ所で皮膚から突き出していた。あまりにも壮大かつ信じがたい光景に、ジョージはその全体像を頭の中におさめることができず、その後何年ものあいだ、ほんとうの記憶がグリオールの死にまつわる一般的な解釈に置き換わるまで、それを断片的に思い出すことになった。彼にとってもっとも忘れがたい要素はグリオールではなく、街はずれから広がるあの斜面だった。死者の大多数は竜のすさまじい業火で焼き殺され、身元もわからぬ灰の山と化していたが、その炎は端のほうでは威力が弱まったらしく、何千もの炭化した死体が丘を飾っていた。真っ黒になっていることを別にすれば生きていたころの姿のままではあっても、ひどくもろかったので、指で押すだけで崩れてその形をなくしてしまった。それらは習慣だけでひとつにまとまっている塵《ちり》でしかなかったが、見た目はしっかりした、精巧に織りあげられた人間の姿のようだったので、どこかの黙示録好きの芸術家が完成させたひとつの作品とかんちがいされても不思議はなかった。

ピオニーが身じろぎした。こぶしがひらき、鱗が手のひらから滑り落ちた。それをひろいあげたとたん、ジョージは少女と初めて出会った日にあのやぶの中でふれた冷たいぞくぞくする生命力を感じてぎょっとした。脳裏に滑り込んできたイメージは、ビザンティン帝国ソリドゥス金貨で、きわめて珍しい、アレクシオス皇帝時代のものだった。そのあとに、見慣れないが古代エジプト時代のものと思われる銀貨があらわれて、そのあとにまた別の、さらにまた別の硬貨が続き、光沢も透明度もすばらしい貴石や、原石がはめ込まれた古代の金杯や、宝石が飾られた短剣や、金の枠がついた鏡など、小山ほどのさまざまな品々が見えてきた。まさに比類なき財宝だ。生きのびることに専念すべきなのはわかっていた（ふたりはまだ安全ではなかった）が、疲れていたし、黄金はとても魅力的だったし、死と煙と炎が蔓延《まんえん》するもうひとつの世界はずっと遠くにあるように思えた。そのあと、黄金が保管されている洞窟を出ようとして、たいまつの明かりを頼りに曲がりくねったトンネルを進み、夢の中にいるようにゆっくり静かに足を運んだが、いったん昼の日射しのもとに出てしまうともはやトンネルの入口を見ることはできなかった。シダや蔓草、ひょっとしたらなにか古代の魔法で隠されて姿を消したのだろうが、ジョージはそんな些細《ささい》なことはいっさい気にかけなかった――ただ安らかな気持ちで運命の定めを感じ取り、自分はいずれまたあの財宝を見つけることになるのだと確信していた。

8

『グリオール最後の日々』からの抜粋

――シルヴィア・モンテヴェルディ著

翌日には、あらゆる闇商人が、盗人《ぬすびと》が、事業主が、その死体に法的権利をもつ者もそうでない者もまとめて、いっせいにグリオールのもとへ押し寄せました。畏敬の念は恐怖とほぼ同じ強さをもつ強欲のまえに霧散し、死体に群がった人びとは、竜が横たわる丘の斜面を切りひらき、削り取り、掘り起こして、秘密の宝物庫を探しまわりました。あれだけの惨事があったことを考えればひどい話ですが、同時に興味深いできごとでもありました。わたしはそれからの十年間のほとんどを費やして本や小説のかたちで当時のことを記録しました。題材となったのは、街の復興と、グリオールの遺物――真贋《しんがん》を問わず――の販売と流通という新たに生まれた産業です。そのあいだはめったにテオシンテを離れることはなかったのですが、最後にあの円形劇場でジョージとピオニーを見た日から八年近くがたったころ、出版社との長引いていた仕事の件でポート・シャンティにいたとき、ふと思いついてジョージに連絡をとり、ピオニーもまじえてワインでも飲まないかと誘いました。彼が再会の場として提案したのは〈シルク〉というはやりのウォーターフロントのカフェで、広いガラス窓に、しゃれたテーブルと椅子をそなえていましたが、店名のもとになった女性を別にすればどこにも絹《シルク》はありませんでした。

ふたりとも耳が聞こえにくくなったという話は聞いていました。ピオニーは記憶喪失になって後見人のジョージといっしょに暮らしていて、そのジョージは離婚したあとでとても裕福になっていました――グリオールの宝物庫を掘り当てたというもっぱらの噂でした。ジョージとピオニーが不適切な関係にあるという噂もありましたが、表面上はよくいる父と娘のように見えました。ジョージは耳が聞こえにくいせいで言葉が少し不明瞭でしたが、それ以外は元気そうでした。口髭とヤギ髭をたくわえ（髪は白くなっていました）、あつらえたスーツを着込み、身のこなしに細心の注意を払っているせいで、洗練された雰囲気がありました。それでも、精神面の変化は身体面の変化よりはるかに大きかったのです。わたしの知っていた都会の無骨者はすっかり消え失せて、あぶなっかしさも、まじめさも、偏執的なところもなくなっていました。その態度の冷静さは、わたしには感情がまったく欠けているせいに思えて、なんだか気力が萎えました。以前のように彼を思いどおりに動かせるという自信はありませんでした。

これらは劇的な変化ではありましたが、ピオニーの変わりかたはもっと極端でした。すっかり成長して、美しい、落ち着いた若い女性になっていて、あらゆる面でとてもチャーミングでした。ジョージの話によれば、記憶喪失が虐待の記憶をすべて消して、彼女が成長する助けになってくれたとのことでした。ピオニーは単語の音をおぼえておらず、がんばって話してもなかなか理解してもらえないので、意思疎通には手話を使い、ジョージにそれを通訳してもらっていました。儀礼的なやりとりをすませたあと、ピオニーはわたしを忘れてしまったことを謝罪して、外にあるテーブルで友人とコーヒーを飲むと言って立ち去り、あとにはジョージとわたしが残されました。

「モンテヴェルディか」ジョージは言いました。「本名ではないんだろうね？」

「もちろんちがうわ！　あたしに異名がないなんておかしいでしょ？」

冗談のつもりでしたが、ジョージはにこりともしませんでした――彼のうなずきはその言葉がわたしにまつわる本質的な真理のひとつを明かしているとでも言いたげで、わたしもそのとおりかもしれないと思いました。

「ごめんなさいね、あなたを捜そうとしなくて」わたしは言いました。「火事とかいろいろあったあとで」

「大混乱だったからな。捜しても時間のむだだったろう」

「それで捜さなかったわけじゃないけど」

「ほう？」

「あなたがあたしに恋しているんじゃないかと心配だったの」

　ジョージは考え込みながらうなずきました。「あのころのわたしはほとんどだれにでも恋をしかねなかった。きみはちょうどいいときにちょうどいい場所にいただけだ」

「しかもあなたは気がふれたみたいな態度だった。少なくともグリオールに追い立てられてテオシンテへ戻るまえは。あなたのそばにいたくなかったの」

　ジョージは四、五秒間を置いてから、うっすらと笑みを浮かべました。「まあ、いまはわたしがいても安全だな」

「安全という感じはしないわね」わたしは待ちましたが、返事はありませんでした。「あなたといると不安になる」

「ピオニーの話だとわたしは他人によくそういう影響をおよぼすらしい。きみの場合は罪の意識でそれが増幅されているんだろう」

「罪？　あたしがどんな罪の意識をもたなくちゃいけないの？　あたしはなにも……」

「たいしたことではない。ほんとうだ。ごく些細なことだよ」

「あなたがどんなことであたしを責めているのか知りたいのよ！」

「なんでもない。忘れてくれ」ジョージはジャケットの脇ポケットに手を入れてなにか引き出そうとしましたが、そこで動きを止めました。「きみがわたしたちのことを書いた本を読んだよ」

　いらいらしましたが、ジョージがわたしの著作をどう思ったのかについても興味がありました。「なにか感想は？」

「正確だな。書かれている部分については。わたしはたしかにきみが最初に表現していたとおりだった。必死だった。それまでの人生から脱出しようと必死だった。だがあのときはそれを認められなかった」

「どういう意味かしら、『……書かれている部分については』というのは？」

「きみは物語の最高の部分を見逃した」

「グリオールが死んだときのことを言っているのなら、それは充分に見たわ。それだけじゃなくて、わたしはあなたが目にしなかった街の再建の様子も見てきたのよ」

「あんな街なんかどうでもいい。グリオールのほうは……」ジョージは含み笑いをもらした。「わたしたちはいつだって彼を見くびってきた。彼をばらばらに切り裂いてその断片を世界の遠い片隅まで運んだところで、彼が望むとおりのことをしているだけなんだ。これで彼は地球のあらゆる場所を支配することになる」

「なんですって？」

「以前ローゼチャーの文章を引用してくれただろう。おぼえているかな？『その思考は物質界を流れただよい、その精神はわれわれの世界を雲のようにおおっている』誇張した言葉のようだが、それが真実なんだ。いまさら受け入れるのがそんなにきついかね？」

「グリオールが生きていると言いたいの？　肉体がないままで……さもなければ、ばらばらになった断片がどれも生きていると？」

　ジョージは首をかしげて片手で優美なしぐさを見せました。その件についてこれ以上話すつもりはないと言わんばかりに。

　わたしはグラスのワインを飲み干しました。「あたしたちが役割を交換しているのはおかしいと思わない？　以前はあたしが信じていてあなたが疑っていたのに」

　ジョージはポケットから手を抜いてこちらへ差し出しました。手のひらにはガラスのペンダントがのっていて、その中に埋め込まれている光沢のある青緑色のかけらは、へりの部分が濃くなってくすんだアズライトブルーに染まっていました。

「それがあたしの鱗？」わたしはたずねました。

「ピオニーとわたしにはもう必要がない。グリオールはきみに渡すつもりだったのではないかと思う」

　鱗を封じ込めているガラスは冷たくて、さわるとぴりっとしました。わたしがそう告げるとジョージは言いました。「わたしの頭がおかしくて、ピオニーの頭もおかしくて、ふたりともグリオールが肉体をなくしてからいちども人生の導きを得たことなどないのかもしれない。きみがどうにかしてそれを証明したいのならガラスを割って鱗にさわればいい。そのほうがあの感覚はずっと強くなる」

「それでグリオールの宝物庫の場所がわかるの？」わたしは冗談半分でたずねました。

「それにはもう遅い。しかし彼はきみのためになにか用意しているはずだ。あのとき出会ってから、わたしたちの人生に起きたあらゆることはグリオールの計画の一部だった」

わたしは鱗をバッグにしまいました。「あなたは自分の知識をとても信頼しているようだから、いまなら説明できるんじゃないかしら。なぜグリオールはあんなにたくさんの人びとを根こそぎにしながらあたしたちを平原へ追い立てる必要があると考えたの？　あれは単に彼の死を目撃させるためだったの？　それともなにかほかの理由が？」

「わたしはある程度グリオールを理解できるようになったが、彼が知っていることをすべて知ることはできない。あれはエゴだったのか？　せめてほんのわずかな生存者に自分の死を見届けてもらいたいという願望だったのか？　ああ、そうだと思う。だがそれよりずっと大きな理由がある。彼はその気になればわたしたちの人生のあらゆる側面をあやつることができる。わたしたちの人生は、きみの人生もわたしの人生もピオニーの人生も、それ以外の何千という人びとの人生も、まさにそうやってあやつられてきた。わたしたちもその一部となっている計画により彼はいつの日か世界を支配するだろう——ローゼチャーの本ではすでにそうなったと主張されているように。これまでのところ、彼がその計画を実行するために活用した手段は、まとまりがなく、行き当たりばったりだった。いくつもミスをしてきたんだ。世界のあらゆる場所にいるようになれば、彼の操作はより緻密に、より正確になって、もうミスはなくなるだろう。いずれわたしたちは彼を意識しなくなる……そして彼はわたしたちへの興味を失う。人間と神々との関係も必要に応じてこんなふうに進展してきたのかもしれないな」ジョージはナプキンをいじくり、子供を叱るような口調で続けました。「きみは以前はこういうことをすべて知っていた。ほんとうに忘れたのかね？」

「忘れた？　以前ほど自分の信念のひとつひとつに重きをおかなくなっているかもしれないけど、いいえ、忘れてはいないわ」

ジョージはしばらく黙り込み、身じろぎひとつしなかったので、わたしは彼の体の動きはずいぶん控えめになっているのだなと思いました。それでも、少しも窮屈だとか抑えつけられているとかいうふうには見えませんでした――むしろ、じっとしていることに慣れているようでした。ジョージは咳払いをし、ワインをひと口飲んでから言いました。「もうこの話はやめよう」彼は指でメニューをくるりとまわして、最初のページがよく見えるようにしました。「なにか注文しようか？　ここの海藻ケーキは絶品だよ……それにチェリーのコンフィはきみのワインによく合うはずだ」

ジョージが帰る時間が来たとき、わたしは強い感情をおぼえました――いっしょに試練を乗り越えた仲間として、そうやって話をしていると、彼がひややかであっても、自分でもあるとは思っていなかったなつかしい記憶がよみがえってきたのです――できれば抱擁をかわしてその体験を認め合いたくて、ジョージも同じように感じていると期待したのですが、彼は軽く会釈をして、ピオニーを呼び戻し、振り返りもせずに去っていきました。

あの鱗が埋め込まれたガラスはまだ割っていませんが、たとえジョージにまつわる好奇心を満足させる以外に理由がなくても、いつかは割ることになるでしょう。テオシンテへ帰るまでのあいだに、わたしはもういちどジョージとピオニーに出くわしました。〈シルク〉で顔を合わせた二日後のことで、遊歩道で朝の空気を吸いながら、港に停泊している船の異国情緒あふれるキールやまぶしく光る風変わりな形の帆をながめて、ポート・シャンティの国際的な香りを味わっていたとき、ジョージとピオニーが海に面した手すりのそばで活発なやりとりをしているのを見かけたのです……少なくともピオニーのほうは活発でした。わたしは姿を見られたくなかったので、遊歩道に沿ってならぶたくさんの鉢植えのヤシの木のうち、こぶりの一本の陰に身をひそめました。わたしたちの別れは、遅きに失した、拍子抜けするようなもので、わたしは拒絶されたように感じました――ジョージに会いに来たときには口説かれたらはねつけようと覚悟していたくらいで、まさかそっけない対応をされるとは思っていませんでした。彼の冷淡な態度が狙ったものだったとしたら、わたしは彼のあらゆる言動を心が傷ついているせいなのだと考えていたでしょう。ところが彼のそっけないふるまいにはまったくわざとらしさがなかったのです。

ジョージは海に背を向けて手すりに寄りかかり、両手を突っ張って、祈りを捧《ささ》げる悔悛者《かいしゅんしゃ》のように顔を太陽のほうへ向けていました。ピオニーのほうは、彼のまわりでダンスをするような軽快なステップを踏みながら、行きつ戻りつ歩きまわって、優雅にターンしたり生き生きした身ぶりを見せたりしていました。わたしは彼女がなにか興奮したり元気づけられたりしたできごとを説明しているのだと思いました。ふたりの態度にあからさまな変化があったわけでもないのに、わたしのほうの見方が変わって、そのダンスにひそむ性的な要素が見えてきました――それはモーニングシェードにあるグリオールの聖堂と、娼館にいたわたしの姉妹たちの何人かが竜の彫像のまわりをめぐってときどきそれをなでていた様子を思い出させました。どんな若い娘でも父親との結びつきには性的な要素が混じるものですから、ジョージとピオニーのあいだにあるのもそれだけのことだったのでしょう……たとえそうでなくても、彼女はもう二十一歳で、なんでも自分の好きにできる年齢でした。たいていの人たちと同じように、わたしもたいせつなものに背をむけるときにはあえて意地悪く考える必要があったのです。特に、これといった理由もなく長いあいだ気にかけずにいたものに関しては。そこでわたしは、ジョージとピオニーは禁断の関係にあると決めつけて、彼らがなにをしようがどんな神を崇拝しようがどんなふうに世界をわたっていこうがどうでもいいことだと自分に言い聞かせました――彼らはわたしにとって重要な人たちではないのだからと。ふたりと会っていたときに浮かびあがってきたいろいろな気持ちや思い出も、人間の多くの記憶がそうであるように、見せかけの感情と事実のあいまいさとが合体して生まれただけなのでしょう。わたしたちの人生は嘘と幻想の作り事なのかもしれません。それでも、こうしてジョージとピオニーのことを考えてみると、そんなのはどれも的外れな気がしますし、わたしはふたりのことを思い出さずにいられる日はほとんどないのです。

スカル

1

これだけのことは知られている――

竜のグリオールの死後、鱗《うろこ》が剝《は》ぎ取られ、血が吸い出されて缶に詰められ、肉と臓器がさまざまなかたちで保存され、粉末にされた骨が癌、失禁、関節炎、消化不良、皮膚炎、その他もろもろの治療薬として売られたあと……最後の最後に、グリオールの頭蓋骨《スカル》（長さは六百フィート近くあった）が車輪のたくさんついた台座に載せられ、ジャングルの中を千百マイル運ばれてテマラグアの宮廷にたどり着いた。この旅路には二十年の歳月が費やされ、そのあいだに激しい戦いが数十回繰り広げられたり、海上のわずかな移動で壊滅的な被害が出たりして、何千人もの命が失われており、その過程について語ろうとすれば数巻におよぶ書物が必要になる。いずれその詳細が明らかにされることもあるかもしれないが、本編において語るとすれば、頭蓋骨がその目的地である宮殿の敷地からはずれた広い土地に到着したときには、テオシンテの長老たちからそれを購入したカルロス八世はすでに亡くなって埋葬され、息子のアディルベルト一世が〈オニキスの玉座〉を継承していたという事実だけで充分だろう。

アディルベルトの執着は父親のそれとはことなっていた。彼はみずからの治世の大半を近隣諸国への侵略戦争に費やしたので、頭蓋骨は鳥や猿や蛇やヤシネズミのねぐらとなり、育ちすぎた蔓草《つるくさ》や菌類におおい尽くされた。その息子でもっと地味だったアディルベルト二世は、頭蓋骨を当初の状態に近いところまで修復して、周囲の土地をエキゾチックな庭園に変貌させ、巨大な牙にブロンズをかぶせ、眼窩《がんか》と顎は真鍮《しんちゅう》や翡翠《ひすい》や銅線細工で縁取りして邪悪な雰囲気を強調したので、それに触発されて製造されたブリキの仮面が数年後には観光客むけの市場で売られることになった。内部は金や絹や宝石をふんだんに使ったチークと黒檀の内装がほどこされ、そこで繰り広げられた盛大などんちゃん騒ぎは、遊興というものについて新たな基準を確立し（こうした宴会では殺人、拷問《ごうもん》、レイプがありふれたできごとだった）、それでなくてもアディルベルト一世とカルロス八世の浪費で瀕死《ひんし》の状態にあった経済を破綻させるのに大きく貢献した。

アディルベルト二世の死後（寛大な第三者ですら疑念を呈する状況だった）、冷血王《エル・フリオ》として知られるアディルベルト三世が、兄のゴンサルボとの長期にわたる血みどろの争いを経《へ》て権力を握った。エル・フリオは熱烈な宗教家でありオカルト信仰者でもあり、当初は頭蓋骨を破壊するつもりでいたものの、配下の占い師たちからそのような冒瀆《ぼうとく》行為は喜ばしい結果につながらないと警告を受けた。そこで敵をシステマチックに虐殺することに精力を注いだが、彼にはあらゆる場所に敵が見えたらしく、その治世のあいだに自国民を二十万人以上処刑することになった。その後継者のアディルベルト四世は、父親から受け継いだものをひどく恥じて、ファン・ミエルという、プロレタリア風の響きが彼の原理マルクス主義的世界観をよくあらわしている名前に改名して、君主制を廃止し、その結果としてテマラグアの激動の歴史においても類がないほどの騒乱の時期を招来した。この過激な改革に着手した四十四日後、彼は演説中にサトウキビ農夫たちの群れによってばらばらに切り裂かれた——農夫たちが行動を起こしたのは、始まったばかりの大統領選挙における彼の最大のライバルに扇動されたせいであり、その裕福な大農場の所有者はいま行動を起こさなかったらきみたちは仕事を失うかもしれないとほのめかしたのだった。それ以来、この国を代々統治した将軍たちや政治家たちは、数え切れないほどの革命や北方のより強力な国家による経済的侵略と戦う以外にできることがなにもなかった。宮殿は二十世紀の初頭に焼失し、一九四〇年代に入るころにはアディルベルト二世によって建設された庭園も周囲のジャングルと融合し、頭蓋骨は濃密な植生によって覆い隠されたが、そこは人びとの意識の中では重要な場所であり続け、テマラグアが神の恩寵《おんちょう》を失ったそもそもの原因とみなされていた……そもそもこの地域が恩寵を受けたことがあればの話ではあったが。

ときおり旅行者が竜の頭蓋骨を訪れることがあった。その多くは顎の内側へ入り込んでポーズをとったり、いまや緑青まみれになったブロンズの牙のとなりに立ったりして写真を撮ったあと、急いでその場を立ち去った——着床植物や木生シダや分厚い林冠が落とす影からぬっと突き出した、野蛮な飾りのついた巨大な骨の鼻面が発散する凶兆の気配に圧迫感をおぼえて。現地で夜通しキャンプをした人びとは不穏な夢を見たと証言し、もっと長く滞在した何人かの冒険家や科学者たちは行方不明になり、そのうちのひとりだった爬虫類《はちゅうるい》学者は数年後に海沿いのインディオの集落で暮らしているところを発見されたが過去の人生についてはいっさい記憶がなかった。一九六〇年代になると都市（シウダ・テマラグア）が急成長して頭蓋骨を取り巻くジャングルから広がっていったが、それはテオシンテがグリオールとのかかわりによって成長したのとよく似ていて、なにか深遠かつ相対論的な規則に従っているかのようだった。その場所を整地したり頭蓋骨を破壊したりといった試みはいっさいなく、一帯は当時のテマラグアを理解するうえで必要不可欠な史跡となっていたが、それでも歴史学者たちからはないがしろにされていたのは、その中心にある遺物を研究して自分の命を危険にさらすくらいなら無視するほうがましだと考えられていたせいだ（悪党や悪事に支配された歴史をもつ史跡に対してはこのような対応がしばしば見られる）。スラム街がジャングルの西側沿いに広がって、都市と頭蓋骨とのあいだに緩衝地帯を生み出し、放置され虐待された子供たちがあちらこちらへ道をはずれて、この都会のはずれの吹きだまりへ着々と流れ込み、そこでどのような運命と出会ったかは推測はできるもののほとんど裏付けはとれなかった。それからの四十年、テマラグアが新たな千年紀へむけて衰退の一途をたどり、企業の強欲と麻薬ビジネスによって貧困化するあいだに、スラム街は、軍内部の極右の派閥からなる暗殺部隊を擁しストリートの支配権をめぐって抗争を繰り広げる凶悪な犯罪組織の温床となっていた。だが、そんな彼らでさえ、ジャングルに踏み込んで、そこで隆盛をきわめているという奇妙なカルト集団と対立しようとはしなかった。

ここから、本編はのちにラ・エンドリアーガと呼ばれる女の物語となり、歴史から離れて、憶測と、風聞と、純粋な創作の領域に突入するが、結局のところ、それは人間を成文化するうえでもっとも信頼の置ける形式だろう。生まれたときにあたえられた名はシオマラ・ガルハ（ただしヤーラという呼び名のほうが広く知られている）、出生地であるバリオ・サンハは名もない通りに掘っ立て小屋がならぶわびしい場所で、ジャングルを見渡す丘の斜面に位置していた。雨期になると泥流が断続的にこの居住区《バリオ》を広く突っ切って、何十人もの住民が命を落とし何百人ものホームレスが生まれた。だが、小屋はベニヤ板や段ボールなどを使ったちゃちな造りだったし、大半の生存者にとっては別の場所へ引っ越すという選択肢はなかったので、一、二週間もすれば同じくらいちゃちな住まいが新たに完成するのだった。多くの人びとがヤーラは幸せな子供だったと語っているが、これは疑わしいかもしれない――バリオ・サンハは幸せを生み出すような環境ではなかったし、彼女の不機嫌な性格とストイックさをしめすほかの証言も残っている。結局、当時この居住区に住んでいた人数よりもはるかに多くの人びとがヤーラと親しかったと主張しているので、彼女の幼少期は謎に包まれていると言っておくほうがまちがいがないだろう。

十一歳のヤーラの姿をとらえた画像が、オーストリア人の小児性愛者、アントン・シェーヴの所持していたデジタルカメラに残っていた。この男の死体は宿泊中のホテルの部屋で床の血だまりに倒れているところを発見されていて、胸には複数の刺し傷があった。画像の中のヤーラは透きとおるような肌をした愛らしい黒髪の少女で、服をさまざまな段階まで脱いだ姿でベッド（シェーヴがそのかたわらで絶命したのと同じベッド）の上にあおむけになり、まぶたをなかば閉じているが、そんなふうに眠そうなのはマットレスの上で少女のとなりに置かれている接着剤を染み込ませたしわくちゃの紙袋のせいだ。シェーヴが最後に撮影したのがこれらの画像だったので、警察は本気で手を尽くしてヤーラを捜した――セックス観光業は、公式には推奨されていなかったものの、テマラグアの不安定な経済においてはかなり大きな部分を占めていた。しかし、ヤーラはどこにも見つからず、その不在によりたとえ被害者が卑劣な人間でも殺人の告発に関しては平等な姿勢をとることを実証しそこねた政府は、シェーヴが撮影した画像（黒い棒線で少女の性器は隠されていた）を首都最大の新聞に載せて、記事でこの国を襲う道徳的汚染を公然と非難した。

その後のヤーラの消息については『無名の文芸ジャーナル』（雑誌の説明であり実際の刊行名でもある）に載ったジョージ・クレイグ・スノウの書きかけの回想録で知ることができる。このとびきりハンサムな異邦人は、くすんだブロンドの髪に退屈そうな青い目をしたひねくれた態度の若者で、二〇〇二年から二〇〇八年までのあいだシウダ・テマラグアに住んでいた。子供のころは自分を〝ジョージ〟と意識したことはいちどもなく、そんな名前ではネクラっぽいし、意気地がなさそうで、保険査定員みたいだと思っていたので、母親の旧姓であるクレイグでとおしていた。テマラグアで過ごした最初の数年間はオーロラ・ハウスという名のいかさま慈善団体で通信係として働いていた——彼の仕事は、たどたどしい英語で子供っぽい筆跡の手紙を書き、オーロラ・ハウスの支援を受けているろくに読み書きのできない子供たちからのお礼のメッセージに見せかけることだった。その手紙はピラルとかエステバンとかマリソルを応援するために毎月二十ドルを寄付している合衆国内のだまされやすい篤志家たちのもとへ送られた。手紙に同封されていたのはもっとお金をくださいという嘆願と、スノウが適当に撮影した幸せで健康そうな学生服姿の子供たちの写真で、人びとの寄付が過去に送られた写真にうつっていた栄養不良の子供たちのために役立っていることを証明するものだった。誤解のないように言うと、写真の子供たちはオーロラ・ハウスから寄付金をいっさい受け取っていなかったし、いかなる子供たちもこの事業から恩恵を受けたことはなかった。集まった寄付金の大半をポケットに入れていたペペ・サリードは、瘦身《そうしん》の、白髪頭の男で、スノウには頭が細くて鼻面の突き出した骸骨犬のように見えていた。残りの金《かね》はオーロラ・ハウスのスタッフへささやかな給料として分け与えられた。何人かいたスノウと同じ外国人《グリンゴ》は、冷笑癖が高じて詐欺をひやややかに楽しんでいるような連中で、たとえ寄付金がその目的のために投じられたとしても、月に二十ドルでは、善意の主婦や理想家の学生や罪ほろぼしをしたいアル中患者がどれだけ大勢いたところでテマラグアの子供たちを追い詰める力に対抗するには足りないということを理解していた。

スノウがいっしょに暮らしていた女はマヤ人の血を引いていた。サンカルロス大学でエクスペクタシオンという名でティーチングアシスタントをしていた左翼支持者で（前述の回想録の題名は『エクスペクタシオンとの暮らし』）、住まいのあったバリオ・ビジャレアルは、労働者階級が多く暮らす地区だったが荒廃によりスラム化が進んでいた。仕事をしていないとき、スノウが好んでおこなっていたふたつの活動は、エックス（恋人の愛称）とのセックスとヘロインの吸引で、後者の回数が増えれば前者の頻度が減った。夕暮れどきになると、スノウは自宅のポーチですわり込み、ハイになって、シャツも着ず、靴もはかず、つま先で土をつつきながら、低い瓦葺《かわらぶ》きの屋根の上で汚れた空気の中に浮かびあがる星ぼしを見上げ、行き交う人びとをながめていた。急ぎ足で帰宅する店員の娘たちは目を伏せて荷物を胸元にしっかりとかかえていた。マチェーテをたずさえた小柄だが屈強な職人たちはとおりすぎながら礼儀正しくお辞儀をしていった。みすぼらしいチビの少年たちは底の湿った紙袋を手にてんでんばらばらな小人数のグループでぶらついていた――ときおり、同族の気配を感じ取ると、少年たちはスノウのポーチのそばをうろつき、つらなる屋根を見上げて、彼には見えないなにかを目で追った。ある夕方、いつものようにすわって通りを見物していたスノウに合流したのは、十歳かもしれないがたぶん十五歳くらいのしなびた少年で、ごわごわした黒髪を別にすると汚れた短パンと色あせたディズニーワールドのTシャツを着た小柄な老人のようだった……そして同じ夕方に、スノウは紫に染まった空気の中を近づいてくる十代の少女を見つけた。ほっそりして、脚が長くて、肌の白い少女。黒い巻き毛が滝のように肩へ流れ落ちていたが、豪華な髪は全体のゴスパンク調とは折り合いがよくなかった。黒いジーンズに、黒いスニーカー、黒い長袖のタートルネック。指の爪まで黒い。化粧も濃かった。ゆったりした足取りだが、身のこなしはきびきびしていて、活力あふれるオーラをまとっていたため、スノウの目には小さな嵐が近づいてくるように見えた。少女の背後に土と石材のかけらが渦を巻いてわきあがっている光景を想像して、スノウはふたりに近づいてきた相手に思わず間《ま》の抜けた笑みを向けた。少女は彼の詮索する視線を避けようとはせず、ポーチのまえで立ち止まると、頭をつんとあげるしぐさで暗にこう語りかけてきた――なにか言いたいことでもあるの？　さっさと吐き出して。

「ブエナス・ノチェス」スノウは言った。

例の少年は紙袋に顔を突っ込んで必死にスーハーやっていて、少女はそいつにスペイン語で問いかけた。「このクズ野郎はだれ？」

「ここに住んでるんだ」少年はぼうっとしたままこたえた。

「スペイン語ならわかるよ」スノウは言った。「ぼくに話してくれてかまわない」

少女はその言葉を無視して、なぜこんなピチカテーロとつるんでいるのかと少年にたずねた。少年は肩をすくめた。

「ピチカテーロ？　なんだそれ？」スノウは少年にたずねた。

「クソなヤク中のことよ」少女が少しなまりのある英語で言った。

「こいつはヤク中だ」スノウは身ぶりで少年をしめした。「ぼくのはただの趣味だ」

マスカラと血の色をしたリップグロスの仮面のせいで、少女の顔は品がなく、美化されていても美しくはなかったが、心の布でその化粧をぬぐい取ってみたら、素材としては上等だとわかった。うわべしか見ない連中なら、男子生徒がお気に入りの十代の女生徒をわざとこきおろすように、退屈な顔だし完璧にはほど遠いと評価するかもしれないが、鑑識眼のあるスノウから見ると、ちょっと風変わりなくらい女らしさにあふれていて、猛禽類《もうきんるい》のような目的に対する一途《いちず》さがさまざまな要素によって暗示されていた――わずかにかみ合わせの深い前歯の上で唇がカーブしている様子、優美に形作られた先細りの小さな頤《おとがい》、そして小鼻のわきにある不可欠な傷跡、ピンク色をした皮膚の裂け目は、きちんと処置するなら一針か二針は縫って閉じる必要がありそうだ。肌はかすかに輝いて見えた。虹彩と眉毛はあまりにも真っ黒なのでそこに切れ目があって光のない背景がのぞいているかのようだ。結局、スノウはこう評価した――この少女は恐ろしく美しい。

「汚れた足」少女がスノウに言った。「汚れた爪。汚れた髪」素早く全身を見渡す。「汚れた心」

ハイになっていたので腹は立たなかったが、スノウは異議をとなえなければならないと感じて穏やかに言った。「おい。言い過ぎだぞ」

少女はスペイン語に切り替えて少年に呼びかけた。「気をつけて！　こういうわびしい人間にはなりたくないでしょ」

「きみも昔は感情ゆたかな少女だったんだろう」スノウは言った。「それがどこかのゴス男と出くわして暗黒面へ踏み込んでしまった」

「そのとおりよ」少女は言った。「会いに来てくれたら紹介してあげる。彼は知らない人と会うのが大好きだから」

「いいとも。住所を教えてくれ」

少女の顔がうつろになり、内なる声に耳をかたむけているかのように両目が焦点を失った。そのまましばらくじっと黙り込む。スノウは少女の顔のまえで手を振って呼びかけた。「もしもーし！」

少女はふいにきびすを返してそれ以上なにも言わずに大股で立ち去った——とおりがかりの男が彼女を大きくよけていった。

「へんなやつだな」スノウは言った。

「ヤーラだよ」少年はポケットから接着剤のチューブを取り出して紙袋に絞り出し始めた。

「なんだって？」

「あの女の名前はヤーラ。頭がおかしいんだ」

「それはみんな同じじゃないか？」

スノウは、人間はランダムな衝動の集まりを社会的制約の網でたばねたものでしかないという自分の見解を説明しなければならないかと思ったが、少年にはもともとその認識があったらしく、くわしい説明を求めようとはせずにこう言った。「ヤーラは猿みたいに頭がおかしいんじゃない。蛇みたいに頭がおかしいんだ」そして臭気でいっぱいの袋に顔をうずめようとしたが、ふとそれをスノウに差し出してきた。スノウはこの予期せぬ礼儀正しさに感動して、袋を受け取った。

2

『エクスペクタシオンとの暮らし』からの抜粋
——クレイグ・スノウ著

……エックスにまた家から蹴り出された。理由はいつもどおりで、彼女の過激な政治的信条と「ああ、たしかにアメリカは最低だけど、それはどこでもいっしょだろ」というレベルの単純な政治観しかもたないボーイフレンドとのバランスがとれないせいだった。わたしは例によってスプリング・ホテルにチェックインし、エックスが落ち着いて自分の立場を考え直したら見つけてもらえるようにしておいて、それからの数日は、夕方になるとセイス通りにあるアーケードでビデオゲームをプレイして〈クラブ・セクシー〉で一杯やっていた。そのゲイバーによく出入りしていたのは、右派の軍人タイプの男たちの妻やガールフレンドで、エロさと会話のとてつもないつまらなさが際立つ女たちだった。そこでひと晩中たむろしていても本気で興味を引かれる話はいっさい出なかったが、ときどきへアスタイルの話題になると熱が入ることもあった。

〈クラブ・セクシー〉は女で身を持ち崩したいなら最高の場所だった——広間にはよく冷え

た空調と控えめな照明、竹と草で作られた丸テーブル、壁面には藍色の星空が広がりココヤシがならぶトロピカルビーチの子供っぽい絵画。たいていの午後、タキシード姿のゲイのじいさんがふらふらとステージにあがってラテンアレンジのビートルズとかそういったしょうもない曲をカシオで演奏し、ささやくようなサンバのリズムに銀髪の頭を振る。キュートな男と認められれば、女たちはなんの問題もなくセックスの相手をしてくれるが、地下室でノリエガ大佐とよく似た男からペニスに電極を取り付けられる危険をおかすことになる。わたしは大事をとってカウンターに居座り、クラブのオーナーであるギジェルモのファンの男たちといっしょに過ごしていた。ギジェルモはわたしとほぼ同年代の白人の若者で、ヘアスタイルは刺激的でも見た目はいかにも純情そうな男だった。

平日午後四時くらいの〝ラ・オラ・フェリス〟、すなわちハッピーアワーになると、御婦人たちがさっそうとあらわれる。だれもが襟ぐりの深いドレスをひらめかせ、グッチのサングラスをかけてペンキを塗ったような化粧をしていた。目を細めて見ると、二十匹ほどのすばらしく色鮮やかな蝶《ちょう》が小さな丸テーブルのそばにとまっているようだった。いずれも豪快な飲み手で、もっぱらショットのテキーラをオレンジジュースで流し込み、しばらくすると幸せそうにぺちゃくちゃしゃべりだして、にぎやかな騒ぎでカシオの音をかき消した。わたしもひとりと――ビビアーナという快活なブロンド女で、おっぱいは偽物――くっついては離れる関係を続けていて、エックスに蹴り出された木曜日には男性用トイレの奥の個室で手短にコトをすませた。べつに死にたがっていたわけじゃない。関係が始まったのは状況をしっかり把握するまえのことで、なにが起きているのかに気づいたあとは……まあ、わたしには自滅的な一面があって、そのせいか身の安全についても無頓着だったから、こうした性格がアメリカ人らしい権利意識と相まって、ついつい警戒心をゆるめることになってしまったのだ。好きなだけ女とやれるという考えはあまりにも魅力的であらがいようがなかった。関係が始まったばかりのころ、ビビアーナといっしょに女性用のトイレを出たところを、彼女のボーイフレンドである典型的な暗殺部隊大好きサイコパス陸軍大尉に見つかった。彼女はわたしを守ろうとして男に飛びかかり、困惑している若きサイコパスにむかって殴るのをやめろと絶叫し、「この人がゲイだとわからないの？」と言って、髪を直すのを手伝ってもらっていただけだと説明してくれた。そのことがあってからは、トイレで彼女に腰をかがめさせていても比較的安心していられたが、真性のゲイとしての立場を確立するために女っぽいふるまいをしたりギジェルモといちゃついたりしなければならなかった。

あの木曜日、女性用トイレでコトをすませたあと、ビビアーナはカウンターでわたしといっしょに飲み始めた。わたしはエックスに蹴り出された話をした——彼女は同情して、わたしの髪をなでながら励ましの言葉をかけてくれたが、あまり誠意はこもっていなかった。彼女の視線が店内をさまよってステージの近くにあるテーブルでぴたりと止まった。

「あのくされマンコ！」ビビアーナの口調は悪意に満ちていた。

まえの週にわたしをポーチで侮辱したゴス少女、ヤーラが、ビビアーナのお気に入りであるドロレスという名の女と話をしていた（ビビアーナの不貞は性別にとらわれなかった――本人の説明によれば、多くの女は、彼女と同じように、恋人や配偶者との関係によって投獄されたように感じていて、動くものならなんでもいいからファックするのはそのいらだちを伝えて自分の相手に精神的なダメージをあたえるためだという――〈クラブ・セクシー〉はそういう女たちに完璧な隠れみのをあたえていたのだ）。ビビアーナがスツールから立ちあがりかけた。わたしは彼女の腕をつかんでどうしたんだとたずねたが、彼女はそれを振り払い、まっしぐらにテーブルへ近づくと、無表情に見返すヤーラを怒鳴《どな》りつけた。ビビアーナが息をするために間を置いたとき、ヤーラが短くなにか言った。その言葉が効いたらしく、ビビアーナはそれ以上騒ぐことなくむっつりと隅のテーブルへむかった。わたしはしばらく少女を観察した。身ぶりはゆっくりしていて、穏やかで、だるそうで、なにか重要なことを時間をかけて辛抱強く説明しているかのようだった。別のテーブルにいる何人かの女たちもやはり少女を見ていた――愛に満ちた目、だったと思う。ひどく熱心に。まるで映画スターを見るときの態度だ。その少女にはたしかに存在感があった。美しい女がぞろぞろいる部屋の中で、ひときわ人目を惹き付けていた。

「なあ、ギジェルモ！」わたしは手招きした。「ビビアーナのためにいつもの優雅なマンゴーモヒートをつくってくれないか？」

「いいわよ」

わたしは両肘をカウンターについて手を組み、そこに顎の先をのせて、ギジェルモが酒を用意するのを見守った。

「こっちも一杯もらおうかな」わたしは言った。「とびきりうまいやつ」ぐっと身を乗り出し、ささやき声で続ける。「なんでビビはあんなに騒いだんだ？」

「ラ・エンドリアーガがドロレスを口説いていると思ってるのよ」

「あの黒髪の娘のこと？　あれがラ……なんだって？　ラ・エンドリアーガ？」

ギジェルモはライムジュースを注いだ。「あの物語を知らないの？　ラ・エンドリアーガは一部が蛇で、一部が竜で、一部が女の生き物とされている。娘の本名はラーラ……いやマーラかな。なんかそんな名前。あたしが名前が苦手なのは知ってるでしょ。でもみんなラ・エンドリアーガと呼んでいる。ジャングルに住んでいるからよ、あの頭蓋骨の近くに」

「ただの作り話かと思ってた……竜の頭蓋骨とかいうのは」

「あたしも見たことはないの」ギジェルモは髪を払った。「でもハイメ・ソリスが……ほら、唇の下の小さな髭《ソウル・パッチ》をいろんな色で染めたぼうや。あの子がほんとにあるんだと言ってた。連れていって見せてやると誘われたけど、あたしはこうこたえたわ。『なぜ古ぼけたきたない骨なんか見なくちゃいけないの？　あたしの気を惹きたいならもっとマシなやりかたがいくらでもあるわよ』」

わたしが自分のモヒートをほとんど飲み干したころ、ドロレスがヤーラに分厚い封筒を差し出した。映画でよく報酬が入っているようなやつだ。ヤーラはそれをわらのトートバッグに押し込み、ドロレスの頬にキスしてから、店の出口へむかった。わたしも興味をそそられて外へ出た。もう八時近くで、歩道は人で混み合い、ネオンが輝く通りはぎっしり詰まった車で騒々しく、夜の空気はじめじめして排気ガスのにおいが充満していた。ラジオや商店から流れる音楽が群衆のざわめきやアーケードゲームの電子音と張り合っていた。あかで汚れた子供たち、オーロラ・ハウスが支援しているはずの十歳そこそこの少女たちが、わたしの袖を引っ張り、手を差し出して訴えかけるような顔を向けてくる。わたしはポケットの小銭を渡して子供たちを追い払った。ヤーラは群衆にのみ込まれていたが、わたしはサイコパス陸軍大尉のハマーを見つけた。車のボンネットにネオンの赤と紫の光が映り込んでいる。彼は駐車できる場所を探して警笛に身をもたせかけた――クラクションのかわりに勇壮なデジタルファンファーレが鳴り響いた。大尉とはずっとまえに和解していたが、ここは無視して先へ進むのがいちばんだと判断した。目的地もよくわからないままセイス通りに沿って西へむかい、ときどき足を止めては商店のウインドウをのぞいていたら、ヤーラがふだんは人けのない電気屋で店員と話しているのを見つけた。その黒い姿は明るい蛍光灯の下で感嘆符のようにスリムでくっきりして見えた。店員は――痩《や》せこけた背の高い男で、前髪に白いメッシュを入れていた――ヤーラが来たことで動揺したのか、あわただしい身ぶりを見せていたが、彼女がドロレスから渡された封筒を差し出すと冷静さを取り戻した。男は中身を調べ、だれかに見られていないかたしかめるように周囲へ視線を走らせてから、数枚の紙幣を抜き出して少女に渡した。ヤーラはそれをジーンズの尻ポケットに押し込んで店のエントランスへ出てきた。わたしはくるりと背を向け、携帯電話のショーウインドウをながめているふりをしたが、ヤーラはわたしのそばへ歩いてきて快活に言った。「いつ会えるかなと思ってたの」

初めて会ったときとの態度のちがいにめんくらいながら、わたしは言った。「そんなことを思っていたのか？」

「どうしてまた会えるとわかってたか知りたい？」

「ああ。まあね」

「そういうことはいつでもわかるの」

もっと深い分析があるのかと待ったが、なにもなかったので口をひらいた。「へえ、すごいね、でもぼくはもう行かないと」

「待って」少女は両腕をわたしにからめてウサギのように肩に身をすり寄せてきた。「あなたに見てほしいものがあるの」

「おおっと！」わたしは少女から体を離した。「先週はぼくのことを危ない性病みたいに扱っていたのにいまは……」

「ごめんなさい！　あのときは最低の気分で」

「それで今度はこんな子供っぽい態度で迫ってくると。いったいどういうことなんだ？」

少女は一歩さがってまじめに言った。「わたしたちが付き合うことになるのかどうかはわからない。あなたは魅力があるけど、セックスだけの関係になると思うの」

「もういい。バカげた話はたくさんだ。またあとで」

少女は口をとがらせた。「わたしが住んでいるところを見たくない？」

「なんでぼくが？　なにをたくらんでいるんだ？」

「アメリカ人はほんとに被害妄想が強いのね。まあむりないとは思うけど。このへんはアンチアメリカの感情が強いから。女の子に夕食に招待されたら頭を切り落とされかねない」

「まったくだ」

「予防策を講じればいいのよ。警官に知らせておくの。あなたの名前と目的地を。もしもあなたが行方不明になったら警察はわたしを捜しにくる。わたしはいやでも殺人の衝動を抑えつけなくちゃいけない」

「ぜひともいっしょに行きたくなってきたよ。きみにそう言われて、このお招きをあやしいと思う自分がとんでもない被害妄想の持ち主だとよくわかった」

デザイナージーンズとポロシャツを身につけ、手首に高価な腕時計をはめた、十代になったばかりの金持ちの四人の少年が、通りから電気屋のエントランスへどやどやと入ってきた。

だれかに悪ふざけをしてかろうじて逃げてきたばかりのように、大笑いして息を切らしている。ひとりがヤーラに気づいて淫売《いんばい》がどうとかつぶやいた。なぜか、それを聞いてわたしはひどく腹を立てた。そして少年に失《う》せろと言った。少年たちが表情をなくし、全員が同じ顔になって、同じように魂のないゾンビじみた目つきになり、七十億の頭をもつ怪物がそのうちの四つを突き出してきたようなおぞましい感覚をおぼえた。わたしは彼らの足もとの歩道に唾を吐き捨てて一歩踏み出した。少年たちは悪態をついて群衆の中へ駆け込み、怪物の胴体にふたたび吸収された。

ヤーラはおもしろがっているようだった。「あの男の子たちに本気で怒ってたわね。きらってるのね」

ふたたび通りの物音が聞こえてきた――ラジオの音楽、車のクラクション、やかましい叫び声や笑い声――まるで幕があがって騒々しい演目が始まったかのようだった。

「そりゃきらうだろう？」わたしは言った。「あいつらもいずれは父親たちと同じファシストのクズになるんだ」

少女はわたしを見定めているようだった。「あなたはニヒリストだと思う」

わたしは声をあげて笑った。「ぼくを表現する言葉としてはまともすぎる」

返事がなかったのでそのまま続けた。「きみはニヒリストが大好きなんだな？」

「あなたはわたしといっしょに来るべきよ。ほんとに」

「理由を教えてくれ」

「わたしが見せるものを気に入るはずだから。それだけじゃ足りないと言うなら……」少女は肩をすくめた。「お楽しみを見逃すことになるわね」

「どんな楽しみなんだ?」

「ふつうのやつ。もっとすごいかも」

ヤーラが身を寄せて乳房を肘に押し付けてきたので、被害妄想が消えたわけではなかったものの、わたしの抵抗は弱まった。

「さあ、いっしょに来て」少女は言った。「たとえ死ぬとしても、幸せに死ねると約束してあげるから」


タクシーをつかまえて雨の多い森へむかった。ヤーラの説明によると、もしも徒歩でバリオ・サンハを抜けようとしたら、ジャングルの中を二マイル近く横断するはめになるらしい——車を使えば歩くのは十五分か二十分だけですむ。タクシーはプラザ・オベリスコをめぐり、とある独裁者のジョークにしか見えない不格好なコンクリート製のテマラグア独立記念碑を通過したあと、まさにその独裁者を倒したことを記念して設置された〈自由の炎〉を通過し、やがて未舗装の道路へ入り込んでごとごとと進んだが、どんどん狭くなっていく道は、ジャングルの直前にぽつんとある、そびえ立つアボカドの木々に囲まれたチャフルの村で行き止まりになった。ヤーラが運転手に電気屋の店員から受け取った紙幣を差し出した。わたしがあの金は報酬なのかとたずねると、少女は言った。「あれは寄付金よ。資金供与」

「なんのための資金？」

「よくわからない」

市内から離れてたくさんの星や東の丘からのぼる月の輝きが見えるようになったが、いったんジャングルに入るとそこは真っ暗だった。ヤーラは懐中電灯で前方をともしてわたしの手をとり、障害物があると警告してくれた。虫が鳴いていた。蛙《かえる》の声もやかましかった。あらゆる方向からがさがさと音が聞こえてきた。熟した甘い香りに腐敗物の悪臭。髪の中でプーンと鳴る蚊《か》の羽音。市内よりも暑く感じられて汗が噴き出してきた。暗闇でそろそろと足を運び、見えないあれこれの中を進むと、枝や木の葉が肌をつつき、かすめていく——わたしの想像の中では、頭上で蔓草が輪縄をつくり、蜘蛛《くも》がズボンの脚を這いあがり、毒蛇が木の枝でとぐろをほどきシャベルのかたちの頭をのばして舌を突き出していた。ヤーラがわたしの不安を感じ取ったらしく、もうじき着くと言ってくれたが、とても信じられなかったし、罠《わな》へ誘い込まれているとしか思えなかった。少女を人質にして待ち伏せをしているだれかの襲撃を防ぐことまで考えたが、木の葉の隙間から赤い輝きがちらりと見えて糞便《ふんべん》の強い臭気がただよってきたかと思うと、すぐにひらけた場所へ出た。サッカーのピッチほどの長さがあったが、幅はもっと狭く、頭上には濃密な林冠が張り出し周囲には草木が壁をつくっていた——巨大な箱舟を裏返しにすればその壁と天蓋が形作る空間にぴったりとおさまりそうだ。切り株やまばらな下生えに交じって、居留地がその一帯に広がっていた。石器時代の暮らしの過酷な現実に厳しい都会の貧困を合わせたような集落だ。差し掛け小屋、テント、草ぶきの小屋、それとトタン屋根が錆《さ》びたぼろ屋がいくつか。焚《た》き火の煙があたりにただよっていて、わたしたちが集落の中を進んでいくと、いくつもの黒い人影が身じろぎをし、どの動きからも過剰なほどの警戒心が伝わってきた。何人かはヤーラに手を振ったが、だれも名前は呼ばなかった。見たところ数百人は住んでいそうなので、話し声とか、ときおりの笑い声や叫び声、あるいは音楽などが聞こえそうなものだったが、あたりの静けさはまるで教会のようで、そこに宗教的な圧迫感がともなっているのも、古びて黄ばみ、たいまつで照らされた巨大な爬虫類の頭蓋骨が広場のいちばん奥を占拠して天蓋の中へ高くそびえていることを考えれば理解できることだった。

わたしが合衆国を離れたのは五年まえで、自分の人生の質に落胆し、アメリカの悲劇の単調さにうんざりしていた——大量消費の傾向とそれを生み出す市場の力に、より重要な問題から大衆の目をそらすために画策される有名人のスキャンダルに、そうした山盛りの嘘《うそ》のひとつひとつに。もっと生気あふれる風景に出会えば脳にこびりついた皮膜をそぎ落とす役に立つのではないかと期待していたのだが、わたしはどこへ行こうが単調さと倦怠《けんたい》を連れて歩いてしまうらしく、人生は相変わらず退屈でつまらないままだった。あんなふうにわたしの世界観にひびを入れてくれたのはあの頭蓋骨が初めてだった。その大きさと神秘的な姿、人と自然によって何世紀もかけて加えられた野蛮な装飾、落書きのような苔と菌類、ちりばめられた乳白色の翡翠と黒いオニキス、緑青におおわれた牙、ずいぶんまえに姿を消した部族によって鼻面にペンキで描かれた、いまはすっかり色あせた模様の数々。それらすべてがゆらめく明かりの中に浮かびあがっていた……ある瞬間には道化じみたグロテスクなまがいもの、マルディグラの巨大な張り子の仮面のようだが、次の瞬間には命を取り戻して吠《ほ》えるのではないかと恐ろしくなってくる。草木が傾斜したひたいの大半を隠し、まとわりつく分厚い蔓草で片方の眼窩はふさがれかけていたが、そこかしこに見える着床植物の群生を別にすれば鼻面はきれいなもので、ジャングルの底から四十フィートの高さまで達していた。伸縮式のアルミ製の梯子《はしご》が顎の側面に立てかけられ、てっぺんのところが牙のすぐわきで骨に当たっていた。自分たちがその梯子へむかっていることに気づいてわたしの不安は頂点に達した——あの口の中へのぼると考えたらいてもたってもいられなくなったが、ヤーラがまったく心配そうな顔をしなかったのでわたしも不安は胸におさめておいた。古代遺跡のまわりに集まるような不穏な気配が頭蓋骨を取り巻いていた。そういう場所では、波動がないからと耳をすまして、あるかもしれない波動に同調しようとするあまり、なにかを感じてしまうかもしれないが、実際にはおそらくなにも感じるものなどない……しかし、この空き地にはたしかに有害な性質があり、かつて毒を入れてあったガラス瓶のように、もともと入っていたものの残りかすが消えていないのではないかと思えた。

　ヤーラはそこをのぼるのに慣れているらしく、素早く確信をもって梯子をやすやすとあがっていったが、わたしのほうは足場にそれほど自信がもてず、ずるずると遅れてしまい、途中で止まって気を落ち着けては、この遠足は賢明なことだったろうかとあらためて考えたりした。それでも、てっぺんまでたどり着いて、牙のまがまがしいブロンズグリーンの湾曲のとなりに立って居留地を見下ろしたら、わけもなく力がわいてくるのを感じた。それまでのぼれなかった山頂をついに制覇し、その瞬間だけは見渡すかぎりすべての支配者になったかのようだった。ヤーラがわたしの手をとると、肌のふれあいでますますその感覚が強まった。ヘロインでハイになったとき、強烈な快感が消えたあとに自分の肉体のあらゆる部分と完全に調和したような状態になり、ほんの少し体を動かすだけで（指をぴくぴくさせるとか、つま先を曲げるとか）喜びがもたらされるあの感じだ。少女は頭蓋骨の奥深くへとわたしを導き、骨の渦巻きやなまめかしい湾曲部をとおりすぎてから、のぼりになった細い通路を経てかつて怪物の脳がおさまっていた空洞へ入り込んだ。いちばん奥は一群のろうそくで明るく照らされ、つぎはぎだらけのウォーターベッド、机、テーブル、三脚の木の椅子、それと書類棚と整理だんすの役割を果たす骨董品《こっとうひん》のスチーマートランクがそろっていた――それ以外はからっぽで、白く湾曲する骨が暗がりの中へ消えていた。広々とした頭蓋骨の片隅に詰め込まれたこのリサイクルショップの品々を見ていたら、打ち捨てられた骨の宮殿で暮らす迷子の少女を主人公にしたおとぎ話の世界へ入り込んだような気がしてきた。ろうそくがそれほど短くなっていなかったので、だれが火をつけたのかとたずねてみた。

「信者たちよ」ヤーラはトランクのいちばん下の引き出しをあけて、タオルを二枚取り出した。「わたしがいつ帰るか、必ずわかってるみたい」

「下で暮らしている人たちのこと？」

「そう。わたしの世話をしてくれるの」

「なぜ彼らがそんなことを？」

「すごく世話好きだから」

「そうか？　きみも彼らのためになにかしているんだろう」

「わたしも同じだけの役割を果たしてるわ」少女はタオルをほうってよこした。「じきに彼らが食べ物を運んでくる。夕食のまえに体を洗いたかったら急がないと」


頭蓋骨の裏手、もとは脊髄の一部がおさまっていた折れた骨への入口のあたり、太い木の幹や群葉やシダが間近まで迫っているところに、ささやかなプールパーティをひらけるくらいの大きさがある水を満たした木製のバスタブが置かれていた。水のしたたるパイプが頭上の暗闇からのびていたし、水面には木の葉が一枚も浮いていなかったので、信者たちは少しまえにヤーラの入浴の準備をしたのだろう。少女はバスタブのわきに置かれたたいまつをつけて、水面に炎を照り返させてから、服を脱ぎ始めた。プロポーションは完璧で、陰部の毛は整備された着陸場のように刈り込まれていた。てっきりタトゥーをたくさん入れていると思っていたが、ふたつだけだった。ひとつは滑空するちっぽけな鳥で、ぼやけた青いインクで右の乳房の上に入れてあり、プロの仕事ではなかった。もうひとつは濃い緑色の鱗がならぶダイヤモンドのかたちをした模様で、トランプ・スタンプのように背中のくぼみのところに配されていた。こちらは最近のものですばらしく精緻だった。わたしはヤーラといっしょにバスタブに浸かり、彼女が化粧（一部はティッシュで落としてあった）と都会のあかをこすり落として、その顔にエキゾチックな雰囲気をあたえている高い頬骨をあらわにしていくのをながめた。こすり落としが終わると、少女は両目と鼻だけが見えるところまで身を沈めた。水面に浮かぶ曲がりくねった巻きひげのような髪が、ゆらめく反射光のせいで波打つような動きを見せながらその光と溶け合っていた。まるで燃えさかる蛇たちが少女をめがけて泳いでその身を人のそれと一体化させているかのようだ。

周囲のジャングルが間近に迫っているために蛙のコーラスがやかましく、それが虫がいない理由なのかもしれない――だが、思い返してみると頭蓋骨の中にも虫はいなかった。わたしがそのことを告げると、少女はそれがどうしたという顔をして、たいまつの光にきらきら輝く両目でわたしを見つめた。

「虫がほしいの？」少女はたずねた。

「何匹か用意できるかい？」

「やってみてもいいけど」

わたしは両手を半円形に動かしてヤーラのほうへさざ波を送った。「ぼくをここへ連れてきたのは風呂に入れるためだったのかな？」

「わたしは衝動で動くほうなの」

「なにが起きているのか話してくれないのか？」

少女は両腕をバスタブのへりにのせて、わたしに顔を向け、両足を浮きあがらせた。「あなたには自分で結論を出してほしいの。そうすればあやつられたと言ってわたしを責めたりできないでしょ」

「ぼくの意見がそんなに重要なのか？」

「なんとも言えない」

「そういう謎めいた女の演出は、ぼくには効かないよ」

「試してみる気もないわけね」

たいまつの明かりが木々をなめて、潮流のようなオレンジ色の光が木の葉や幹のあちこちを照らし、骨の内部をこうこうと輝かせていた。頭上では生きている夕食をまえにして一羽の小鳥がうれしそうに長々とさえずっていた。ナショナルジオグラフィック誌に出てきそうな未開地だな、と胸のうちでつぶやいて、いまいる場所に対する過剰な意識をやわらげようとしてみた。だが、目のまえの頭蓋骨の存在があらためて胸に迫ってきて、危険ではないかという不安がつのった。

「ぼくの考えを知りたいか？」わたしは言った。「きみはあの広場にいた人たちをなにかでだましているんだ。あの信者たちを」

「そういうことを言ってるのはあなただけじゃないわ」

「で、どうなんだ？」

「ときには自分でもわからなくなる」

「きみはそういう返事しかするつもりがないのかな？」

「いまのところは」

水面に見えているヤーラの乳房の先っぽがわたしの心をかき乱した。彼女が身じろぎをするたびに、乳首が視界に浮かびあがる――パステルピンクの、食後に出るミント菓子のような色が、完璧な円形をした、わずかに白みの強い、きめこまかな肌の中心に。骨の寝室でこの少女とやったらどんなふうだろうと考え、その体つきをエックスのそれと比較した。あちらは乳房がずっしりしていて、腰回りも太く、大きな乳輪はいびつに見えるほど楕円になっていた。エックスはわたしを追い出したし、ふたりとも別の相手と寝ていたけれど、いずれふたりは元の鞘《さや》におさまるはずだった。あの関係はどちらにとっても快適すぎてとても捨てる気にはなれなかった。ヤーラのほうが美人なのでちょっとだけ罪の意識をおぼえたが、それくらいでは、わたしが泳いでいって腕を少女の太ももの下に入れて支えるのを阻止するには充分ではなかった。ヤーラから熱があふれ出した。あいているほうの手で少女の顔から濡れたほつれ髪を払いのけてキスしようと身を乗り出したが、彼女はわたしを押しとどめ、視野を広げようとでもするようにいっそう身をのけぞらせた。

「わたしはあなたに幸運をもたらしたい」ヤーラは言った。

わたしは運の良さについてぺらぺらとまくしたてそうになったが、胸のうちにとどめておいた——ヤーラの表情におどけたところはどこにもなく、話し方にも冗談を言っている様子はなかったので、わたしは声に高まる欲望をにじませながら、少しばかりの幸運はありがたいとこたえた。

夕食（チキンとサフランライス）が冷めていくあいだに、わたしたちはウォーターベッドで激しくやりあった。ヤーラは精力的で創意にあふれ、要求もすれば奉仕もしてくれたが、セックスはまあよかったというだけで、手慣れてはいても、最高ではなかった。ときどき起こるように、わたしたちのささやかな行為には演技の要素があり、それがほかの部分の質を低下させて感情移入をさまたげたのだ。彼女のあえぎ声や叫び声は聞いていて気持ちよかったが、いくらかおおげさにしているのがわかった。完全な芝居というわけではない。ほんの少し過剰にすることで彼女が最高のひとときを過ごしていると伝えているだけであり、わたしの行為もその男性版でしかなかった。わたしが驚いたのは、ふたりがありきたりな寝物語へ移行するのではなく、終わったあとでそのことを話し合い、おたがいの愛の行為の真実性について分析したことだった。

「魅力ある人たちが付き合うときには」ヤーラが言った。「ナルシズムがじゃまになることがあるのよ」

「ぼくは自分がナルシストだとは思わないけど」

「正直になって！」

「実際はむしろ自己嫌悪がひどい」

ヤーラはさげすむようにふうと息を吐き出した。「自己嫌悪の強いナルシストにはなれないと思ってるの？」

「自己嫌悪はナルシズムの究極のかたちと言えるかもしれないな」

「それがナルシズムの心髄。自己愛と自己嫌悪は両立できないものではないわ。それどころか、片方がもう片方の先触れなのよ」

わたしは頭のうしろで両手を組んだ――天井でゆらめく光のせいで、骨がなめらかでやわらかな、チーズっぽい見た目になっていた。

「きみはいくつなんだ？」わたしはたずねた。

「十七歳。もっと上だと思ってた？」

「あまり考えてなかったけど、まあ、二歳くらいは上かなと」

「そしていまはわたしがあなたには若すぎると思ってるの？　そうなの？　そうではないと願いたいわね、だってわたしはあなたより年上の男たちと付き合ってきたから。ずっとずっと年上の！」

なんとも奇妙な会話であり、ヤーラの話しぶりはそんな若さにしてはずいぶん洗練されているように思えたが、この脱線でわたしは、彼女の性格はほとんどがポーズでしかないため、ときどき十代らしくむきになって反論を口にしてしまうのだと気づいた。わたしは年齢は気にならないと言って彼女をなだめた。

「へんね」ヤーラは話をもとに戻した。「あなたの場合は自己愛が崩れて自己嫌悪になってるみたい。ふつうは逆なのに」

「それはどうかな。ぼくは十五歳のときからそのふたつがごちゃ混ぜになっているせいで苦しんできたんだ」

「女の子たちに興味をもたれるようになってから？」

「いや、女の子たちを利用してそのママたちを狙い始めてからだ……そのころに自己嫌悪が発動した」

「わけがわからない」

「ぼくの知っていた女の子たちにはセクシーなママたちがいたんだよ」

「そのママたちとセックスしたの？」

「何人かは。ルネ……最初のママだ。彼女は娘が用事で出かけているときにぼくのところへやってきた。おかげでハイスクールじゃ一目置かれたよ」

「友達にそのことを話したの？　クズね！」

「ぼくは十五歳で、愚かだった。それにルネも自分の友達に話したんだ。そのうちのひとりにぼくを紹介までした。だれも傷つかなかったしぼくはいくつかのことを学んだ」

「セックスについて？」

「セックス……それと女たちについて」

ヤーラはため息をついた——自制のため息だった、と思う。「そのママたちは夫にあきあきしてたのね」

「ママたちについて考えることはなかった。ぼくにとってはただの標的だった。たぶんあきあきしていたんだろう。夫にも、自分自身にも。でもそれが動機だったとは思わない。みんなぼくを堕落させるという考えに夢中だった。日々の暮らしにそういう不謹慎な要素が必要だったんだ。だからぼくは純真な少年を演じて自分が堕落するにまかせた。おもしろかったんだよ、母親とその娘の両方を落とすのが。ママたちはわがマディスン家やブルックス家の娘がやっぱりぼくとファックしていることを知ると、ものすごく怒った。でも冷静になったあとで、そのうちの何人かは三人でやらないかと持ちかけてきた」

「自分のことを悪い男の子だと思ったんでしょうね」

「実際に悪かったよ」

「それでも純真ではあったのかも」

曲がりくねった骨の管をとおり抜けて、暖かな風が寝室へ吹き込み、悲しげな笛のような音をたてた。

ヤーラは体を横にしてわたしと向き合った。「去年まではセックスに興味がなかったの」

「遅咲きだったんだな」

「まあ、それなりに経験はあったけど楽しくなかった。とにかく、そのほとんどは。ここへ移ってきたときにセックスはやめたの。それでも一年くらいまえに恋人ができたけど、ベッドではうまく気持ちが伝わらなかった。相性はまあまあだったけど、絶好調というわけにはいかなかった」ヤーラの手の指がわたしの腹を歩いて、腰の上で止まった。「でもあなたとならすごく気持ちが伝わる。どっちもおたがいの合図を理解してる」

「そう？」

「あなたはママたちと過ごしたときに女の望みを察知するすべを学んだにちがいないわ。わたしがなにを、いつ求めているかがわかってるもの。そしてわたしもあなたが求めているものを知ってる……こんなの珍しいのよ。わたしは男たちの気持ちを読み取るのがずっと苦手だった」

「例をあげてくれ」

「なにがあったかおぼえてるくせに」

「記憶を新たにしたい」

わたしがいやらしいことを言うのを聞きたいだけでしょ」

わたしはにっこりした。「きみさえよければ」

「わかった。終わり近く、あなたがせっせと腰を打ち付けていたとき、わたしはあなたがイキそうになってるのに気づいて、口の中で出してほしいと思った。あなたはそのとおりにしてくれた、わたしがなにも言わなかったのに」

「そうするべきだと思ったんだよ」

ヤーラはわたしをじっと見つめた。「気にさわった？」

「いいや」

「そうなんでしょ？　気にさわったのよ！」

「いや、ほんとに。それはないよ。ただ妙な感じがしてね、こんな話をしているのが」

「どうして妙なの？」

「人は付き合うようになったら相手に優しくなるものだ。甘い言葉をささやいたり。『いつ気づいたの？』とか『初めて見たときに胸を打たれた』とか言ったり。相手をからかったり、じゃれ合ったり。ぶち壊しにするようなことは言わない」

「たいていの場合、そういう会話はいくらか誠実さを欠いているものよ」

「必ずしもそうじゃない」

「そうね、必ずしもそうじゃない」

風が強くなっていた。頭蓋骨の管が鳴らす笛のような音も頻度を増していて、まるで故障した古いパイプオルガンのようだった。

「なにもかもさらけだすのはいいものよ」ヤーラが言った。「不必要な荷物がなくなるから」

「そうか？　ぼくは人目が気になるな」

「初めはそうかもしれないけど、長い目で見たら悪いことじゃないわ」

この関係が続くかもしれないと思ったら、エックスの姿が脳裏に浮かんできた。ふたりの家の玄関で、冬に着る古い軍用コートを脱ぎながら、肩越しに笑いかけてくるエックス。太いロープのような編んだつやつやした髪。

「実は、つい最近までいっしょに暮らしていた相手がいたんだ」わたしは言った。

「それがどうかした？」

「くっついたり離れたりでもう四年近くになる。終わったのかどうかよくわからない」

「その女がわたしたちの今後にかかわりをもつことはないわ」

「ずいぶん傲慢《ごうまん》な言い方だな」

「自分で確信をもってるなら傲慢じゃないし、わたしはこれについては確信がある」

ヤーラはうつぶせに横たわってしばらくまどろんだが、わたしは目を覚ましたまま、ここ一時間かそこらの忘れがたい場面を頭の中で反芻《はんすう》した。退屈してきたので、片肘をついて上体を支えながら少女の肩にキスをし、背中の曲線に沿って手を滑らせ、タトゥーをじっくりながめた。ヤーラは身じろぎして満足げな声をあげた。わたしはダイヤモンドの模様の中央にある鱗にふれ、それが硬くてはっきりと盛りあがっていることにびっくりした。もっとよく調べようとしたら、ヤーラがわたしの手を払いのけて上体を起こした。

「やめて！」怒りのこもった声だった。

「それは？　なにかのインプラントなのか？」

「そうよ、インプラント。ほっといて」

「いったいどうやったんだ？　そんなことができるなんて思ってなかった」

もういちどタトゥーに手をのばすと、ヤーラはまたそれを払いのけた。「そこはさわってほしくないの！」

わたしは声をあげて笑った。

「おかしくなんかないわ！」少女はいまにも逃げ出そうとするように両脚をベッドから振りだした。「冗談じゃないのよ！」

「まえにも女がそんなふうに言うのを聞いたことがあるけど、そのときは体の別の部分のことを指していたよ」

ヤーラは薄っぺらなローブを床から取りあげて身にまとった。なにをしているのかとたずねると、彼女は食事をするところだとこたえた。

「冷めてるよ」わたしは言った。

「冷めてもおいしいから」

ヤーラはテーブルに腰を据えると、フォークで料理をひと切れ口に運び、もぐもぐやってのみ込んでから、またフォークでひと切れ口に運び、機械的な激しさで食事を続けた。

わたしは少したってから立ちあがってボクサーパンツをはいた。ヤーラはひたすら食べ続けるだけで、こちらにはちらりとも目を向けなかった。風があるのに暑く、思考がどうどうめぐりを続けていた。寝室の割れていない卵の殻のようになめらかな表面がわたしに圧迫感をあたえていた。

「ここには窓がひとつかふたつあってもよさそうだな」わたしは言った。

わたしは眠りがとても深くて目覚めも急なので夢はおぼえていないのだが、それからの一週間は、内容はなにも記憶に残らなかったものの、目覚めたときに不穏な夢を見たような気がした。それはふつうの悪夢ではなく、不安やストレスが原因でもなかった。なにかがわたしの意識の殻をつつき、ひび割れからこっそり中へ入り込もうとしているという感覚があったのだ。その感覚がいつまでも消えなかったのでヤーラにも話してみた。それはよくある反応だというのが返事だった。

「なにに対する反応？」わたしはたずねた。

「ここにいること」ヤーラはそう言うと、頭蓋骨の前方に位置している小さな区画へむかった。

彼女は毎朝一、二時間そこで過ごすのを日課にしていた。

その日は少し時間をとって頭蓋骨の探検に出かけた。苦労して管を抜けてもたいていは別の管へつながっているだけで、ときには小さな区画にも出くわしたが、いずれも塵《ちり》ひとつないほどきれいだったので、だれかが忍び込んで掃除をしているとしか思えなかった。区画のほとんどは（それが存在していることの異常さを別にすれば）特に変わったところはなかったが、ヤーラが毎朝出かける区画はわたしにとって催眠効果があり、そこへ入るたびに眠くなるのだった。ヤーラがまともにこたえてくれると思える理由があれば、そのことについて彼女に質問していただろう――そういう状況だったので、眠けが自分の想像ではないと確信できたあとは、そこをひとつの特異点、もっと大きな謎の中にある小さな謎として頭の中にメモだけしておいた。

信者たちから受けた最初の印象は、内気で、不機嫌で、無知で、場合によっては頭も弱く、まさに奪われし者たちの典型であり、その生活は貧困と妄想に支配されている、というものだった。たしかに、暮らしは不便だったし、コミュニティが大きな妄想という基盤の上に成り立っているのはまちがいないようだったが、だんだんとわかってきたとおり、わたしは注意散漫を無謀と、自己専念を不機嫌と見誤っていたし、天蓋の下で暮らすおよそ五百名の人びとの大半は中流階級の上位の人びとだった――教師、医師、芸術家、研究者、そのほかさまざまなタイプの専門家たちだ。もちろんかなりの人数の肉体労働者や店員もいたし、もとホームレスや、酒やドラッグへの依存から立ち直った者も多かったが、それをある程度埋め合わせていたのが、頭蓋骨の近くの掘っ立て小屋で暮らしていたアマディス・デ・ルーゴ少将のような人びとの存在だった。時の流れでやつれてはいたがまだまだハンサムな七十代の小柄な男で、ぼさぼさの白髪頭、手入れをしていない顎髭、いつも同じよれよれのズボンに白いTシャツという姿ではあっても、少なくともわたしにとっては、強い印象をあたえる人物だった。わたしが初めてテマラグアにやってきたとき、デ・ルーゴは肩書きのうえではこの国の悪名高い内部治安部隊、デパートメント46の責任者だったので、エックスの大学の同僚数人の死にも責任があったし、政府によって政治的に信用できないとされたそれ以外の数千人については言うまでもなかった。わたしは彼の姿を見てショックを受け（新聞の写真で顔だけは知っていた）、このコミュニティで彼が生きのびていることに愕然とした。キャンプにいる何人かはデ・ルーゴの暗殺部隊の手で友人か親族を失っていたはずだ――その人たちが復讐《ふくしゅう》を望むはずだと思ったのだが、このカルト集団はそこへ参加するまえにおかした罪については、たとえデ・ルーゴのような悪党の罪であっても、すべて不問にすることとしていて、その方針に反する行為はそれまでのところ起きていなかった。

　わたしがヤーラとともにコミュニティを訪れた四日後、彼女は午前中はいつもの小さな骨の区画に引きこもっていたが、午後のなかばには野営地へ出かけて、信者たちと言葉をかわした。会話というよりはカウンセリングだ——ヤーラがほとんどしゃべっていて信者たちはうなずいて同意するだけ。わたしがあとをついて歩いて、そのとき耳にしたかぎりでは、ヤーラはなにか漠然とした目標に対して信者たちの関与を強めることを狙ったアドバイスをしていた——トニー・ロビンズとかドクター・フィルみたいな自己啓発を売り物にする連中のファンなら夢中になってしまうようなたわごとだ。ヤーラがその大仰な演説を完璧に仕上げるまでにはまだまだ時間がかかりそうだったが、彼女はその見た目のほうでトニーやフィルを完全に凌駕《りょうが》していたので、適切なマネージメントと、メイク担当とヘアスタイリストのチームさえいれば、相当な金のなる木に仕立てることができそうだった。なにしろヤーラには申し分のない経歴があった——虐待されたストリートの娘が、熱帯雨林の行者たちから人生の秘密を学び、ネズミだらけの社会の地下室からいずれは自身を引きあげて、あらゆる敗者が夢見る成功をおさめ、ロレックスをはめ、有名デザイナーの服を着て、自立した女神《デイーヴァ》となり、香水を振りかけた嘘っぱちを世界に売りつけることができる舞台までたどり着こうともくろんでいる。わたしは彼女のアドバイザー兼共謀者となった自分を想像した。聞き手のムードを高めるために、アルマーニを着たボケ役として、宗教とは無縁の愛、無力なリベラリズム、資本家の強欲について周到に用意したメッセージを届け、そこでステージをヤーラに引き継いで、取引をまとめあげるために同じことを彼女のかわいらしいなまりのある英語で提示してもらう――その語りは望む効果をあげるべく磨きあげられていっそう魅力を増しているだろう。

その日は湿気が多く、空気には雨のにおいが充満していた。焚き火の煙が地面の近くにただよって、いつものかすみを濃厚な煙霧に変えていたために、離れたところにいる人びとはまるで幽霊のようで、影が暗闇からぼうっとあらわれてはまた消えていった。ヤーラが支持基盤をまとめるのを聞いているのにあきてきたので、わたしは焚き火の灰の近くにある間に合わせのベンチにすわり込み、ノートにスケッチをしながら、それぞれの題材について短いメモを書きつけ始めた。それを二十分ほど続けたころ、だれかが注意を引こうとするように咳払いをしたので目をあげると、デ・ルーゴ少将がそばに立って、杖《つえ》に寄りかかり、わたしから見える頭蓋骨を部分的に隠していた。人のかたちをした死神の姿があの巨大な偶像に重なっているのを見て胸が騒いだが、デ・ルーゴはにっこり笑って――すごく安心できる光景とは言えなかった――自分もすわりたいという身ぶりをした。わたしが場所をあけると、少将はベンチにそろそろと腰をおろし、その骨の折れる作業が終わるとうめき声をあげた。

わたしは問いかけるような目を向けて、デ・ルーゴが口をひらくのを待った。彼の髪はびっくりするほどつややかで、着ている服はかび臭かった。両目の下には隈《くま》ができているように見えた――おそらく睡眠不足のせいだろう。

「続けたまえ」デ・ルーゴはそう言ってノートを指差した。「見ているから」

それからまたにっこり笑って、さあどうぞという顔をしたが、わたしがスケッチを再開すると、舌打ちをしたり痛々しいうなり声をあげたりして、そんな作品では満足できないという態度を見せ始めた。わたしが広場の端にあるピンク色の傘状の木をスケッチして、露出した静脈のような色彩の叫びを、くすんだ緑色の草木のむこうに浮かびあがる生き生きした領域を再現していくと、彼はいらいらと鼻を鳴らした。わたしはなにかまずいことでもあるのかとたずねた。

「きみは木を、影を、人びとを描く」デ・ルーゴは頭蓋骨を身ぶりでしめした——それはわたしたちの頭上六、七十フィートの高さにそびえていた。「だが竜は描かない。どうしてだね？　スケッチする価値があるのはそれだけだろう」

「あの頭蓋骨を描いてほしいんですか？　わかりました」

描き出しで二度ほど失敗したあと、先の細いペンを使って、緑のおおいから突き出している頭蓋骨の細密画をどんどん描き進めた。かなり集中していたので、完成したときは、ほかに三人の住民が集まって消えた焚き火のそばにすわり込んでいたことに驚かされた。学生っぽい若いカップルは、男のほうの髪がガールフレンドの髪より長く、もうひとりの白髪まじりの顎髭をたくわえた中年男は、半ズボンと着古して汚れたドレスシャツを身につけ、袖をまくりあげていた。デ・ルーゴはノートをわたしから受け取り、ちょっとながめてから少女に渡した。少女がそれをほかのふたりの男に見せて、ぼそぼそと感心したようなささやきをかわした。

「たいへんみごとだ」デ・ルーゴがわたしの腕をぽんと叩いた——わたしは思わずたじろいでしまった。「完璧だ！　きみは彼の姿をとらえた」

少将が頭蓋骨を人間のように呼んだことは無視して、わたしは彼とその友人たちにどうしてキャンプへやってきたのかと質問してみた。

少女は——地味な感じで、日干し煉瓦《れんが》のような肌の色をしていて、最近になってかなり体重を落としたように見えた——アダリアと名乗り、あなたは自分がここにいる理由を知っているのかとたずねた。

「ぼくはヤーラといっしょにいるんだ」わたしはこたえた。

「あたしはティモといっしょ」少女はボーイフレンドの肩に身を寄せた。「でもそれはあたしがここにいる理由じゃない」

「じゃあ教えてくれ。きみはなぜここに？」

中年男は弁護士で、ゴンサルボという名前だった。「われわれは原料なのだよ」

「なんの原料？」わたしはたずねた。

「奇跡の」アダリアが言った。

わたしがいぶかしげにその言葉を繰り返すと、少女は付け加えた。「世界を変えることになる奇跡よ」

ほかの三人がうなずき、ティモがアダリアの肩に腕をまわして言った。「彼がぼくたちを完成させるんだ」

この人たちはヤーラの狂気に巻き込まれて、彼女を超自然的な謎を解く鍵《かぎ》とみなしているだけで、わたしよりもなにかを知っているわけではなさそうだった。

「彼がなにもかもやってくれるというのか？」わたしは頭蓋骨のほうへ手を振った。

「そうだ」ティモが言った。「ヤーラの手助けによって」

「あなたは彼の歴史について知っているの？」アダリアがたずねた。

「魔力の戦いで麻痺させられたとか、神のような精神力があるとかいうたわごとか？　ああ、だれでもそのおとぎ話は聞いたことがあるさ」

「きみは彼を正当に評価していない」ゴンサルボが真顔で言った。「何千年ものあいだ、彼はテオシンテの平原に横たわっていた。その精神は雲のように広がってこの惑星を包み込み、われわれの人生のあらゆる側面をあやつっているのだ」

「でも、いまは死体だからな」わたしは言った。「まるっきり無力《ジャック》だろう」

「ジャック？」ゴンサルボが言った。「ジャックってだれだ？」

アダリアが彼のために慣用表現の説明をした。

ささやかなグループに沈黙が広がり、わたしはふたりの住民がとおりすぎていくのに気づいた。静かな会話の断片、男が咳き込む音。ゴンサルボは、死をまぬがれた竜がかつての並外れた力のほんの一部しかもたない影にまでちぢまり、いまは生まれ変わって卓越した地位を取り戻すためにわれわれの助力を必要としているとかいう、偏向のきつい世迷い言を歌うようにならべたてた。

「どうやってそれを実現するつもりなんだ?」わたしはたずねた。「心肺蘇生? 心臓マッサージでもするか? いや、待った! 彼の心臓はミンスク、上海、ラスベガス、いたるところに散らばっている……何千億ものクソなかけらになって」

「わしらがエネルギーを提供する」デ・ルーゴが尊大に言った。

わたしはさらに皮肉を言いそうになってこらえようとしたが、うまくいかなかった。「どういう仕組みなんです? 正しい瞬間に声を合わせて唱えるんですか? ピュアな思考を彼にむかってぶつけるんですか?」

デ・ルーゴが刺すような目を向けてきた。場所も時間もちがっていたらわたしの膝はがくがくになっていただろう。ティモが顔をしかめ、アダリアが言った。「あなたはまだ質問にこたえていない。あなたはなぜここにいるの? 正直に言って」

「好奇心だよ」わたしは言った。「それと偶然かな。ぼくはきみの家の玄関に吹き寄せられた木の葉みたいなものだ」

「ヤーラは? 彼女のことは?」

「ファックは楽しいけど、ぼくにはちょっと若すぎる」ひたいをとんと叩く。「ここが若すぎるんだ、わかるだろ」

「この男は知らないのだ」デ・ルーゴが言った。

アダリアがティモの肩の付け根に背をもたせかけた。「この人はその程度のものなのかもね。木の葉。じきに風で吹き流されていくだけ」

わたしはいらいらしてきた。「陰口ならせめてぼくがいなくなってからにしてくれ」

彼らがわたしを見つめる様子はドラッグでハイになったように穏やかで、なにがあっても驚いたりしそうになかった。そこにいる全員が〝狂ったお茶会〟のお客で、わたしがラクダに変身するのを辛抱強く待っているかのようだ。

「いったいなんの話をしているんだ？」わたしは言った。「ぼくがなにを知らないって？」

「なぜきみがここにいるかだ」デ・ルーゴが消えた焚き火の灰を杖でつついた。「どうか気を悪くしないでくれ。われわれみんながときおり考えてしまうことなのだ……他者に関してだけではなく自分に関しても」

まだいらついたまま、わたしがなぜあなたはここにいるのかとたずねると、この天蓋の下に集まったすべての〝原料〟の中で、わしがもっとも重要なのかもしれないという返事がかえってきた。

「グリオールは彼がやるべきことを成し遂げるために冷酷さを必要とする」デ・ルーゴはこ

たえた。「そして、ああ神よ、かつてのわしはまさに冷酷だった」

アダリアが手をデ・ルーゴの膝に置いて慰めようとした。ゴンサルボも陳腐な励ましの言葉をかけた。いまにも友愛賛歌〈クンバヤ〉の合唱が始まりそうだった。デ・ルーゴの言う〝かつて〟はほんの一年ほどまえのことで、七人の司祭が国立大聖堂の付属礼拝堂で頭蓋骨から脳をくりぬかれた姿で死んでいるのが発見された事件のあと、彼は強要されてその地位を放棄したのだ。わたしはデ・ルーゴの後悔しているような態度をうのみにできなかったので、その会話からは身を引いて、ちょっとだけ耳をそばだてながら、彼らの顔や、身ぶりや、そのほか目についたことをなんでもスケッチした。やがて彼らは立ち去り、最後まで残っていたデ・ルーゴは、慈愛にあふれたしぐさでわたしの肩をぽんと叩いていった……そのとき初めて、わたしは彼らの問いかけについて考えてみた。なぜわたしはここにいるのか？　わたしも竜の生まれ変わりに欠かせない要素のひとつなのか？　このコミュニティへわたしを連れてきたのはヤーラという女ではなく、竜の代理人だったのか？　そして彼らが使う〝原料〟という言葉はなにを意味しているのか？　その言葉には不吉な響きがあり、個人としての人格を恐ろしい目的のために差し出すことを暗示していた。

夕暮れがおとずれて木の葉と枝の輪郭は溶け合ったが、頭蓋骨は鮮明さも詳細さも生気も増したようで、薄明かりの中でぼんやりした背景から灰色の堅固な姿をくっきりと浮かびあがらせ、まるで風景の中でそれだけが現実の存在であるかのようだった。顔と顎の筋肉が骨の上で再生され、びっしりならんだ石積みのように緑色と金色の鱗が再集結する様子を心に思い描いていたら、眼窩を満たすねっとりした影の中にたしかに動くものが見えたような気がした。皮膜のゆらめき、反射光のきらめき、生命の証拠がその中にひそみ、何世紀にもおよぶ休眠のあとでもまだ力をたもっている。わたしはその影の心拍が銅鑼《どら》の反響音のように肌を震わすのを感じた。どうも暗示に影響を受けやすいようだ。それでも、あの頭蓋骨が脅威の源であり大災害が発生しようとしているという疑いを消すことはできなかった。はるかに恐ろしい面相がその骨と菌類の幻影の下から爆発的に浮上し、竜が草木の覆いを振り落として市内へと移動を始め、テマラグアを、昔そいつが何千年ものあいだとらわれの身となっていたテオシンテと見まちがえる……いや、どんな都市だろうと彼の復讐心のまえでは手頃な標的でしかないだろう。実にナンセンスで、まったくの空想でしかなかったが、その考えは頭にまとわりついて離れず、長いあいだ頭蓋骨を見つめているうちに、竜の変身を阻止しているのはわたしの警戒心だけなのだと確信するようになった。疲労で集中力が薄れたときには、気づかないうちに変身が起きてしまったのではないかと心配した。極微量の変化。亜原子レベルでのゆらぎ。手遅れになるまで気づかなかったわずかなずれにより、破滅的な結末はすでに訪れているのではないかと。

その日から先、わたしは竜の生命のかけらがあの頭蓋骨にこびりついていることをある程度は受け入れて、それまでの懐疑的な見方は、ヤーラに対する思い、この数週間で強さも範囲もずっと大きくなった思いから出ていたのだと認めた。自分がヤーラを愛しているのはわかっていたが、愛はわたしが避けようとしていたものだった——ああいう女に心《ハート》を捧《ささ》げるのは、それが食品医薬品局の認可を受けてきれいにスライスされて戻ってくるのを望むということだ。ヤーラは多くの面でわたしの女性版であり、残酷さの面ではわたしよりずっと凄腕《すごうで》だった。わたしよりも政略的で、冷笑癖はそれほどでもなかったが、同じように他者をあやつることに長《た》けていたので、信頼の置ける相手ではなかった。わたしはヤーラを愛することを頭蓋骨に対する自分の態度の変化と同一視し、どちらも精神面の欠陥のあらわれ、心に有毒な環境に身を置いていることで誘発された弱さのあらわれだと認めようとした。ヤーラはいまでもバリオ・ビジャレアルで出会った子供っぽい女だった——以前よりは彼女についてわかっていたとはいえ、基本的な心証が変わるほどではなかったが、それでもわたしの目には彼女の欠点は見えなくなっていたし、長所は傑出して見えるようになっていた。こうした理想化は、明らかなゆがみであり、愛の狂気の副産物と言えたが、わたしには彼女に対する自分の感情的および肉体的反応にそんな簡単なレッテルを貼って片付けてしまうことはできなかった。さらに言うなら、わたしはヤーラの正気について、その誠実さについて疑いをいだいていたが、そうした疑いを本気で育てたいとは思わなかった。

　夕方にはよく眼窩（蔓草が伸びすぎていないほう）の中ですわり込み、自分の存在が竜の失われた瞳の代替物になるというふりをしながら、ありのままの彼の王国をながめて一、二時間ほど過ごした。すっかり暗くなると、広場はくすんだ赤い輝きが点々と散らばる黒い平原となって、大きな焚き火の燃えさしから立ちのぼる煙のにおいが空気に染み渡り、そこかしこに小屋やテントのごつごつしたかたちが逆光で浮かびあがった。のろのろと動く人びとのシルエットは、深い灰の中を歩いているみたいに足を運ぶのに苦労しているように見えた。こうした地獄のような光景にもかかわらず、わたしの考えは陽気なものになりがちで、脳裏にひらめくのはヤーラの姿、記憶のかけら、その目つき、かわいらしい笑み、肌の感触ばかりだった。ある湿気の多い夜、ヤーラはそこで寝ずの見張りをするわたしのところへやってきて、しばしの沈黙のあと口をひらいた。「ここはわたしがやってきたときとはずいぶん変わったわ」

「そう？」わたしは言った。

「あのころは八人くらいでそのほとんどが頭がいかれていた。ホームレスの人たち。年老いた女がふたり。ひらけた土地もすごく狭かった。いまの四分の一もなかった」

ヤーラは口をつぐみ、わたしもその沈黙を埋めようとはしなかった。彼女がなつかしそうな口調で話をしたのはこのときが初めてで、なにか新しい事実がわかるかもしれず、その瞬間をだいなしにしたくなかったのだ。鳥たちが頭上に茂った葉の中でがさがさして、眠りにつくまえの最後のひと騒ぎをしていた。

「おかしいわね」ヤーラはようやく口をひらいた。「こんなふうになるなんて考えたこともなかった。ここへ来たときはすごくみじめで、怒りにあふれていた。とにかく死にたいだけだった……自分が死ぬことでいろんな人を傷つけたかった。いまでも怒りはあるけど、もうどうだっていいことに思える」

ヤーラはふたたび黙り込み、わたしは話をうながさなければと感じた。

「きみの信者たちから聞いたんだけど……」

「彼らはわたしの信者ではないわ」ヤーラはぴしゃりと言った。

「下にいる人たちから聞いたんだけど、彼らがここにいるのは竜の生まれ変わりを手助けするためだそうだ」

「あなたは笑い飛ばしたの？」

下でダンスをしているらしいふたり組が、焚き火の明かりにシルエットを浮かびあがらせていたが、音楽は聞こえなかった。ヤーラがこちらに目を向けているのを感じて、わたしは慎重に言った。「以前ほど笑う気にはなれなくなっている」

「彼らには何十もの持論があるの。わたしはそのどれにも与《くみ》しない」

「きみにはどんな持論があるんだ？」

「わたしには持論なんかない」

「でもきみは彼らにアドバイスをしている。彼らの導き手、指導者として」

ヤーラのため息は蟬《せみ》のコーラスに火をつけたようだった。「毎朝わたしはあの小さな区画に出かけてる……どこだか知ってるでしょ」

「ああ」

「ひと眠りして。目が覚めたら広場へ降りていくの。そこでだれかを見つける……最初に見かけた人じゃなくて、ある特定の人を。わたしはその人たちと話をするために移動させられているの。なにか言うことがあるとわかるんだけど、どんな内容になるかは見当もつかない。しゃべっているうちにメッセージがおりてくるの。ふつうは前向きなメッセージ――あなたも聞いたでしょ。彼らになにか用事を言い付けることもあるわ」

ヤーラは手をうしろへまわして髪をポニーテールにまとめ、ほかになにか言うことを考えているかのように、そのまましばらくいっとき動きを止めた。

「それだけ？」わたしは言った。「きみにわかっているのはそれだけなのか？」

「再生という概念が関与しているのはわかってる。錬金術的な変化、魂の結合。その背後にグリオールがいるのもわかってる。わたしはここに長くいるから彼を感じるの。背後にだれかがいて見張られているときにそう感じるみたいに」

わたしはヤーラがまわりくどい語りで空の彼方《かなた》からやってくるすばらしい知らせを説明するつもりだと思っていた。この漠然とした独演はわたしの思い込みとは合致しなかった。

「彼はわたしには理解できないことを強制的にやらせるの」ヤーラは続けた。「たとえばお金。すごくたくさんあって、わたしたちには使い切れないほどだけど、わたしはまだ集金を続けている。彼はわたしを市内にいる人たちに会わせてお金を渡させる。いらいらするのよ、自分にはまったく理解できないことがあるというのが」

「だれなんだ、きみが金を渡している人たちというのは？」

「たいていは若い男たち。何人かは軍人だと思う。わたしは彼らにあれこれ伝えるけど、なにを言ったかはおぼえてなくて、記憶の中に空白があるだけなの」

どれくらいの金を集めたのかたずねようとして寸前で思いとどまった。「彼はきみのために大きな計画を立てているんだな」

「わたしのために？　どうかしらね」

ヤーラはあおむけに寝そべってわたしの腕を引っ張り、すぐとなりで冷たい骨の表面に横たわらせた。

「なぜこの話をするまでこんなに長く待ったんだ？」わたしはたずねた。

「もうなにも話したくない」ヤーラはわたしのジーンズのいちばん上のボタンをまさぐりながら言った。

わたしは彼女の手を押しのけた。「竜のせいだったのか？　きみがいまぼくに話すことを彼が望んでいると、メッセージのように感じたのか？」

「まあね。ファックしたくないの？」

「もうひとつだけ質問だ。竜についてはきみがなにもかも正しいとしよう。どうして彼を信用できるんだ？　あの獣《けもの》、あの巨大なトカゲにはぼくたちを憎む充分すぎるほどの理由がある。どうして彼がもたらす変化が良い結果につながると思えるんだ？」

その質問をしているあいだも、ヤーラの返事がかつてエックスから聞かされた言葉と同じになるのではないかという予感はあった。あれは数カ月まえにふたりで革命の価値について議論していたときのことだった――

「あなたはここに来てどれくらいになる？　四年？　五年？　それだけあればテマラグアがどんな変化でも歓迎することはわかるでしょう。事態が好転する可能性があるなら、それがどんなにわずかでも、ありがたいことなの。アメリカ人の理屈をわたしたちに押し付けないで。あなたたちはマスコミに、嘘に、絹のシーツに、脂っこい食べ物におおい尽くされている。自分がどれほどぼろぼろなのかほとんどの人が気づいていない。ここでは政府は不都合なことをわざわざ隠そうとはしない。残虐行為、貧困、不正が毎日のように目のまえに突き付けられる。わたしたちはどうしようもなく絶望しているのよ！　たとえ変化によって事態が悪化しても……それがなんだというの？」

ヤーラの返事はもっと簡潔だったが、同じように的を射ていた。質問を聞くと、彼女はわたしに体を押し付けてこう言った。「あのね！　わたしはもう話したくないの」そしてわたしは、首にキスされ、口と目にもキスされて、まだ質問があったにもかかわらず、流れに身をゆだねて尋問者から恋人へと転換した。

それはヤーラとの愛情行為がもっとも完成に近づいた夜だった。彼女の耳元に唇を寄せて愛していると告げたが、言葉を発することはなく、ただ口をそのかたちに動かした。その言葉を口に出すことがどんなことの前兆になるかわからないというのもあったが、もっとひねくれた動機もあったのではないかと思う。その聞き取れない、ぐずぐずした宣言により、わたしはただセックスのとりこになっているわけではなく、ほんとうに人を愛せるほんものの男なのだと自分を納得させることができるかもしれなかったので、とりあえず、もしもその言葉を聞かれたら、ヤーラが過剰に反応してわたしを叩き出すとかなにかそういった行為におよぶかもしれないと心配しているふりをした……なにしろ、彼女がわたしや愛についてどんなふうに感じているのか、ほんとうになんの手掛かりもなかったのだ。その反面、ヤーラにあえて聞いてもらいたい気持ちもあって、耳に届くぎりぎりの声で宣言すれば、彼女はわたしの唇がたてるかすかな音を聞いてなにか言われたと考え、「愛している」がもっとも可能性の高いメッセージだと結論づけるかもしれず、それによって、ふたりが次の段階へ進むことになるのかどうかを彼女の聴覚の鋭さと心の状態にゆだねてしまうことができる。だれかが愛は渇きを癒やすことのない飲み物だと書いていたが、それはつまり、愛への渇望はけっして尽きることがないとか、愛は中毒なので人は次から次へとそれを求めて満足を得ようとするが、アヘンのように効果はだんだん弱まるので、最後には需要が供給を凌駕してしまうとかいう意味だろう。こうした解釈は矛盾もなく、どちらも疑いの余地なく正しいのだが、ヤーラとわたしの場合、愛はゆがんだ心理的競争というか、権力闘争になっていて、おのおのが自分の態度や主義主張（たいしたものではないが）を利用することで、熱望しているまさにそのものを、失望させられるまえに解体しようとした。なぜなら、ふたりともそれが仕組まれた試合だと知っていたから。

3

　スノウの語りはさらに百五十六ページ続き、その多くはキャンプにおける日々の生活を題材にしているが、それとほぼ同じくらいのページが費やされているのが（まえの章でしめされたとおり）やはり退屈で過剰に分析的な、愛の性質に関する入念な論考と、その後のできごとに関する詳細な説明（〝正当化〟がより的確な言葉かもしれない、なぜなら彼は明らかに重い罪の意識に苦しんでいた）であり、そこにはヤーラとの関係が始まった四カ月後、スノウが二度と戻らないつもりで広場からこっそり抜け出した旨が記されている。彼はキャンプを放棄したそもそもの原因としてそこに蓄積していた不吉な気配をあげ、そのあとにみずからの脱走をうながした事件についてこう書き記している。

「ある朝、ヤーラが頭蓋骨の口の中へ出向き、顎の先端部分に立って、数時間そこにとどまり、徘徊中《はいかいちゅう》でもあるかのように、ものも言わず、ただじっとしていた。十五分ほどのあいだに信者たちが彼女の下に集まってきた。だれもが初めは当惑して、ヤーラに呼びかけたり仲間内で話し合ったりしていたが、その後は彼らの女王と同じように黙り込んでいった……彼らの神と同じように。信者たちはてんでに集まって四時間近くたたずんだまま、聞こえない声に強制されているかのように陶然としていた。空気が暖かさを増し――わたしにはずいぶん暖かくなったように思えた――この献身的な、いっそ病的な没頭が、どうやってか彼らを構成する原子の回転を速めて熱を発生させているようだった……もっとも、それはわたしが不安のあまり気温のわずかな上昇を誤解しただけのことかもしれない。このできごとのあいだずっと、わたしはパニックを起こしかけていた。天蓋の下の薄暗い空間、荒れ果てたキャンプ、信者たちとその女王とのあいだのゾンビにも似た結びつき。それはジョーンズタウンの集団自殺を彷彿《ほうふつ》とさせる不気味な光景だった。グループから排除されて、傍観者あるいは旅行者の役割をあたえられ、その体験に加わる価値のない者とされていたことが、わたしの疎外感をいっそう強めていた。ぼくはここの一員じゃない、とわたしは自分に言い聞かせた。ぼくはたまたま彼らの玄関先に吹き流されてきた木の葉であってこの狂気とは無関係なんだ。もしも関係があるなら、あの信者たちのように、あのジャングルの生き物たちのように（彼らも沈黙していた）、ぼくだって心も言葉も失って、巨大な爬虫類の頭蓋骨の望みやきまぐれを伝える女から指示を受けているはずだ、と。

ヤーラが集団に背を向けて去ると、ジャングルにやかましい鳴き声や叫び声がわき起こり、信者たちはよたよたとその場を離れて、それぞれの日常生活を再開した。ヤーラはなにが起きたのかおぼえていないと主張したが、事実を知っても少しもうろたえることはなく、そのことがなによりも、わたしが恐れている大災害が数時間ではないとしても数日のうちには起こるにちがいないという確信を強めた。わたしはヤーラに頭蓋骨と少し距離を置いてくれと懇願したが、あの広場で見た場面がジョーンズタウンを彷彿させたと伝えると、彼女はいきなり怒りだし、仕事のじゃまだとか気が散るとか言ってわたしを非難した。

その夜、ベッドで横になり、疲れ切った気分でどうしようかと考えながら、ヤーラのむきだしの背中を見るともなくながめていたら、ぽつぽつと輝く放射線のような光点がわたしの目のまえでミニチュアの閃光電球《せんこうでんきゅう》のようにあらわれたり消えたりした。よく見ると、彼女のインプラントとの境目の皮膚が腫れていて、そのくっきりした赤みがまわりのタトゥーの色に染み渡っていた。インプラントのかたちもいつもどおりとは言えず、盛りあがりがいっそう高くなっていたので、彼女の肉体がそれを拒絶しているのかもしれないと思った。人差し指をインプラントとの境目の肌にそっと押し当てたら、腰がびくんと動き、見えない恋人とセックスをしているかのように、ゆったり、うねるように揺れ始めた。わたしがその反応に驚いてさっと手を引っ込めると、腰の動きもおさまっていった。このころ、ヤーラは愛をかわしているときにわたしにインプラントをさわらせていたが、わたしは自分の快楽に没頭しすぎていて彼女の快感が高まっているのかどうかよくわからなかった……だが、あのときは、信用できない記憶の保管庫をのぞくかぎり、彼女は一定の反応をしめしているように見えた。

「ヤーラ！」わたしは繰り返し呼びかけたが、彼女は気を失っていた。手の甲でインプラントを押すと、腰が絶頂寸前のようにがくがくと動いた。もういちど起こそうとして、叫んだり揺さぶったりしてみたが、効果はなかった。その昏睡《こんすい》状態に、そのエロティックな反応に震えあがり、わたしはもはやなにも考えられないほど混乱していたが、脳の一部はまだ機能していて、恐怖で刺激された一群のニューロンが発火して警報を発したらしく、空が白んできたころに、わたしは自分を守らなければならないという結論に達した」

スノウが予期した大災害は、少なくとも彼が考えていたような時間枠では発生しなかった。一カ月たってもなにも起こらなかったとき、彼はジャングルの広場を再訪したいという誘惑に駆られたが、ごちゃ混ぜになった恥辱と恐怖がその衝動を打ち消した。とりあえずエックスのところへ戻ったものの、すぐにふたりの関係が壊れていることが明らかになり、それはテマラグアとの関係についても同じだったので、故郷のアイダホ州コンクリートへ帰り、父親が所有するアパートメントにただで住まわせてもらい、地元の書店で仕事を見つけた。当初のもくろみとしては、そこで自分を取り戻し、少し金を稼いでからまたタイあたりへ出かけるつもりだったが、コンクリートでの怠惰《たいだ》な生活パターンに引き込まれてそのまま十年間とどまり、きまぐれな日々を送りながら、既婚者か彼のことを暇つぶしの相手としか思っていない、けっして手の届かない女たちとの情事にふけった。この時期でひとつだけ注目に値する業績と言えるのは、書きかけの回想録の出版だが、これは今日にいたるまで未完成のままになっている（努力不足とか、若さゆえの無気力とかが原因ではなく、一時的に愛着をもっただけの未熟な作品ということだろう）。ヤーラへの思いは本格的な執着心にまで高まり、だれかにうながされたときには愛をそのテーマに関する自身の過去の発言に沿った言葉で表現したものの、ヤーラに関してはむしろロマンティックな理想に合致する存在とみなすようになっていった。インターネットでヤーラに関する情報を検索し、なにも見つけられないと、ノートに殴り書きをし、記憶をほじくり返し、ジャングルで過ごしたあの四カ月をなんとか筋のとおった物語にまとめあげようとした。ヤーラのヌードスケッチも残っていたが、そこに描かれた彼女の顔はそっぽを向いているか髪で一部が隠れているかのどちらかだった――なぜそんなポーズにしたのかは思い出せなかったし、どちらのアイディアだったのかもわからなかったが、それらのスケッチはふたりがおたがいの関係に対して充分に向き合っていなかったことを象徴していた。記憶をもとにヤーラの顔を描いてみたところ、顔立ちを正確に表現することはできたが、そこには対象の生命力も性格もあらわれておらず、平均よりはましな警察の似顔絵のようだった。スノウの考えではこれがまさにふたりが失ったものだった――感情を強く輝かせ、中庸を超越するチャンス。時間と一貫性のない記憶を結び付けたことで、それまではただの想像でしかなかったことに確信がもてた――彼とヤーラはおたがいに恋をしていたのに、その感情をたしかめるために必要な最後の一歩を踏み出さなかったのだ。

ある晩、スノウがネットサーフィンをしていたとき、たまたま見つけた中央アメリカの説明のつかないさまざまな謎を紹介した二年まえの記事の中に、総勢八百名のメンバーを擁するテマラグアのカルト教団が、崇拝するメガラニア属の巨大な標本（この部分の説明に科学的根拠はなかった）の頭蓋骨とともに姿を消したという記述があった。教団のリーダーは記事の中では「カリスマ性のある若い女性」とされていた。それだけだった。失踪が起きた時期にテマラグアで事件についていっさい報道がなかったというのが不穏だったし、オンライン上でもそれ以外の記事を見つけることはできなかった。この信用のできないほんのわずかな情報を手掛かりに、スノウは仕事をやめ、航空機のチケットを購入して、一週間後にはテマラグアにたどり着いた。

市内はスノウの記憶にあるよりも汚れていて貧困にあえいでいたが、十年まえは自分のことしか考えていなかったのでどれほどひどい状況か気づきもしなかったのかもしれない。おそらく、そこは昔からずっと煙くさくて、言ってみればスラムだらけのモルドール、産業が少なくて色合いは明るいデトロイトだったのであり、つらなる丘には貧乏人が、ゴキブリなみに無個性の貧乏人がうじゃうじゃいて、中には自分の住まいを背負って歩いている者さえいたのだろう。物乞いが戦闘部隊を思わせる勢いで押し寄せてきて、変形した肉体や、手足の切断面や、ひらいた傷口を見せつけてきた。まだ幼い、八歳か九歳くらいの子供も交じっている売春婦たちが、路地の入口や建物の戸口から呼びかけてきて、かん高い、公園の遊び場に響くような声でとてつもなく変態的な行為を提案してきた。黒い服とショールを身につけた未亡人たちがセイス通りの縁石に腰をおろし、行き交う車からほんの数インチのところで頭を垂れている様子は、すべての希望を失って、道をそれた車が絶望を終わらせてくれるのを待っているかのようだ。スノウのかつてのコネは、死んでいるか、さもなければ機能を失っていた。エックスは革命趣味を捨てて結婚していて、夫であるデパートの経営者は、妻のことをちっちゃな共産党員《コミー》と呼んですっかり充実したお尻を楽しそうにつねっていた――彼女は四人目の子供を身ごもっていて、スノウとは話したがらなかった。オーロラ・ハウスの事務所があったところには旅行代理店が入っていたし、ペペ・サリードはギャンブルのもめごとで殺されていたし、慈善団体のスノウの同僚たちはどことも知れぬ場所へ流れ去っていた。〈クラブ・セクシー〉はそれほど変わっていなかった。カウンターの上の天井にはトラックライト照明が設置され、カラオケマシンが追加されていた。驚いたことに、銀色に輝く月とココヤシという同じ安っぽい壁画を背に、あの老人がまだビートルズの曲をよろよろと演奏していた。高価な服で着飾った女たちがテーブルでひしめき合っていた――見覚えのある顔はなかったが、みんなスノウの記憶にあるのとよく似たタイプだったし、あのすばらしきギジェルモは相変わらず酒を注《つ》いでいた。なりかけの二重顎とあやしげなヤギ髭はさておき、少しもくたびれた雰囲気がない。スノウの姿を見るなり、ギジェルモはカウンターのむこうから飛び出してきて彼を抱き締めた。

「まあ驚いた！　よく来たわね！」ギジェルモは身を引いた。「元気でやってるの？」

「あんたはすごく元気そうだね」スノウは言った。

「あたしが？　いえいえ悲惨なものよ！　でもそんなことはもう問題じゃないわ。いまは夫がいるから、とうが立ってもへっちゃら」

　ギジェルモはスノウを隅のテーブルへ連れていき、カネーロという別のバーテンダー――若い黒人で、明るい色の肌はそばかすだらけ、短く刈り込んだ髪は赤みを帯び、左右の頰にダイヤモンドのピアスをつけている――にテキーラのボトルを持ってきてくれと告げた。スノウはゲイっぽいしゃべりかたをするのを忘れていたことに気づき、イントネーションを変えて、こっそり（自分ではそう思った）声の変装を再開した。ギジェルモが手をスノウのそれに重ねて言った。「よして！　そんなことしなくていいの」

　困惑して、スノウはどういう意味かとたずねた。

「あなたの演技よ」ギジェルモはテキーラをスノウのグラスに注いだ。「それじゃだれもだませないわ。怒っていた人たちもいたのよ――みんなあなたがあたしたちをコケにしていると思ってたから。でもあなたがあたしたちを利用してご婦人方に近づこうとしていることがわかってからは、みんな納得してそれについては笑い飛ばしていた。あなたがすてきな人だったから、あたしたちもだまされたふりをしていたの」

「ぼくはすてきな人じゃなかった。とことんクソ野郎だった」

「とにかく、見た目はすてきだったわ。それにふるまいもすてきだった。あのころはそれがいちばん大事だったのよ」

　しばらく飲みながら思い出話をしたあとで、スノウはヤーラのことをたずねた。

ギジェルモは声をひそめた。「彼女になにがあったか聞いた？」

「ほんの少しだけ。記事を先週読んだばかりでね。もっと知りたいと思って。だからこっちへ来たんだ」

「この件については話す相手を慎重に選ばないとだめよ。とても慎重に」

「どうして？」

「ＰＶＯよ」ギジェルモはまた両方のグラスを満たした。「組織暴力党のこと」グラスをぐいとあおる。「十五年くらいまえにあらわれたんだけど、たいして評判にならなかったしだれも真剣にとらえていなかったのよ、去年の選挙であいつらが議会で相対多数を獲得するまでは。あいつらはごろつきよ。恐ろしい右翼のごろつき。すごく恐ろしい。もしも次の選挙であいつらが過半数をとったら、みんなの言うとおり……」身震いをしてみせる。「あいつらはゲイが好きじゃないの。あたしの夫のホセリートは……ふたりでコスタリカへ引っ越すべきだと考えてるわ」

「それがヤーラとどんな関係が？」

「彼女が姿を消したあとに、ひとりの記者がチャフールへむかったの。知ってるでしょ、頭蓋骨の近くにある村。その人は村に入ったんだけど、すぐにＰＶＯが民兵を使ってジャングルのそのあたりへの立ち入りを禁止したの」

「自前の兵士を用意しているのか？」

「だれもあいつらには逆らえないわ。すでに世の中を動かしているようなものよ。とにかくいま言ったように……」ギジェルモはグラスをあおった——喉をとおるときに痛みがあるように見えた。「あたしの友人がその記者のことを知っていたの。記者の話では、村人のほとんどはすでに逃げていたけど、彼が話を聞いたひとりの女はジャングルからすごい熱気が押し寄せてきたと言ったそうよ。熱くて顔をおおってしまうほどだったって。それから木のてっぺんに波打つ光があらわれたの。色とりどりの。女はそれが宗教的なできごとで、イエスさまが虹のカーペットで降りてきたんだと思って、自分は家に入ってマリアさまに祈りを捧げたそうよ。通りで人声がしたのを聞いて、きっとジャングルから出てきたんだと言ってたけど、姿を見たわけではなかった——怖くて隠れていたから。それだけ聞いたところで、PVOがあらわれて女を連れ去ってしまった。記者は裏手の窓から逃げ出したの」

年老いたキーボード奏者がここで休憩をとると告げた——カシオの音がラテンポップに切り替わった。

「その人と話せるかな？」スノウはたずねた。「その記者と」

「彼は消えたわ」ギジェルモは〝消えた〟のところを強調していた。

スノウはグラスを手でおおってギジェルモがさらに酒を注ごうとするのを止めた。「よくわからないな。なぜPVOはいかれたカルト教団にそんなに興味があったんだろう？」

「あいつらにきくしかないわね……でもそれはお勧めできない。あの連中の関心を引きたくはないでしょ」

ギジェルモはなにかの用事でカウンターのほうへ呼び戻され、スノウは部屋を見まわして、別のテーブルにいる三十歳くらいのブルネットが彼を値踏みしているのに気づいた。オレンジと黄色のプリント柄のワンピースにぴっちりしたボディスで胸の谷間を強調した女は、うっすらと笑みを浮かべ、連れのぽっちゃりしたブロンドになにか告げた。ブロンドがスノウのほうへちらりと目を向け、ふたりは声をあげて笑った。スノウはこの誘いに乗って、なつかしさを味わうためだけでもいいから、昔のような暮らしに溺れたいという衝動に駆られた。ギジェルモが戻ってきてブルネットのほうへ顎を振った。

「あの女には近づいちゃだめよ。ファン・マサリエゴスの愛人だから」

「その男が悪党なのか？」

「最悪よ。PVOの幹部なの。ここにいる女たちの半分はPVOがらみ」

スノウはあのキャンプを訪れてだいじょうぶなのかとたずねた。

「ええ、たぶんね」ギジェルモは言った。「でも意味はないわよ。ジャングルがあっという間に復活するのは知ってるでしょ。もう一面に植物が茂ってる。チャフールにはだれも住んでいないしヤーラは……」きっぱりとした身ぶりを見せる。「消えた」

スノウは信じたくなかったのでなにも言わなかった。ギジェルモが目で問いかけながらボトルを差しあげた。スノウは首を横に振った。

「ほら！」ギジェルモが言った。「いっしょに飲んで。今度いつ戻ってくるかわからないんでしょう？」

「しばらくぶらぶらするかも。ほかに行くところがないんだ」

「だったらあなたの滞在を祝して飲みましょ。たまったゴシップをぜんぶ話してあげる。十年ぶんあるのよ」

もうそれほどテキーラを飲まなくなっていたので気は進まなかったが、スノウはグラスにダブルで酒を注いでもらった。

ギジェルモが自分のグラスを持ちあげた。「なつかしの日々に！」

スノウはちょっとためらってからグラスを手にした。「ラ・エンドリアーガに」


ギジェルモの言ったとおりだった。キャンプがあった場所には新たな草木が生い茂り、スノウがなんとか見つけられたのは錆びたトタン板の一部だけだった。目撃者は強烈な熱の話をしていたのに、炭化した木の幹も焦げたところも見当たらなかった。なにひとつ。あの頭蓋骨を消失させてトタン板を無傷で残すというのはどんな火災だったのか？　頭蓋骨そのものも、破壊の原因をしめす痕跡もいっさいなかったことで神経が高ぶり、スノウはそそくさとホテルへ引き返した。

それまでの十年に金を貯《た》めていたので、働かなくてもテマラグアでかなり長いあいだ生きのびることはできたが、仕事を見つけるほうが賢明だと思ったので、郊外にある私立学校で英語を教えるという職を確保した。毎朝アパートメントを借りている市の中心部からバスに乗り、一日のかなりの時間をかけて、裕福な家で甘やかされて育った十代の息子たち娘たち――武装したボディガードに付き添われ、ハマーやタウンカーやリムジンで登校する――が、同じように甘やかされて育った合衆国の同輩たちと渡り合うための下地作りに励んだ。生徒たちの大半は傲慢なチビの怪物だった。おたがいに対してさえ不機嫌で敬意を払わない連中で、スノウと接するときの洗練された軽蔑的な態度は、注意して見なかったら礼儀正しさとかんちがいしかねなかった。スノウは腹に爆発物を巻いて教室に入る自分を想像して楽しんだ。親たちとは定期的に顔を合わせて、学習障害や素行面の問題についてアドバイスをおこなっていて、ルイーサ・バサンと出会ったのもそういうカウンセリングの最中のことだった。彼女は三十五歳になる豊満なブルネットで、息子のオノフリオはというと、見た目がトカゲっぽい若者でスカートの中を撮影する趣味があり、そのせいで退学にするぞと脅かされていた（オノフリオの父親であるエンリケ・バサンは選挙のあとでPVOの防衛大臣になるはずだったので、この脅しが実行される可能性は低かった）。

三十九歳の誕生日が近づいていても、スノウはまだ若々しいハンサムな外見を維持していたので、ルイーサが教師との面会を求める頻度がだんだん増えて、そうした面会の席でふたりがオノフリオの学業上の問題よりもルイーサの私生活について語り合うほうが多くなってもそれほど驚かなかった。ルイーサは夫の横柄な態度や、誹謗《ひぼう》中傷、家族に対する失礼な態度、彼女の関心事に対する関心の薄さについて愚痴をこぼし、さらに悪質な罪についてもほのめかした。スノウは思いやりをもって耳をかたむけた。それとなく誘われていることはわかっていたしそれを受け入れたいという気持ちもあった——ルイーサは女としての欲望をスイーツと、デンプンと、彼女のあらゆる欲求を（本人の言葉によれば）すっかり満足させてくれる二カ月にいちどのマイアミへの買物旅行で昇華させていたので、じきに肥満症の犠牲となってしまうだろうが、いまはまだまだ飛び抜けて魅力があり、その美貌を年齢と放蕩《ほうとう》によってこれ以上むしばまれてしまうまえに活用したいという必死の思いは、スノウにはエキゾチックな香水のように明白かつ魅惑的だったのだ。それでもスノウは強い意志をたもち続けたが、ある日の午後、ルイーサに抱きつかれたときには、ここでむげに拒絶したら、彼女が恨みに思ってエンリケのもとへ走り、スノウが不適切な行為におよんだと訴えるかもしれないと考えた……そこでその日の午後、彼はルイーサにこう告げた。ぼくは愛を失った悲しみに暮れていて（半分だけ嘘だった）あなたは数年ぶりにその悲嘆のとばりをつらぬいてぼくの心にふれた女性だ。どうか気持ちを整理してこの予期せぬ変化に慣れるための時間をもらえないか——あなたに過去のかけらによって重荷を背負わせたくないのだ。あなたはもっとちゃんとした扱いを受けるべきだし、ぼくが昔の感情を消し去るまで少しだけ待ってもらえれば、どんなことでも可能になるだろうと。こういう女たちと付き合った過去の経験から、求められているのは日々の暮らしに投じられる刺激、快適な圧政に支配された結婚生活を打ち破るなんらかのドラマだということがわかっていたので、スノウは見せかけのドラマでもルイーサの目的にはかなうはずだと予想し、その点では彼が正しかったことが判明した。その日から先、ふたりの面会は実に行儀良いものとなり、それを乱すのは、スノウがジャケットを着るルイーサに手を貸したり彼女に書類を渡したりしたときにたまたま起こる肌のふれあいや、おたがいの報われない情熱が匂い立つ鬱積《うっせき》した目つきだけだった。

ヤーラの消息について可能なかぎり調べた——要するにほとんどわからなかった——あともテマラグアにとどまった理由を問われたら、スノウは生活費が安いし気候が温暖だからだとこたえたかもしれないが、ほんとうは、まだ執着心が残っていて、ヤーラが姿を消すまでのあいだおこなっていた活動について慎重に聞き込みを進めるためだった。それからの二年間、彼の日々の生活はまったく同じ繰り返しとなり、昼間は学校での授業、夜と週末はインターネットと、ヤーラが金を受け取るか届けるかしていた場所だとなにかの話のついでに言っていたさまざまな施設（オフィス、商店、酒場）での調査にあてられた。だがそれだけ努力したのに、彼の調査があげた唯一の成果は偶然によって得られたものだった。テマラグアへ戻ってからおよそ二十カ月後、新聞の日曜版をぱらぱらとめくっていたスノウは、六ページ目のトップに掲載されていた、ＰＶＯの職員であるエルナン・オーティスの殺害（テロリストのしわざだと示唆されていた）に関する記事に目をとめた。記事に添付されていた被害者の顔写真を見ると、その死体のように痩せこけた男は、前髪に特徴ある白いメッシュを入れていた。インターネットで見つけた別の何枚かの画像には、ひょろりとした男が軍服を着た姿で写っていた。スノウはすぐにヤーラが紙幣の詰まった封筒を渡していた電気屋の店員のことを思い出した。あのときは近くで店員の顔を見たわけではなかったが、ＰＶＯがヤーラのカルトに関心をもっていたこと、彼女が指示を出したり金を渡したりしている男たちの何人かは軍人だと言っていたこと、そしていまこの写真の男の髪にまったく同じ白いメッシュが入っていることを考えると……とても偶然とは思えなかった。

同じ日の朝、暖かな春の朝に、スノウはコーヒーでも飲もうと言って〈モッカズ〉でギジェルモと会った。セイス通りに面した人気のオープンカフェで、ファサードには色つきの窓とずっしりしたガラスドアをそなえていた。スノウは簡単に友人をつくるほうではなかった。人をあやつるのが得意なために、自分がほかの人びとに投じる感情がほんものであると信じられず、その結果として自分もほかの人びとを信じられなかった――とはいえ、ギジェルモとの関係をあえて説明するなら、それは友人だった。スノウはギジェルモのそばにいるとくつろいだ気分になれたし、彼のあけっぴろげなところや、自分の人生のあらゆる面について率直に話し合えるところをうらやましく思っていたので、こうして日曜日に顔を合わせるのはなかば定例化していた。ふたりはフロール・デ・カーニャのロゴがついたテーブルの中央から広がる傘の陰で腰をおろしていて、ほかに数十ある同じようなテーブルではテマラグアの百人以上の上流階級の人びとが笑ったりおしゃべりしたりしていた。行き交う車はふだんほど多くなかったし騒々しくもなかったので、コーヒーの香りが排気ガスのにおいに対抗していた。赤いTシャツに黒いスラックスという姿のウエイターたちが、食事と飲み物をのせたトレイを手に静かに歩きまわり、テーブルに忍び寄る物乞いたちを追い払っていたが、それをきっぱりと無視している客たちのほうは、見た目がまるでちがい、栄養満点で、豪華な服を着て、金や宝石や高価なサングラスで飾り立てていたので、物乞いたちは別の分類目に属していてもおかしくないほどだった。まさに孔雀《くじゃく》の群れに交じった雀《すずめ》だ。

ギジェルモが会話の主導権を握って、あたりの光景に辛辣なコメントをつけ、そこかしこにいる地元の名士たちを指差しては、ちょっとしたゴシップを披露してくれたが、スノウが新聞から切り抜いたエルナン・オーティスの写真を見せてその男とヤーラとのつながりについて質問すると、ギジェルモの陽気なムードは消え去った。彼はナプキンで写真を隠して言った。「いったいどうしたっていうの？　あなたはこの娘と数カ月いっしょに暮らしただけで別れたのに、それから何年もたった、当人が死んだいまになって、彼女のことをあれこれ知りたがるなんて」

「好奇心だよ」スノウは言った。「とおったことのない道みたいなものさ」

「別の趣味を見つけなさい。これは命を落としかねないわよ」

「オーティスを知っていたのか？　あのころに、という意味だけど」

ギジェルモは憤慨したような声をあげた。

「なあ、頼むよ」スノウは言った。「あのころのあんたはこの通りにいる連中をみんな知っていたじゃないか」

「ええ、その人なら知っていたわ。チンピラよ。よくバス停留所にたむろしていたギャングといっしょだった。夜中に自分の村へ帰る露天商人たちから金を巻きあげていたの。ほんの数ケツァルのためにボコボコにして。あたしみたいな人たちも遊び半分でボコボコにしていたのよ。二年くらいしたらこざっぱりした見苦しくない格好に変わって、電気屋で働いていたわ。噂じゃでかい組織と手を組んだとか……でもやっぱりチンピラだった」

「でかい組織？　ＰＶＯかな？」

「大きな声を出さないで！」ギジェルモはコーヒーをひと口飲みながら、左右へ視線を走らせた。「そうよ」

「なぜぼくに話さなかったんだ？」

「いま話してるじゃない」

「でもぼくが戻ってきたばかりのときにはなぜ話さなかったんだ？　あるいはぼくがヤーラに深入りするようになったときには？」

「ＰＶＯは」（ギジェルモはその頭文字を小声でささやいた）「あなたがヤーラといい仲になったころにはそれほど大きな問題じゃなかった。あなたが戻ってきたときは、そうね、感傷的と言われてもしかたないけど、あなたが死ぬのを見たくなかったの」彼はナプキンを唇に押し当てた。「いまこうして話しているのは、あなたがこの件を追及するのを止めるため。このまま続けていたら、あなたはとても不愉快な人たちと知り合いになって、友人たちにまでたくさんの面倒をかけることになるのよ」

「ああ、あんたは何度もそう言ってるけど、なにも起きてないじゃないか」

乳飲み子を腕にかかえ、何度もごしごし洗ったせいで色があせてプリント模様もほとんど消えかけたワンピースを着た、疲れ切った様子のインディオの女が、となりのテーブルのそばで足を止め、手にした四、五本のネックレスを、操縦士用サングラスをかけてグワヤベラシャツを着た彫りの深い男の顔のまえにぶらさげた。男は左へ目をそらして、ならんだテーブルを見渡した。その連れである、カフェ・コン・レチェのような肌に、カーマイン色のリップをつけ、ラインストーンがちりばめられたサングラスをかけたきれいな女が、タバコの煙をふうっと吐き出してなにか言うと、男はにっこりと笑みを浮かべた。

「あなたの奥さまに」インディオの女がネックレスをそっと揺すって誘いをかけた。かろうじて聞こえる声で、かかえている苦難をぼそぼそとならべたてる――子供が病気で、みんな飢えていて、家に帰るための金がいる。

インディオの女はスノウが見ているのに気づくと、彼のほうへ歩き出した。アメリカ人を見つけたことでその顔にささやかな生気が戻っていた。ギジェルモは目をそらしたが、スノウは売り口上がならぶまえに、女のせいいっぱいの付け値の少なくとも二倍にあたる十ケツァルを渡し、ネックレスを一本選んだ。鳥の模様が刻まれた質の悪い翡翠が、輪になった黒いより糸につながっていた。

「なぜああいう連中に希望をあたえるようなことをするの?」ギジェルモがたずねたときには、もう女はせかせかと立ち去ろうとしているところで、その数歩あとには物乞いを追い払おうとするいかめしい顔のウエイターがくっついていた。

「貧しい者は希望を必要としていると思わないか?」スノウはネックレスをかけた。「全員に金をやることはできないとか言わないでくれよ。それはだれにも金をやらないことを正当化するための常套句《じょうとうく》だからな。それに、ぼくは怒っていて、ああすればあんたがムカつくとわかってたんだ」

「あなたが怒ってる? どうして? あなたがトラブルに巻き込まれるのをあたしが止めようとしてるから?」

「あんたはぼくがトラブルに巻き込まれないようにしているわけじゃない。ぼくが質問をしているのは信頼できる相手だけだ。それは要するにあんたださ。それ以上話を広げたりするつもりはない」

「嘘つき! あたしがなにも聞いていないと思ってるの? いろんな人がひっきりなしにやってきてこう言うのよ――『ゆうべおまえの外国人《グリンゴ》の友達がやってきてあれこれ質問をし

ていたぞ』あなたがまだつかまっていないのが驚きだわ」

「でもまあ、それはぼくの問題だろ？」

ギジェルモはスノウが生きようが死のうがどうでもいいというように肩をすくめた。彼はスノウから思いやりがない人間だと言われたことで明らかに気分を害していた。真偽はどうあれ、彼は自分が平等主義者であり階級意識とは無縁だと考えたいほうだった。

「なあ、悪かったよ」スノウは言った。「怒っているとか言ったりして」

ギジェルモは別のテーブルで起きていることに興味を引かれているようなふりをした。

「くだらないことはやめてくれ！」

「なにがくだらないの？」ギジェルモは携帯電話を取りだしてメッセージの確認を始めた。すでに明るかった日差しがさらに強さを増し、汚れた空気の薄いとばりに隙間があいたことが察せられた。

「わかった」スノウは言った。「次にふたりで会うとき、ぼくがあんたにネックレスを買うというのはどうだ？　それであんたの頬にバラ色が戻るかな？」

ギジェルモはなんとか冷淡な態度を続けようとしたが、仮面はすぐに崩れて笑みが浮かんだ。「ホセリートがすっごく嫉妬《しっと》しそう！」

スノウは首にかけた黒いより糸にふれた。「これをあげるべきかもしれないな」

「ちょっと、よして！　もっと流行の先端を行かなくちゃ。あたしが選ぶのを手伝ってあげるから」椅子の上で身じろぎしてため息をつく。「こんなにすてきな日に怒ってばかりいられないわね。ワインを一杯もらおうかしら。あなたはどう？」

「ぼくはコーヒーをおかわりする」

「こういう日はだれとでも恋におちてしまいそう」ギジェルモは声をあげて笑ってスノウの前腕をぽんと叩いた。「たとえあなたにでも」彼はウエイターに合図をしてから、真顔でスノウを見つめた。「あたしがあなたを愛していることはわかってるんでしょ？」

いきなりの告白に困惑しながらも、スノウは男っぽさを総動員してちゃかすような口ぶりでこたえた。「ああ、もちろんさ」

ギジェルモは悲しげに首を振った。「どうしようもないおバカさん！　少しは成長しているかと思ったけど、あなたはいまだに愛を自分を惑わすものだと考えているのね」

次の次の日曜日、スノウがギジェルモに会おうとして〈クラブ・セクシー〉に顔を出してみると、店はがらんとしていて、ひとりきりで飲んでいる客がふたりいるだけだった。例の年老いたキーボードプレイヤーさえいなかった。そばかすだらけで髪の赤い黒人のバーテンダー、カネーロに、みんなはどうしたんだとたずねると、「聞いてないのか？」という返事がかえってきた。スノウがなにも聞いていないとこたえると、カネーロは――最近になってたくわえたヴァンダイク髭が、頬のピアスと、短く刈り込んだ赤い頭髪と、うつむきがちの態度と相まって、その姿を悲嘆に暮れる悪魔のように見せていた――ギジェルモとホセリートの死体が市の郊外にある峡谷《バランカ》で発見されたのだと言った。ふたりとも拷問を受けていた。カネーロはさらに、だれにとってもすごくショックなできごとで、クラブも哀悼の意をしめして三日間閉まっていたのだが、客足も特に夜は持ち直してきたし、ご婦人たちも一部は戻り始めているのだと説明してくれた。ほかにもなにか言っていたのかもしれないが、スノウは店から駆け出して、入口のドアを勢いよく抜け、エントランスにたたずんで、押し寄せる市内の汚れた喧噪《けんそう》に身をまかせた。目がうるんで明かりがぼやけ、通行人が色のついた影に変わっていた。カネーロがあとから出てきて、店に戻って一杯やらないかと言った。

「だれがふたりを殺した？」スノウはたずねた。

この質問に面くらいながらも、カネーロは知らないとこたえた。

「ＰＶＯがやったんだな？」スノウは男にむかって一歩踏み出した。

「こういう世の中、ギジェルモが生きていたような世の中では、人はとても大勢の敵をつくるんだよ」

「いったいなにを言っているんだ？」

カネーロはどうしようもないというように両手を広げた。「おれはその場にいなかったからな。だれがふたりを殺したかわかるはずがないだろう？　嫉妬に狂った元恋人や、頭のおかしいやつだったのかもしれない。警察の話じゃ死体はめった切りにされてたらしい。それぞれのペニスがおたがいの口に突っ込まれてた」

「ギジェルモはＰＶＯを恐れていた。彼らはゲイをきらっていると」

「それはなんの証拠にもならない。ゲイをきらうのはこのへんじゃ流行みたいなもんだ」

スノウの喪失感をいらだちが上まわった。彼はカネーロの胸を押して背後の壁へ突き飛ばした。「あんただってこれが政治がらみだとわかっているはずだ！　だから客がクラブに寄りつかないんじゃないのか？」

「おいおい、落ち着けって！　いいか？」カネーロはジーンズの尻についた化粧しっくいのほこりを調べた。「店へ入ろう。知ってることを話してやるよ」

カネーロがドアをあけて押さえ、スノウは頭を冷やしながらそこをとおり抜けた。ドアがふたりの背後で閉じたとたん、複雑なカチャッという音がして、スノウは顔から壁に叩きつけられた。なにか冷たくてとがったものが喉をチクリと刺した。カネーロがスノウの耳元へ唇を寄せ、つけているコロンよりもきつい口臭をただよわせながら言った。「二度とおれにさわるんじゃねえぞ！」

スノウはぴくりとも動かなかった。「ああ。わかった」

「おめえがギジェルモのダチじゃなかったらすっぱりいってるところだ。だが、いい、おれがおめえのダチだとは思うなよ。おれにとっちゃおめえはなにも知らねえただのいかれたクソ外国人《グリンゴ》でしかねえんだ」

カネーロはあとずさり、スノウがまたカチャッという音を聞いて振り返ると、男がバタフライナイフをポケットにおさめるところだった。

「おれがだれがギジェルモを殺したと思ってるか知りてえか?」カネーロは言った。「おめえだよ。おめえが切ったわけじゃねえが、ギジェルモが死んだのはおめえのせいだ」

「そんなバカな」

「おめえは自分がどこにいるかわかってねえ。おめえらクソどもはみんなそうだ。ふらふら歩きまわって、自分ならみじめで哀れなテマラグア人よりもすぐれてるから、どんな問題でも解決できると思い込んでやがる。だがおめえらがやることはおれたちの問題を増やすだけなんだ」

「ぼくはPVOがやったと思っている」スノウは弱々しく言った。

「かもな。政治がらみだったのかもしれねえ。PVOだったのか、ほかの政党のしわざだったのか。いいか、おめえは理解してねえようだが、ギジェルモは商売を続けるためにやむなく情報屋をやってた。大物の亭主がいる雌犬どもがぶらりとやってくるだろ……亭主たちはあいつにあれこれ質問をしたんだ。あいつはクールでいようとした。少しばかり情報は流したが、そんなにヤバいやつじゃなくて、ときどきだれかが袋だたきにされるくらい。だがそこまでだ。あいつは自分のせいでだれかが首を切り落とされるはめにはなってほしくなかった。ぎりぎりの線を行ってたんだ。だがおめえがラ・エンドリアーガについて聞きまわり始めると、その線がさらに細くなった。あいつはおめえを引き渡すべきだった。おれたちはあいつを説得しようとして、あの外国人《グリンゴ》をあきらめれば圧力は弱まると言ったんだが、あいつはおめえを守ろうとした。『あたしの友達なのよ』あいつは言った。『友情を裏切るつもりはないわ』」

「ギジェルモはぼくに話してくれればよかったんだ！　彼の苦しい立場や、事態がどれほど悪化しているかを教えてくれれば……」

「現実を見な。よく考えてみろ。あいつは何度もおめえに警告してた。おめえが耳を貸そうとしなかったんだ」

「ギジェルモはすべてを話してはくれなかった。ぼくはわかっていなかった……どれくらい深刻な事態になっているかは伝わらなかった」

「いちいち言わなくても察するくらいの頭はあると思ったのかもしれねえな。あるいはあいつにとってと同じくらい、おめえにとってもあいつがだいじなダチなんだと信じていたのか。おめえがあいつに一目置いていて言われたことにちゃんと注意を払うと思ったのか。でかいミスだったわけだ、なあ？」

スノウは無言で立ちつくし、カネーロから言われたことを理解しようとした。

「おめえにとっちゃ気軽な付き合いだった」カネーロが言った。「ナイトクラブを所有してるゲイのダチがいればクールだと思ってたんだろう」

「そんなんじゃない！」

「そうに決まってる。おめえは中途半端なメソッド俳優みてえなもんだ。あと少しで役に入り込めるところまではいってても、完全になりきることはできねえ」カネーロは身ぶりでドアをしめした。「出ていきな」

スノウはためらった。「あんたが言うようなのとはちがうんだ。いくつかヘマはしたかもしれないけど、ぼくは……」

「かもしれない？　クソが！」カネーロのあざけりには物理的な力があった。「おめえがどんなふうにその状況をとらえていようが知ったことか。おめえの見解なんざクソの役にも立たねえ。さっさと失せろ！　おれがおめえならこの国を出ていくぜ。ギジェルモは痛みに強いほうじゃなかった。たぶん拷問されたときにおめえのことをゲロってるだろう。たとえそうじゃなかったとしても、おれは次に店に入ってきた警官におめえがＰＶＯをこきおろしてたと伝えたくてたまらねえ。冗談じゃねえぞ。おれを止めるものはなにもねえし、おれがその誘惑に耐えられるとはかぎらねえんだからな」

4

カネーロとの口論のあと、スノウはアパートメントへ戻ってバッグに荷物を詰めた。彼はバーテンダーが言ったことに動揺していたが、怖かったのは男の脅しだけではなく、凶兆にあふれたこの世界、狂人と血塗られた政争ばかりのこの世界そのものだった。そういうものだということはもちろんわかっていたものの、自分の脅威になるとは思ってもいなかったのだ。行き先がどこであれ、北へ向かう最初の飛行機に乗るつもりだったが、タクシーを待っているあいだや、その後に空港へむかっているあいだに、ギジェルモに対する罪の意識で被害妄想がわきへ押しやられ、なんとかして罪をあがないたいという気持ちが生まれた。手始めになにをすればいいかはさっぱりわからなかったが、運命がひそかに力を貸してくれたのか、チケットカウンターに着いた時点で最初に搭乗可能な便の行き先はマイアミだった――それがひとつのアイディアが芽生えるための土台になってくれた。一時間後、二流の名士たちと日差しでかさかさになった熟女たちが暮らすその都市へむかう途中、スノウはリスクをおかすだけの価値があるかどうかじっくり考えたあげく、これなら安全に第一歩を踏み出せるし仮にまずいことになっても引き返せると判断した。そして、湿気の多い水曜日の午後にマイアミに着陸すると、コーラルゲーブルズで安いモーテルの部屋を借りてルイーサ・バサンとの情事にとりかかる準備をした。

二週間ごとの金曜日、ルイーサはサウスビーチの中心部にあるボンタンというブティックホテルのスイートルームにチェックインし、日曜日の夜までそこに滞在する。スノウは彼女から飛行機代を払うからそこで会わないかと何度か誘われたことがあり、そのたびに口実をつけて断っていた。いまスノウは、ルイーサが素直に出会いに応じてくれることと（このところ彼女はスノウに対して怒りっぽくなっていて、いまだに性交渉のない関係にじりじりしていた）、彼女が週末のお相手としてカバナボーイのサービスを確保してしまうまえにそれが実現することを祈っていた。マイアミへ着いてから最初の金曜日の夜、ホテルのバー〈トレ・ジョリー〉で張り込みをし、真夜中を過ぎるまで待ってみたが成果はなかった。ルイーサのスケジュールが夫のきまぐれに管理されているという可能性は必死に考えないようにして、彼女はいつか必ずやってくると信じた――とはいえ、さらに一週間が過ぎるのを待つのは予想した以上にむずかしく、あやうく作戦を放棄しそうになった。そもそも、いちどの週末でルイーサから状況を変えられるような話を聞き出せるのか？　ＰＶＯに関するめぼしい情報など持っていない可能性が高いし、たとえ持っていたとしても、どうすればそれを活用できる？　いっときはすばらしく巧妙で賢く思えたが、実際にはバカげたアイディアであり、彼の曲がりくねった人生の道筋をあやまった方向へ導いた同じような数々の天才的発想のひとつでしかなかった。スノウをマイアミにとどまらせた唯一の留意事項は、どこにも行く場所がないということだった。私立学校の教師の仕事はふいにしてしまったし、ギジェルモが死んだのでテマラグアに話ができる友人はいなかったし、〈クラブ・セクシー〉から出入りを禁じられたので頼れる組織もなかった。目的もなく、行く場所もない。アイダホへ帰るなどという恐ろしいことは考えたくなかった。あと残るは、頭の弱った、顎髭に白いものが混じるスノウが、どこかの打ち捨てられた中央アメリカの地獄で酒を飲んでつまらない人生を忘れようとしているイメージだけで、流れる音楽は『マルガリータヴィル』と『ザ・ピニャコラーダ・ソング』ばかり、かたわらにいるタトゥーを入れた雌トカゲは、末期の衰弱のきざしに目を光らせながら、彼のポケットを探って金とドラッグを手に入れられるときが来るのをひたすら待ち続けている。そんな光景を脳裏に思い描くと、ルイーサ・バサンと過ごす週末という見通しがまた新たな輝きをまとうのだった。

次の金曜日の夜七時三十分ごろ、ルイーサがひらひらとボンタンへ入ってきた。スパイクヒールが大理石の床でコツコツと鳴り、量感のある胸のふくらみはひだ飾りのついたブラウスがいちいち揺れを強調するためにいっそう量感が増し、美しくなでつけられた髪にはブロンドのメッシュが入り、タイトなスラックスのせいでその尻には偶像的なイメージがそなわっていた——羽根飾りのついた帽子をかぶって剣を手にした勇敢な戦士がまたがる、立派な臀部《でんぶ》をもつ馬のブロンズ像のようだ。あと十ポンドか十五ポンド肉がついたらフェチ系の雑誌でモデルができるかもしれないが、いまのところは肉感的でセクシーなマンガのキャラみたいだった。ホテルのフロントからは〈トレ・ジョリー〉をさえぎるものなく見とおすことができた。バーは混み合っていて、クラブへ繰り出すまえに手始めの一杯を楽しんでいる二十代の若者のグループがにぎやかに騒いでいた。スノウはルイーサに見つけてもらえそうな席に陣取り、かたわらのスツールにはジャケットをかけてだれもすわらないようにしてあった。目の隅でルイーサがフロント係やベルボーイや支配人に話しかけるのを見張る。スノウの姿を見つけたとたん、ルイーサは表情をなくし、彼に声をかけることなくこっそりバーのまえをとおりすぎようとしたのか、エレベータのほうへ一歩踏み出したが、すぐにお高くとまった表情をつくると、手が届くほどの距離まで近づいてきた。「クレイグ？」

スノウは目をあげてにっこり笑った——充分にリハーサルを積んでおいた、かすかに悲しみの混じる少年っぽい喜びの笑み。

「ここでなにをしているの？」ルイーサはたずねた。「学校で……あなたの身になにがあったのかわからないと言われたのよ」

スノウはまあすわってくれとうながし、同じようにリハーサルを積んだ半分だけの真実とまったくの嘘からなる物語を語り始めた。ぼくは感情面で危機感をおぼえていた。いまも残る昔の恋人への思いを消し去ることができそうにないと考えて、きみのためにできるもっとも立派な行為は自分が舞台から身を引くことだと決めつけ、衝動のおもむくまま旅立ってしまった。捨てばちな、おそらくは臆病さからくる行動であり、そのことについては申し訳なく思っている。お別れをしたかったけれど、きみは簡単にさよならを言えるような女性ではなかった。もしもきみに会って、その美しさと、その魂にふれたら……それがあまりにも大きな誘惑となって、ぼくは自分の信念をつらぬく勇気を持ち続けられなかっただろう。ところが、マイアミへ向かう途中に、急展開があった。きみ以外のことをなにも考えられなくなってしまったんだ。きみの香り、きみの口、きみの思いやり、ぜんぶひっくるめたきみがぼくの頭の中に染み渡り、昔の恋人へのこだわりはひとかけらも見つけられなかった。とんでもない皮肉だよ、欲望の対象から逃げ出したことでそれを手に入れることをさまたげていた足かせが消えるなんて。まあ、それはぼくという存在を支配する数々の皮肉につきものの特性ではあるけれど。

スノウはルイーサがこの説明を受け入れたとは思わなかった。彼女は聞いているあいだずっと不満げな冷たい仮面をかぶったままだったので、彼はより感情に訴えかけようとして言葉を続けた。ぼくはきみになにも求めないし、どれほどひどくきみを傷つけたかはよくわかっているし、きみが望むならひとりで去るつもりだ、うんぬん……だが、ここに至って、ルイーサは彼を引き寄せて情熱あふれるキスをし、その香りで彼を包み込み、舌と乳房で彼をからめとって、近くで聞き耳を立てていた二十代の若者たちのグループから歓声と応援の言葉(「おう、やったな!」とか「あんた、それでダメだってんなら、おれが相手するぜ!」など)を引き出した。ルイーサは頬を染めてスノウをバーから連れ出し、ぱらぱらとあがる拍手に送られてエレベータに乗り込むと、とめどないキスと愛撫で会話を封じ、そこから九階にある彼女のスイートルームの、インテリア・デザイナーの淫夢のような「トラバーチンの床、シマウマの人工毛皮の敷物、カルカッタ大理石のカウンター、珪化木《けいかぼく》をアクセントにしたテーブル」へとなだれ込んだ（ルイーサを待つあいだ、スノウは退屈のあまりホテルのパンフレットを何度も読み返していたのだ）。この悪趣味な一泊千ドルの壮観のただなかで、その夜はいくつかの驚きをもたらしてくれたが、スノウはルイーサが寝室でどれほど要求が多いかを知っていささかうろたえた。まるで走力を試されているジャーマンシェパードになった気分だった。もっと強く、もっと速く、もっと深く。左に《ヒ》つけ《ール》。スノウはルイーサの攻撃性と支配欲は自宅で従順さを強制されているせいだろうと思った。幸いバイアグラを調達してあり、なんとか彼女の基準に合わせることができたので、訓練走行を終えたときにはひとつかふたつの嚙《か》み跡とひりひりする舌以外は無傷ですんだ。

　正午ごろ、ふたりはランジェリーを買いに出かけ、その短い遠征のあいだに、ルイーサはさまざまな種類のペニョワール、ブラとショーツのセット、そのほかたくさんのきわどい衣装を買い込んだ。ホテルに戻ると、ルイーサはファッションショーを開始して、ひとつひとつの品でモデルをつとめ、その合間に膣外射精をともなうひと勝負がはさまった。ふたりのからみ合いはそれ以外のすべてを忘れさせる激しさだったので、彼女からＰＶＯに関する情報を聞き出したいと思っていたスノウはいらいらしたが、ファッションショーのほうはあれこれ質問をするチャンスでもあった。尋問はさりげなく進めなければならないと思っていたが、スノウがいったん水を向けると、ルイーサは夫の人格の欠如や極悪非道な行為の数々について思う存分語り始めた。典型的なやりとりはこんな調子だった――

ルイーサ（となりの部屋から）――いくわよ、ベイビー！
スノウ――いいよ！
（数秒の間）
スノウ（抑えた声で）――うわあ。
ルイーサ――かわいいでしょ？
スノウ――ぼくならそんな言葉は使わない。きみは……すごいよ。信じられない。とても言葉にならない。きみのこんな姿を見たらエンリケは目をむくだろうな。
ルイーサ（きっぱりと）――エンリケがあたしのこんな姿を見ることはないわ。絶対に。この服は……あなたのためのもの。ほかのだれでもなく。
スノウ――買い物に出かけたことを証明するものを彼に見せなくていいのか？
ルイーサ――空港でなにかどうでもいいものを買うわ……免税店でね。ほら。こういうのはどう？
スノウ――うん、いいね！

ルイーサ——準備ができちゃった？

スノウ——きみはどう思う？

ルイーサ（くすくす笑って）——見て。これはこんなふうにずらせるのよ。それからこうやって腰をおろして……ああっ！　すごくいい！

（激しい息づかいが一、二分続く）

ルイーサ（ふざけて）——放して、ベイビー。まだいってほしくないの。

スノウ——ぼくを殺す気か。

ルイーサ（笑って）——試してみるわ。

次の服の評価中に——

スノウ——納得いかないな。レシートを見ればきみがランジェリーを買ったことはわかるんじゃないのか？
ルイーサ——エンリケはレシートなんか見ないわ。なにもしない。あたしがレシートの処理も、銀行のことも、なにもかもやってるの。だから彼がどこへ行って女たちのためにどんなプレゼントを買うかぜんぶ知ってる。あのクソ野郎《プト・ベンデーホ》！　おべっか使い《ランビオーツ》！　あたしに知られても気にしないのよ！

スノウ（さりげなく）――最近はどこへ行ってるんだろう？
ルイーサ――たまにメキシコ。でもたいていはトレス・サントスね。
スノウ――トレス・サントス？　ちっぽけな村じゃないか。少なくともまえはそうだった。そこでなにをしているんだろう？
ルイーサ――指揮官《ヘフェ》と会うのよ。ＰＶＯを動かしてる男。これはどう？
スノウ――すごくセクシーだよ。きれいだ。で、その男の名前は？
ルイーサ――ヘフェよ。みんなただヘフェと呼ぶの。彼がボスだから。首領だから。彼は名前が好きじゃないの。たくさん秘密があってけっしてトレス・サントスを離れない。エンリケの話だとすごい変人みたい。大きなビルの中でずっと飛びまわってるんだって。
スノウ――そんなの聞いたことがないな……ビルの中で飛びまわるなんて。
ルイーサ――あたしはなんにも知らない。エンリケがそう言ってるだけ。
スノウ――エンリケはなにをするんだ？　いっしょに飛ぶとか？
ルイーサ――娼婦《しょうふ》たちとファックするのよ。あの人が帰ってきたとき女のにおいがしてるもの。しかも大勢いるはず、あんなに服を買ってるんだから。こういう服よ。サイズもいろいろ。
スノウ――トレス・サントスに娼婦がいた記憶はないなあ。娼婦たちを養えるほど人がいないから。

ルイーサ（いらいらと）――じゃあ、いまは何人かいてエンリケはそいつらにプレゼントを買ってるんでしょ。なんであなたが気にするわけ？　エンリケの話をしたいの？　それともこっちを続けたい？

スノウ――きみみたいな美人がいるのに娼婦へ走るというのが信じられないだけだよ。

ルイーサ（いたずらっぽく）――あなたはこれが好きなんでしょ？

スノウ――きみがそういうふうに揺らすと、ほかのことは考えられなくなる。

そしてふたたび――

スノウ――彼はゲイなのかもしれないな。そう思ったことはない？

ルイーサ――エンリケが？

スノウ――彼がそんなにしょっちゅうヘフェに会いに行くとしたら、ふたりでファックしているのかもしれない。

ルイーサ――いいえ、エンリケはちがう。

スノウ――このヘフェという男は変人なんだろ。しかも権力がある。力は性的魅力につながるからね。そういう状況で性的指向を変えるのはエンリケが最初というわけじゃない。

ルイーサ（あやふやに）――ヘフェには女がいるんだけど……

スノウ――けど？
ルイーサ――その女は病気かなにかなの。よく知らない。
（間）
ルイーサ――その黒いレースのやつを着てみるわ。なんていうんだっけ？
スノウ――ペニョワール。
ルイーサ――そうそう、それを試してみる。

最後に――

スノウ――今夜きみがそれを着たら、びりびりに引き裂いてしまいそうだ。
ルイーサ――好きなだけ引き裂いて。この次また買えばいいんだから。
スノウ――あんまり興奮しすぎて、きみに痛い思いをさせてしまうかもしれない。もちろん、わざとじゃないけど。
ルイーサ――ゆうべも痛い思いをしたわよ、ベイビー。あたしが文句を言った？
（彼女はぼんやりと鼻歌をうたう）
スノウ――なあ、考えれば考えるほど、エンリケとヘフェのあいだでなにかおかしなことが起きているとしか思えないんだ。ヘフェはひとりで無防備に暮らしているんだろ？　護衛も、兵士もなしに？

ルイーサ――そんなの必要ないわ。みんな彼を怖がってるから。ふたりで村を歩きまわると、村人たちは身を隠すの。エンリケの話だとヘフェはそれを見て笑ってるそうよ。

スノウ――なるほど、だけどきみは村に何十人も娼婦がいるようなことを言っている。筋がとおらないよ。エンリケがプレゼントを買っているのは、それで実際に起きていることを隠しているのかも。彼はきみにヘフェとなにをしていると言ってるんだ？

ルイーサ――選挙のこととか、この国を正しい軌道に戻すとかいった話をしてるんだって。軍隊をもっと強くするとか。

スノウ――（なにかぼそりとつぶやく）

ルイーサ――え？

スノウ――なんでもない。

そんな調子だった。セックス、わずかな情報の聞き出し、またセックス、唯一の幕間《まくあい》といえばコリンズ通りや〈ミント・ラウンジ〉という高級クラブへの外出で、店のドアマンはルイーサのためにビロードのロープをはずし、スノウにちらりと怪《あや》しむような目を向け、それから案内されたびっくりするほど殺風景な部屋には、黒い劇場用カーペットとミントグリーンの照明をそなえた広々としたボックス席、黒い壁にはビデオプロジェクターからの映像がうつり（そのときはシーワールド水族館で撮影された映像らしきものが流れていた——マンタにサメにバラクーダ、やれやれ）、場を仕切っている高僧のDJは、神秘的な目やエジプト十字架や輝く物体といったイルミナティふうのシンボルがついたローブをまとい、聖歌のようなテクノを耳をつんざく音量で流し、ダンスフロアをぎっしり埋めるのは、超ミニで踊りまくるモデルたち、麻薬の売人とその顧客たちは尻を揺らしてイエスさまのもとへ昇ろうとしているが、むしろ〝でかくて赤いやつ〟のところへ堕《お》ちそうで、おしゃれな名士たちはというと、個人の力という点でもっとも傑出していたのがブレットという名の黒ずくめの映画監督（スノウの意見では、映画的な犬のクソの供給元）であり、ヴァンダイク髭をたくわえた、このどことなくギジェルモを思い出させる〝うざいエゴの怪物の化身〟が、ふんぞり返ってふたりのテーブルへ近づいてくると、その背後では髭をきれいに剃《そ》った背の低い小鬼のような個人秘書が、やはり黒い服を着て高級ウォッカと三つのグラス（小鬼はうぬぼれが育ちすぎるといけないので飲酒を許されていないようだった）をたずさえていて、ブレットのほうはルイーサを相手に頰キスを交わし、スノウにむかって世界における彼の位置を問いただし、その怒鳴り声の会話は〝髭男〟が相手の地位が低いと確認したとたんうんざりする横柄なこきおろしへとエスカレートしたが、スノウがそれでも自分がパラノイアの犠牲になっているのかどうかわからなかったのは、ルイーサからその夜にそっと渡されていた大きな青いカプセルの中身が彼の判断力をかき乱して眼球の内側にかゆみを引き起こし空気中を黄緑色の蜘蛛たちで満たしていたからで、そいつらの黒くて驚くほど複雑な網の中にスノウは過去と未来の両方を明かすパターンを見つけ出し、重大なできごとの発生を予期するという生涯でいちどきりの能力を手に入れたが、それをひとりのモデルの接近を見とおすことでむだ遣いしてしまい、その涼やかなアイシャドウを引いて工事用のロードコーンのような乳房を突き出したモデルは、ふたりがホテルへ帰ろうとする少しまえにするすると近づいてきて、ブレットとルイーサにむかって彼女の日に焼けたきれいなおなかにのせたゼリーを食べてみてと強要し、あとから思いついてスノウも招待に加えたが、小鬼はそこに含まれなかった——この急展開にすっかり混乱して、彼は招待に応じ、すごくうれしいしぜひやりたいというふりをしたものの、実際にやってみると、まだぴくぴくしている死体からゲロをなめとるみたいで気持ちが悪く、そのおぞましい饗宴《きょうえん》から顔をあげてみると、ダンスフロアにいる美しい亡者たちの群れが花火をつけてそれを波打つように振りまわし、網に火をつけて蜘蛛たちを隠れ処《が》へ追い払い、響き渡る女性の声が全員にむかって「……どうぞご自由に……自由になれる時間があるうちに！」と強く勧めたが、それはまさに生きるための教訓であり、スノウがその助言をしっかりと胸に受け止めてほのかに暖かい空気の中へ出ると、通りからすぐのバウハウス・ホテルの、こうこうと輝き、ぶんぶんとうなる、楔形《くさびがた》文字のネオンサインがあたりを照らし、コリンズ通りから聞こえてくるにぎわい——飲み騒ぐ人びとのわめき声、大排気量のスポーツカーの低いうなりは、セクシーでデンジャラスで、反射光とともにしたたり落ちていた――は、〈ミント・ラウンジ〉の喧噪に比べると安心感があって、スノウはそのままふたりで歩きながら、いましがた頭に浮かんだ、国家のために輝かしい行為を成し遂げながらそれを生んで育てて定義した環境から排除されることに関する気のきいたフレーズを思い出そうとしたが、その表現の根本的な妥当性が徐々に薄れて消えていくと、スノウもそれといっしょに消えた。

日曜日の夜、最後の性交と、涙あふれるたくさんの別れのキスをすませたあと、ルイーサは二週間後に必ず戻ってくると約束してリムジンで空港へ向かった。彼女はスイートルームの料金を月曜日の朝のぶんまで払い、今夜はここに泊まってなんでも好きなものを部屋代につけてかまわないと言ったが、チップをやりすぎないよう忠告し、冗談半分で、女の子を連れ込まないでと釘《くぎ》を刺した。そんな忠告は無用だった――スノウはへとへとだったのだ。彼は三十ドルのチーズバーガーと、フライドポテトと、二本のコークをルームサービスで注文し、バルコニーですわってそれを食べながら、押し寄せる波が岸に着くころにはさざ波になっていく様子をながめた。疲れすぎていて考えることができず、八時半ごろにはベッドに倒れ込んで一時まで眠った。サウスビーチはまだ大にぎわいだったので、パーティに復帰しようかとちらりと考えた。十年まえならそうしていただろうが、このときは冷蔵庫へ行って水のボトルをあけ、キッチンのカウンターのそばに立ったまま、大きな問題に意識を集中しようとした――次にどうするか、どこへ行くか、などなど。カウンターの端に黒っぽいものがあるのに気づいたので明かりをつけた。それはストライプ模様のギフトボックスで、中にあったのはスノウが店のウインドウでほれぼれとながめていたキャンプ用のシャツと、二十錠の青いカプセルが入ったピルボトルと一枚のメモだった。そのメモにはスペイン語でこう書かれていた――

これを持って税関はとおれないの。お願いだから、使うのはいちどに一錠だけにして。

リップを塗って押し付けた唇と小さな丸っこいハートマークでサインがしてあった。
スノウはピルボトルをポケットにおさめた。視界の隅にはまだ前夜から残る黒い網が見えていた。毛細血管が膨張したか切れたかしたのだろう。だが、その青い錠剤が魅力的な選択肢に思えるときが来るかもしれない。うつろな、けだるい気分のまま、エレベータでロビーへ降りて、ミラーウォールで自分の姿をたしかめてから、人けのないプールエリアへ出てラウンジチェアに横たわった。うっすらと広がる雲が星を隠していた。四角いアクアマリン色の穏やかな水面が、水中のスポットライトに照らされてからっぽの白いチェアに囲まれている様子は、スノウの精神状態によく合っていた。目を閉じてヤーラや、ギジェルモや、トレス・サントスや、贖罪《しょくざい》について考えたが、それらが提示する疑問に対して明確な答は出てこなかった。いろいろ情報が入ったのに、以前よりも理解ができていないような気がした。ただ、ひとつだけはっきりしていることはあった。スノウのかかえる情熱はどれもアメリカ人のものではなく、おそらく彼はもはやアメリカ人ではなく国を超越したスラムの住人なのだ。国境もパスポートも主義主張もない敗者たちの国。人生を浪費してしまったと考えたら自分を哀れむ涙があふれてきた。だれでも、それこそ偉大な業績をあげたとされる人びとでさえ、こんなふうに感じるときはあるのだろうが、彼らには復活するためのなんらかの基盤が、新たな人生を築くための土台があるのに、スノウにはなにもないのだ。

「ねえ！」頭の上で声がした。

十三歳か十四歳くらいのやせっぽちの少年が、バギーパンツにネイビーブルーのＴシャツという姿で、垂れさがる長い茶色の髪越しにスノウを見つめていた。「プールに入るには遅すぎるかな？」

「そう思うけど、よくわからないな。飛び込んでたしかめてみたら」

「なにかあったらパパに叱られる」

「家族といっしょに来たのか？」

「パパとそのガールフレンド」少年はスノウのとなりのチェアにどすんとすわった──その憂鬱そうな、退屈しきった表情は、スノウが十代だったころの顔つきと同じで、彼は感情の起伏をなくすことで人との交流の可能性をブロックしていた……それでも話し相手はほしいようだ。

「調子はどうだい？」スノウはたずねた。

「クソだね」

少年のTシャツに描かれていた白い小文字だけの文章はこんな内容だった――

父さんといっしょに、きれいで、いかした、病気もちの変態女たちがいる南のビーチへ行ったけど、手に入れたのはこのｔシャツだけ
「そのシャツはいいな」スノウは言った。

少年は胸をちらりと見下ろして鼻を鳴らした。「パパがプリントした。こんなのがおもしろいと思ってるんだ」

「きみは思わないのか？　なぜ着ているんだ？」

「これを長く、たとえば毎日とか着ていたら、パパが怒り始めるから」

プールの水がタイルを叩き、遠くで波が砕け、そよ風が塩素のにおいをかき乱した。

「どうして泣いてたの？」少年がたずねた。

「え？」

「おれが来たとき泣いてただろ」

「ああ……うん」

「どうして？」

「昔の映画のことを思い出していたんだ」

「どれ？」

「『ブレードランナー』」

少年の顔になるほどという表情が浮かぶことはなかった。

「見たことがあるかい？」スノウはたずねた。

「ないよ。どんな映画？」

「出てくる人たち、彼らはレプリカントと呼ばれている。みんなクローンで、寿命がほんの数年間しかない。十二年だったかな。それで彼らは腹を立てた。レプリカントは宇宙空間で、銀河系の遠い片隅で危険な仕事をしている。人類のために戦っているんだ。それにレプリカントは人間よりすぐれている。強いし見た目もいい。だからいま言ったように、彼らは腹を立てて、何人かが地球へ戻ってきてなんとか延長できないかと奮闘する。つまり、もっと長く生きるということだ」

「その人たちはどうなるの？」

「ネタバレはしたくないな」

「たぶん見ることはないよ。ゲームのほうにハマってるから」

「死ぬんだ」スノウは言った。「治療法も、救済手段もなくて、逃走したレプリカントを狩り立てるブレードランナーという特別な警官たちが、彼らを殺す」

少年は考え込んだ。「レプリカントのほうを映画の題名にするべきじゃないの」

「ああ、そうだな。ブレードランナーのほうが響きがセクシーだったんだろう」

「なんか悲しいな」少年は少し間を置いて言った。「でもおれは泣いたりしないと思う」

「なにより悲しいのはレプリカントたちが人間よりも強くて見た目がいいだけじゃないということだ。彼らはふつうの人びとよりもずっと情熱的に生きている。彼らを撃ち殺す警官たちよりも」

「警官に撃たれた男をひとり知ってるけど、そいつはいやなやつだった」少年はシャツを脱いだ。「いっちゃえ！」

少年は走ってプールに飛び込むと、激しいけれど効率のいい泳ぎでいくつかの泳法を披露し、中でもバタフライが特に力強かった。スノウは自分の問題に集中しようとしたが、思いは何度もルトガー・ハウアーや、雨に打たれながら流す涙や、ダリル・ハンナがおもちゃと暮らす男を殺した場面に戻ってしまった。ベタなロマンス。原作本はもっとおもしろいのだろうか。少年がプールからあがってきて、水をしたたらせながらすわり込み、髪をうしろでまとめてぎゅっと絞った。

「早かったな」スノウは言った。

少年は、さっそうとした泳ぎで自分の言い分が証明されたかのように、泳ぐまえよりもぶっきらぼうな態度をとっていた。「見つかりたくなかったから」

「すごく泳ぎがうまいじゃないか」

「まあまあかな」

少年はTシャツを取りあげて肩にかけ、立ち去ろうとした。

「ぼくは問題をかかえているんだ」スノウはこの少年が答を知っているかもしれないという不合理な考えにとらわれていた。神か運命か宇宙を支配する機関によって送り込まれた存在なのだと。「ひとつ決めかねていることがあってね。それでさっきはあんなに感情的になっていたんだ。映画のことじゃなくて」

少年は警戒心をあらわにした。「ふうん?」

あまり詳細に踏み込まないようにしながら、スノウはその問題についてざっと説明した。

「マジで言ってるのか?」少年は横柄に言った。「退屈な田舎でクソな仕事につくかよその国へすげえ冒険をしにいくか? なにを選ぶんだ? おれならとっくに出かけてるよ」

スノウは少年の偉そうな態度は気にしないことにした。「きみのおとうさんが許してくれたら、だろ」

「クソくらえ、ビビり野郎!」

少年は大急ぎでホテルへ引き返していった。

「とんだご神託だな」スノウはつぶやいた。

5

いまにも天気が崩れそうな空のもと、でこぼこした下腹を見せる鉛色の雲が頭上を低く流れていく中、高度（八千フィート）ときつい運動で息を切らしたスノウは、トレス・サントスを眼下に見る尾根ですわり込み、チョコレートバーをかじりながら双眼鏡で村を見ていた。目につくふたつの追加物を別にすれば、そこは記憶にあるとおりだった——不毛な最果ての地でありながら、その悲哀は距離の遠さによりあいまいにされ、定義づけがされないおかげで静穏という幻想が添えられている。トレス・サントスはふたつのごつごつした丘にはさまれたわりあいに平坦な土地に広がっていて、丘の低い斜面にはマツの木が立ちならび、大枝が朝霧のぼろきれや吹き流しを幽霊のようにまとっていた。わだちに雨水があふれる赤土の道路が荒れ果てた丘のあいだへ斜めにのびて、ネバフの村のほうへと続いていた。一部屋か二部屋しかない白塗りの家屋が縦横にのびるぬかるんだ通りに沿ってならび、その多くは裏庭に家庭菜園やバナナの木があって、豚や山羊《やぎ》がうろついていた。入口の上に〈カンティーナ・アルハンブラ〉という手書きの看板をかかげた酒場。トヨタ製のへこみだらけの二台の小型トラックは、いずれも胆汁みたいな黄色に塗装されていた。東の丘にそびえているのが追加物の中でもっとも印象的な建物だ——窓やドアどころかまったくなんの特徴もないずんぐりした白いビルが、崩壊しかけた緑色の顎に生えた幾何学的に妙に正確な歯のように、丘のてっぺんから突き出している。その丘のふもと、村のはずれから百フィートほど離れたあたりには、ピンク色のブロックに複数のドアと窓がついた長い平屋の建物――こちらは小学校の別館を思い起こさせた。

スノウは双眼鏡をケースにおさめてチョコレートバーを食べ終えた。上昇気流でぶるっと体が震えた。スウェットシャツのフードを頭にかぶってウインドブレーカーのジッパーを引きあげ、垂れ込める雲が晴れてくれないかと願った。高地がどれほど寒くなることがあるかすっかり忘れていた。リュックを背負って丘をくだり始めると、マツ林に入ったとたんに村が見えなくなった。一歩ごとに気分が浮き立ってくるのは、自分がやっていることの愚かしさが、それがまったく無意味であることが、なぜか恐怖をやわらげてくれるせいだった。丘のふもとに近づくと、ふたたびトレス・サントスが視界にあらわれて決意が揺らぎ、ぬかるんだ通りに足を踏み入れたとたん、いよいよペースが遅くなって四肢に力が入らなくなってきた。彼をマツ林へ押し戻そうとする、通りを流れる見えない潮流に逆らって進んでいるかのようだ。以前ここを訪れたときには、村の男たちは丘の裏側のもっとゆるやかな斜面に広がる段々畑で作業をしているのだろうと思っていたが、今回の男たちの不在は荒廃の証拠に見えた。ふつうなら家の戸口から手を振ったりのぞき見たりする女たちはみんなカーテンの奥に身を隠していて、ひとりだけ迎えに出てきてくれた、マンゴーの果肉をかじっているよちよち歩きの裸の子は、母親の手で暗がりの中へ引き戻された。音楽もなく、おしゃべりする声もない。緊張という悪臭に、排泄物《はいせつぶつ》とディーゼル燃料と料理のにおいが入り混じっていた。

〈カンティーナ・アルハンブラ〉は薄汚いうえに狭苦しく、しっくいの壁には宗教カレンダーが飾られ、フレーム入りの写真にうつっている高齢のマヤ人の男性はみすぼらしいスーツの上着を着てカメラにむかってポーズをとっていた——フレームのひとつの角には黒いクレープリボンが斜めにかけられている。三台の木製テーブルと八脚の椅子が雑多にならべられていて、部屋の奥はぞんざいな造りのカウンターで仕切られ、そのむこうにいる無表情な十五、六歳のかわいらしい少女は、つやつやした翼のような髪を背中までのばしていて、顔立ちは力強いマヤ人のそれだった。着ている白いウイピルにはバラの模様が胸を横切るように刺繍《ししゅう》してある。少女の背後には戸口があり紅白チェックのビニールのカーテンがさがっていた。英語もスペイン語もだめで、この地域で使われるマム語しか通じないので、スノウはコーヒーがほしいと身ぶりで伝えるしかなかった。少女はビールのボトルとほこりっぽいグラスを差し出してきた。スノウはちゃんと要求をとおそうとしてもむだだと判断した。ビールをテーブルのひとつへ運んで壁を背に腰をおろし、人けのない通りを見渡しながら、ときおり少女に目をやると、ぼろきれでカウンターの表面を手持ちぶさたに拭いていた。

ぬるいビールを飲んだところで見通しが明るくなるわけではなかった。スノウは十五分だけ店にとどまり、それから村をぶらついて、どうなるか見てみようと決めた。そのあとは気分次第で、ピンク色の建物――おそらく売春宿だろう――に近づいてみるか、さっさとここを出ていくかのどちらかだ。その時点では後者に気持ちが傾いていた。これだけやれば満足だろう、と自分に言い聞かせる。特に目的があったわけではない、ただの感傷的なジェスチャー、良心をなだめるだけの、ささやかな愚行。こうしてトレス・サントスまでやってきてなにも重要なものを見つけられず、ギジェルモや頭蓋骨や自分の過去のもろもろと関係のあるものがまったくないのであれば、すっきりした気持ちで家に帰ればいい。

　どこが家なのかはわからなかったが。

　スノウがボトルを唇にあてたとき、痩せた、白人の、小柄な男が奥の部屋からビニールのカーテンをわきへよけて姿をあらわした。見たところ三十代の初めで、背丈は少女と同じくらい、少なくとも頭ひとつぶんはスノウより低く、濃い茶色の髪はきれいに整髪され、ボタンのないゆったりした、織りの粗い布地の白シャツを着ていた。テレビ俳優のような作り物めいた美男子で、その均整のとれた顔立ちが整形外科医の手になるものだとすれば、作者の意図はとがった頬骨と角張った顎をもつ男性の人形の顔を創造しながら、しかも女性的な優しさを装わせることにあったらしく、これは大きな目とふっくらした唇から察せられた。男は少女の髪を払いのけて首のわきにキスし、ふたりの関係がどういうものであるかをしめす刻印を押した。それからスノウにむかって愛想よくうなずきかけ、両肘をカウンターについて言った。「探検中かな？」

スノウは男の突然の闖入《ちんにゅう》にうろたえ、相手がだれなのかを確信してこたえた。「失礼。なんですって？」

「探検だよ」男はスノウのリュックをしめした。「ハイキング。風景を楽しむ」

「ああ、はい。ネバフへ行く途中で」

「ネバフ？　なにがあるんだ？　ネバフなんてクソ穴だよ」

「バスがあるんです……市内へ行く」

「ああ！」男はカウンターの奥から出てきて、招かれてもいないのにスノウのテーブルですわり込んだ。スノウは男がすぐ近くにいることに警戒心をおぼえた。酒場がいっそう狭くなった気がして、その男が実際よりもずっと大きな空間を占拠しているかのようだった。男の身のこなしは器用で、正確だったが、その正確さは芝居じみていたし、両目はおかしな角度で眼窩にはめ込まれているのか、わずかに下向きになっていて、のっぺりした目つきは見ている者を落ち着かない気分にさせた。男はスノウのボトルのほうへ手を振った。「ビールにはちょっと早すぎるのでは？」

「コーヒーがほしかったんですが、注文のしかたがわからなくて」

男が横柄な口調で呼びかけると、少女は奥の部屋へ姿を消した。男は明るく続けた。

「コーヒーはすぐにくるよ。卵はどうかな、トルティーヤとか？」

「いえ、それは……だいじょうぶです」

「イツェルはなんでも作れるから。遠慮なくどうぞ」

「ほんとにおなかはすいていないので」

「まあ、もしも気が変わったら、遠慮なく」

「ありがとう」

スノウには男のアクセントがどこのものかわからなかった。テマラグアではないことはたしかだ。もっと南のほうかもしれない。アルゼンチンとかチリとか。

「なあ」男が言った。「きみの顔に見覚えがあるんだが」

「それはないでしょう」

「わたしが見覚えがあることをきみが否定するのか？　たいした推測力だな」

「いや、会ったことはないと思うので」

「会ったとは言っていない」男の声にほんの少しいらだちが混じり、スノウは彼が怒りを煮えたぎらせているという印象を受けた。怒りが彼の土台にある感情らしい。

イツェルがトレイを手に戻ってきた。インスタントコーヒーの瓶に、やはり瓶入りのクリモーラ、お湯を入れたカップとスプーン。鶏《にわとり》たちが通りで争っていた。一頭の豚が、静かに、リズミカルにブーブー鳴きながら小走りにとおりすぎていく。スノウはコーヒーでいくらか元気を取り戻し、会話のきっかけを、なにか雰囲気を明るくする話題を探した。

「きみはわたしの頭の中にいる」男が言った。

スノウは不意を突かれ、この奇妙な表現に混乱した。

「きみか、きみにとてもよく似ただれかだ」男は続けた。「思い出そうとしているんだが」

「なんの話だかさっぱりわかりません」

「それはそうだろう。なぜきみにわかる？」

スノウは不安がつのるのを感じた。「あの、ぼくは……」

「きみはわたしが何者か知っているんだろう？」

「そうかもしれません」スノウはきっぱり嘘をついていいかどうか判断できなかった。

「で、わたしは何者だ？」

「丘の上にある大きな家に住んでいる人だと思います」

「そう考えた理由は……？」

「どう見てもこのあたりの人ではないのに、すべてを仕切っているようなふるまいをしているので」

男はくっくっと笑った。「わたしについてもっと知っていることがあるはずだが」

スノウは背筋をのばした。「あなたがぼくがなにを知っていると思っているのか、なぜぼくにちょっかいを出してくるのかよくわかりません。ぼくはコーヒーを飲んで出ていこうとしているだけです」

「それは実に残念だな。このあたりでは訪問者はとても貴重だから」

スノウはイツェルに目を向けた。少女はうつむいてたたずみ、体を支えるように両手を広げてカウンターにつき、じっとしていた。

「きみはしばらく滞在するべきだ」男が言った。「わたしのところに泊まるといい」

「ご親切にどうも、しかしバスを逃がすわけにはいきませんので」

「トレス・サントスはたいした場所に見えないかもしれないが、気楽な観光客にとってはいろいろと見所がある。もちろん最大の見所は……」男は観客をまえにしているような派手な身ぶりをしてみせた。「わたしだ。いたるところから人びとがアドバイスを求めてわたしのもとへやってくる。わたしはその人びとに助言をし、ときにはちょっとしたショーを見せてやる。余興だよ。ただの日課の運動なんだが、よそでは見られないと言われるよ」

「ああ、そうですか」スノウはコーヒーを飲み干した。「時間があればよかったんですが」

なんのまえぶれもなく、男がスノウのリュックをテーブルの自分の側へ引き寄せた。

「ちょっと！」スノウはリュックをつかもうとしたが、男はそれをかわした。「なにをやってるんです？」

「中をのぞいてみようと」

男はリュックのてっぺんのジッパーをひらいて中身の検分にとりかかった。

スノウは凍りついた――だが、ここで反応しなかったら彼が自分で認めた以上のことを知っているのではないかという男の疑念を裏付けることになると思い、もういちどリュックへ手をのばした。男はその手首をつかんで骨がきしむほど締めあげ、スノウは思わず悲鳴をあげた。手を振りほどこうともがいたが、男の握力にはあらがいようがなかった。

「二度とそういうことはしないでくれ」男はそう言って手を放した。

スノウは手首を押さえて痛みをやわらげ、外の通りに目を向けた。戸口で縁取られた灰色の空と赤いぬかるみ、水たまり、ならんだ家屋と丘の斜面の一部がぐらぐらと揺れているように見えた。視界にある空気も物体もすべてが同じ不定形の素材で作られていて、それがひとつの衝撃でかき乱されているかのようだ。スノウはいまや深刻な状況に置かれていた。戦《せん》慄《りつ》が顎の中の神経を走り抜けた。

男はスノウのパスポートをぱらぱらとめくった。「スノウ」おもしろがっているかのように何度かその言葉を繰り返す。「ジョージ・スノウ」

「クレイグです」スノウは反射的に口走った。

「ここに書いてある、ジョージと」

「ジョージが好きじゃないので。ミドルネームがクレイグ。それでとおしています」

「きみにはジョージのほうが似合っていると思う」どうでもよさそうな声だった。

男は汚れた作業シャツをリュックから引っ張り出し、床に投げ捨てて、次にジーンズを取り出した。

「ただの汚れた洗濯物ですよ」スノウはそう言って、手首をさすった。

「そう見えるな」男はジーンズのポケットを探った。「これは？」

男はピルボトルをつまんで抜き取り、ふたをあけて、三錠の青いカプセルを手のひらに振り出した。「処方薬ではなさそうだな？」

まずはその錠剤を税関へ申告せずに持ち込んだという事実が、次いで男からそれをのめと強要されることが心配になり、スノウは説明した。「マイアミで女からもらったんです。ボトルを持ってきてしまったとは気づかなかったので」

「禁制品？　ドラッグ？　いいものなのか？」

「幻覚を見るのが好きなら」

男は錠剤をしげしげと見つめてから口の中へほうり込んだ。スノウは脳内ですばやく議論を戦わせたあと、もしも男が毒をのまされたと思ったら自分がひどい目にあわされるかもしれないと気づいて、言い訳を用意しておくことにした。

「ぼくならさっさと吐き出しますね」スノウは言った。「それをくれた女は、使うのはいちどに一錠だけにしろと言ってました」

男はカプセルをさらに二錠振り出して一気にのみ込んだ。

「ちょっと！　すぐに喉に指を突っ込んで。信じてください、それはあなたの頭をめちゃくちゃにしますよ！」

「心配するな。わたしの身にはなにも起きない」

「どうでしょうね。ぼくはいやというほどドラッグをやってきましたが、その錠剤ひとつでまる一日以上たいへんな目にあったんです」

男はこの発言に気を悪くしたらしく傲慢な口ぶりで言った。「わたしはドラッグには強い耐性がある。ぜんぶのんだって苦しむようなことはない」

男の自信たっぷりな態度を見ても、スノウは納得できなかったが、いまとなっては男が自分がなにをしているかわかっていることを祈るしかなかった。

「ドラッグが効かないと言うなら」スノウはたずねた。「なぜのむんです？」

「たまには効くこともある――苦しまないというだけだ」男はリュックに興味をなくし、足でわきへ押しやった。「コーヒーが冷めただろう。おかわりはいるかね？」

とにかく時間を稼がないと、とスノウは思った。この小さなクソ野郎にどうやって対処するか考える時間がいる。彼はいただきますとこたえ、カップを差しあげてイツェルの注意を引いた。

「うちにはもっとうまいコーヒーがある」男は椅子をうしろへ滑らせた。「リュックを持ってきたまえ。だれかに服を洗わせるから」

なにか手掛かりはないかと、スノウはもういちどイツェルへ目を向けたが、少女はカウンターに視線を張りつかせたままだった……おそらくそれ自体がメッセージなのだろう。不意を突いて男を殴ることも考えたが、いい結果になるとは思えなかった。小柄ではあっても男の力はとてつもない身体能力の高さを暗示していたので、逃げるのも論外だろう。

男は先に立ってがらんとした通りへ出ると、きびきびした足取りでピンク色の建物を目指したが、急に足を止めると、スノウの胸に手を当てて言った。「わたしが何者か知っているんだろう。否定するのはよせ」

なにか知っていることを認めたら致命的なミスになるとしか思えなかった。スノウは心臓の鼓動が男の手のひらに伝わるのを感じた。「あなたと会うのは今日が初めてですよ」

男はスノウの顔を叩いた——人を起こすときのように軽くぴしゃりとやっただけだったが、その手は硬い骨のような感触で、頭を横へねじ曲げられたスノウは一歩あとずさった。

「会っているはずだ」男は言った。

「誓います、会ったことはありません！　あなたのことはなにも知らないんです！」

男はがっかりしたように見えた。スノウが認めることを望んでいたのではなく、なにかがわかると期待していたかのように。男はふたたび歩き出した。灰色の光がすべてをのっぺりと見せていた——ふたつの建物がある丘は絵の具で描かれた背景幕のようだ。

「わたしのことはヘフェと呼んでくれ」男が言った。「みんなはそう呼ぶが、それはわたしの本質ではない」

女たちがピンク色の建物の窓から近づいてくるスノウたちをのぞき見ていて、ひとりは手招きして誘いをかけてきたが、ヘフェはその女を無視して脇の壁にインターホンがあるドアから建物へ入った。そこにはコンクリート壁のトンネルがのびていて、天井はスノウの頭から一フィートも離れておらず、全体が蛍光灯で照らされていた。スノウは、電動カートがそのトンネルを走って武器をかまえた恐ろしげな制服姿の男たちと秘密指令とミサイルコードを司令部へ運ぶ様子を想像した。彼は片目で常にヘフェの姿をとらえて、ルイーサの錠剤が効き目をあらわすのではないかと見張っていたが、男の足取りは着実だったし話す内容もむだがなく要を得ていた。

スノウの感覚で三、四分たったころ、ふたりはパネル張りの広い部屋にたどり着いた。間接照明、ワインレッドのカーペット、寝室やキッチンなどに続いていると思われる三つのドア。中心となるのは背もたれの高い椅子がならぶ長いバンケットテーブルで、古い教会のドアで作られた天板に彫り込まれているのは、テマラグアの混沌《こんとん》とした宇宙論をしめすややこしい情景だ——苦悩する男女がちょうど手の届かないところに浮かぶ天使たちにむかって嘆願しているが、その天使たちは人間の苦しみにも興味がないし、もっと上にいる、彼らほど明確に定義されていない存在の行為にも気づいておらず、その存在はといえば、ある種のソーラー船によって天界をわたる運搬作業をおこなっているように見える。一方の壁ぎわに置かれたマホガニー材のサイドボードには、酒のボトルとアイスバケットとグラスがならび、その上にはフラットスクリーンのテレビが置かれていた。反対側の壁にはアルミ製のフレームにおさめられた四枚の写真が飾られ、どれも壮大な雲層がとらえられていた。設備がずいぶん豪華なのに、部屋は三分の二がからっぽで、それだけの広さがあるわりには調度品が少なく、スノウとしては、ここの主たる住人は室内装飾というものを意識しているかもしれないが、総合的な審美眼が決定的に欠けていると考えざるをえなかった。

ヘフェはスノウにテーブルで席についてくれと言ったあと、壁のインターホンで指示を出し、それからまたスノウに声をかけてきた。「わたしは一、二時間ほど上へ行っている」彼がドアをあけると階段室があらわれた。「ヤーラがコーヒーでもなんでもきみがほしいものを用意するから」

スノウはヤーラがあのカルト教団の消失を生きのびたというかすかな希望をもっていたが、それはただの淡い願いでしかなかったので、いま彼女の名前を聞いて、その存在があっさりと肯定されると、頭の中で爆弾が破裂したようになって、冷静な判断力が失われてしまった。ヘフェが姿を消したあと、スノウはテーブルから立ちあがってすぐにまた腰をおろした。めまいがしてあやうく気絶しそうになったのだ。記憶のかけらが精神の空を舞い落ちてくる中、部屋の奥にあるふたつのドアをじっと見つめていると、不格好な灰色のスモック（最初の印象はナイトガウンだった）を着たひとりの女が、ぎこちない、のろのろした動きで部屋に入ってきたが、髪を短く刈り込んだ、まるで修道士のような姿で、顔には三十歳にしては深いしわがくっきりと刻まれていた……その女がヤーラだと、奇跡的に生きていて時の流れにもかかわらずやはり美しい彼のヤーラだとわかったとたん、スノウはふたたび椅子から立ちあがりかけ、彼女を抱き締めて、この日のために用意しておいたけれど着ることはないと思っていた衣服のような、わきあがる大きな喜びに包まれようとした……が、そこでぴたりと動きを止めた。ヤーラの表情には同じような感情は見当たらず、歓迎とか幸せとかいった要素はかけらもなかった。彼女は浅く息をしながら椅子をテーブルから引き出してそこにへたり込んだ。そして気を落ち着けてから言った。「なにか洗うものはある？」

「ヤーラ」スノウは言った。「ぼくだよ……クレイグだ」

「あなたがだれかはわかってる。服を出してくれたら洗濯するから」

ヤーラの反応にとまどって、スノウはなにか怒らせるようなことをしたかとたずねた。

「わたしを見捨てたこと以外に？」ヤーラは鼻を鳴らした。「なにもないわ」

「いっしょに来てくれと説得しようとしたんだ」

「もっと強く説得するべきだったのよ。せめて出ていくことは教えられたはず。こっそり逃げ出す必要はなかった」

「きみはとても……」

「わたしはあなたを捜しまわった。みんなわたしがおかしくなったと思ったし、わたしはあなたについて同じことをわめき散らした。あなたはわたしに話すべきだった。わたしはあなたを止めたりはしなかったし、ちゃんとお別れをすることができたはずなのに」

「あれはぜんぶ……」スノウはいらいらと頭を振った。「きみはぼくがきみを捨てたことでどれほど自分を責めたかわかっていない。でも怖かったんだ。ほかにどうすればいいかわからなかった」

「あなたが自分らしく行動したことを責めるのは筋ちがいかもしれないわね」

これは胸に刺さったが、スノウはこうした感情の検視解剖はどうしたって辛辣な言葉から始まるものだと自分に言い聞かせた。

「あなたに責任はないのよ」ヤーラは言った。「あなたはあそこで起きていたことにかかわりがなかったんだから。でもわたしは傷ついたし長いあいだあなたを恨んだ。あなたと再会して大きな怒りと胸の痛みがぶり返してきたけど、それは感情の残りかすでしかないんだと思う」

「ヤーラ、聞いてくれ。ぼくは……」

「気にしないで。ぜんぶ過ぎたことだから」

「きみにとってはそうかもしれない。ぼくはこの十三年間ずっと引きずったままなんだ」

ヤーラは寒々とした笑い声をたてた。「根はロマンチストだなんて言わないで！」

「少しでいいから話を聞いてくれないか？」

「またふたりで燃えあがれると思ってここへ来たんだとしたら、すぐに忘れて。わたしの人生のそういう部分はもう終わったの」

「どうしてそんなことが？　きみはまだ若いし、美しい女性だ」

ヤーラはそう言われてうれしかったようだが、そのことを隠そうとして、同意できないというように唇をきゅっと結んだ。

「ここへ来た理由は自分でもよくわからない」スノウは言った。「ぼくはきみが死んだと思っていた。もういちどきみに会えると期待していたのかもしれないけど、そんな期待は現実的じゃなかった。それは……」

「やめて！」

ヤーラがテーブルをばんと叩くと、その音が合図になったかのように、階段室からガラガラと機械音が響き始め、一秒ごとに大きさを増して、ふたりの会話をさまたげた。

「なんだあれは？」スノウはたずねた。

「彼が飛んでいるの。ドアを閉めて」

言われたとおりにすると、騒音が半分くらいになったので、スノウはあらためてテーブルへ戻った。

「村に男がひとりもいないことに気づいた？」ヤーラはスノウが質問を口にするまえにそれをさえぎって続けた。「わたしたちがトレス・サントスへやってきてから一カ月もたたないうちに、ヘフェが全員を殺したの。逃げようとした人たちもいたけど、彼はいつどこへ逃げるかわかっていたみたいで、ひとり残らず狩り立ててしまった。よそからやってくる男も全員殺すし、例外はPVOの連中だけだけど、それも用済みになったら殺すでしょうね。実際にはヘフェは女よりも男とのほうがうまく付き合えると思うんだけど、なにかの獣じみた本能に従っているみたいに、競争相手を一掃してしまったの」間があった。「いずれあなたも殺すはず」

スノウはそんな話はなんでもないというふりをしたかったが、むりだった。

「そんなにショックを受けた顔をしないで」ヤーラは言った。「どうやってここを見つけたのか知らないけど、PVOのことはよく知っているんでしょう？　ここへ来れば危険だということはわかっていたはず」

「あの男に対抗する手段がなにかあるはずだ。ぼくはどうすればいい？」

いくらかやわらいでいたヤーラの表情が、また壁のようになった。「わたしにはあなたを救えない」

スノウはなにか言えることはないかと必死に考えた。

「説明してほしい？」ヤーラがたずねた。「口をはさまずに、そんなバカなとか言わずに話を聞くことができる？　もうそんなのには耐えられないから。わたしも理解していないことはたくさんあるけど、事実として知っていることはあるの」

「ぼくにはどれくらいの猶予があるんだ？」

「今日のうちは安全かもしれない」ヤーラは目にかかる髪を払いのけ、なんの悪意もない口調で続けた。「たとえそれがまちがいだとしても、いくらか猶予はある。彼はこれから数時間は飛んでいるから」

「おぼえていると思うけど」ヤーラは語り始めた。「あなたといっしょにいたころ、わたしは市内へ出かけていろいろな人たちと会って、グリオールの指示を伝えたり〈クラブ・セクシー〉やそのほかの場所で受け取った金を届けたりしていた。わたしは彼の奴隷状態だったから、そういうやりとりのことはよくおぼえていない。でも、その金がＰＶＯの設立や、彼らが武器を買ったり党員を集めたりする資金として使われていることはじきにわかってきた……この施設を建てるのにも使われたのよ。完成したのはヘフェとわたしが住むようになる数年まえで、わたしが金を渡した建築家の設計に従って建てられたの。もちろんわたしには記憶がないけど、そういう流れだったのはまちがいないはず。

党が力をつけて党員も増えてくると、資金集めの仕事はもっと効率よく働ける男たちに引き継がれたけど、わたしは竜と党とのあいだのパイプ役として奉仕を続けた。男性中心の組織で女が指導者とみなされる役割を果たすのは妙な話に聞こえるかもしれないわね、まして党がしっかりと足場を固めたあとでは。なにしろわたしだって妙に思ったんだから。それでも、だんだんわかってきたんだけど、過激な主張をするグループというものは、その行動に重みをあたえるために神秘的な要素とかオカルト的な存在に頼りがちなの。わたしはＰＶＯにとって神秘的な要素であり、彼らの救世主を産み落とした聖母マリアのようなものだったから、男たちの偏見にさらされることもなく、その暴力からも守られていた。男のだれかがわたしを相手に一線を越えようとしたら、現実にいちどならず起きたことだったけど、党が容赦なくその男を始末したわ。

あなたと暮らしていたころ、わたしはいろいろなことについて完全な確信をもっていたわけではなかった。自分の正気を疑ったこともあったし、あなたに疑われたり非難されたりすると自分で認める以上に影響を受けた。あなたがあそこにとどまっていたら、わたしはあなたといっしょに逃げ出していたかもしれない。なにしろ信仰上の危機におちいっていたから。わたしは竜の実在に疑いをもっていたし、彼はたしかに実在していてわたしの狂気の産物ではないのだと納得していたときでも、その計画には疑いをもっていた。ＰＶＯとかかわりをもつのは、わたしが自分のために、この国のために望んでいたこととは正反対だった。でも、あなたが去ったあと、わたしと竜の意思疎通は鮮明さを増した。それまではあの小さな骨の区画に入ると、眠りについたあとでぼんやりしたメッセージとともに目覚めていた。それが、起きているときでもメッセージが頭の中に飛び込んできたし、内容もより明確になった。その味わいや輪郭まで感じ取れるようになったの。ＰＶＯがグリオールの計画におけるひとつのステップでしかないことはもはや明白だった。彼らに守ってもらうのは竜が生まれ変わって彼らを必要としなくなるまでのこと。しばらくのあいだ、わたしは竜があなたとわたしをなにかの目的でくっつけようとしているんだと信じていた。たぶん、わたしの信仰心を試すために。いまではそれが考えすぎだったとわかっている。竜は肉体を失って意志の力も弱まったせいで、その目的にかなうように人びとを動かすのに何年もかかるようになっていた。わたしはふたりの関係について彼の影響力を過大評価していたのよ。

意思疎通が鮮明になるのと同時に、わたしには運動能力が限定されるというきつい副作用が出てきた。じきに市内へ出かけることもできなくなったから、信者たちの相手をすることに集中して、自分が竜の本質についてどんなふうに理解を深めたかを伝えたり、あれこれ助言をしたり、あなたを怖がらせてしまったような催しを取り仕切ったりした。あとから思えばあなたが怖がるのは当然だったけど、わたしはそういう催しのあとはいつも陶然としていたの、いつの日かそれがわたしたちの目的の達成につながるとわかっていたから。コミュニティの人数は増えることもあれば減ることもあった。デ・ルーゴ少将は亡くなったけど、そのまえに後継者を引き入れてくれた。そういう調子だったの。去る者もいれば、やってくる者もいて、わたしたちは奇跡を起こすための正しい人員構成に少しずつ近づいていった。わたしは竜とすごく深くかかわるようになって、自分の人生のことなんかほとんど意識していなかった。ある朝目が覚めたら今日がその日だとわかったの。なにもかもとてもくっきりしていた。自分がなにをするかちゃんと知っていた。竜がわたしの心にふれた最初の瞬間から、自分が彼の復活のための道具になることはわかっていたけど、そのときまでは、その復活がどういうものなのか、そのためにどんな実体変化が必要なのか完全には理解していなかったの。この件については、信者たちのほうがわたしよりも真実に近づいていた。竜は信者たちにひとつの約束を、彼らは竜の中でともに生き続けるのだという約束をささやいたのかもしれないし、わたしの知るかぎり彼らは実際に生き続けている。でも竜はわたしにはそんな約束はしなかったし、わたしはその朝死ぬんだと思っていた。

わたしは信者たちをあの頭蓋骨のまえに集めてトランス状態にさせた。竜の精神とわたしの精神は完全に統合され、おたがいに浸透していた。彼の思考はわたしの思考、わたしの思考は彼の思考だった。そのとき起ころうとしていたことは、身の毛もよだつ、あなたが言っていたジョーンズタウンに匹敵する事件に見えたかもしれないけど、わたしはグリオールの計画の完璧さだけを見て、自分がそれにかかわれることに高揚していた。空気が暖かく、不快なほど暖かくなった。信者の何人かが気絶した――そのことでやきもきしたのをおぼえているけど、なにより気がかりだったのは奇跡を起こすために彼らを目覚めさせる必要があるのかどうかということだった。そのとき鮮明さが消え失せて、わたしの心に雲がかかった。我に返ったときには、わたしは頭蓋骨から遠く離れたジャングルをさまよい歩いていた。あたりはまだ高温で、数秒後には押し寄せた熱いものが木々のあいだを駆け抜け、爆心地から広がる熱気のようにわたしを突き倒した。わたしはせいいっぱい急いで広場へむかった。小屋はどれもつぶれ、信者たちは消えていた。頭蓋骨も消えていたけど、木々や茂みはほぼ無傷で、焦げたり炭化したりした跡もなかった。わたしは錯乱した。そういう結果を予期していたとはいえ、数百人が死んだのよ……ほかにどんな気分になれる？　でも、わたしがそんな気分になったのは悲しみよりも奇跡を目撃できなかったという事実のせいだった。それを実現するために何年も努力してきたのに、見逃してしまったのよ！　成果はどこに？　集団消失を別にすればなにも起きなかったの？　広場を見まわして、そこで起きたことの痕跡を見つけようとした。正気を失う寸前だったと思う。あちらこちらへ、よろよろと歩きまわり、茂みをかき分け、半狂乱になって、とうとうヘフェを見つけたの。顎の骨があった場所の近くで、エメラルド色の苔の上で横たわって身を丸めていた。裸で非の打ち所のない、美しい小柄な男。わたしは竜がもともとの姿で復活すると思い込んでいたけど、すぐに彼だとわかった。その光景はあまりにも平穏で愛らしく、わたしにとっては鎮痛剤のようなものだった。そこには神話の趣《おもむき》があった。楕円形に生えた色鮮やかな苔を背にした乳白色の肌、左右のこぶしは生まれたばかりの赤子のように握り締められていた。わたしはそこに近づいて両腕で彼を抱きかかえた。彼はわたしにさわられて目を覚まし、混乱してあたりを見まわしたけど、口をきくこともできず、わたしにすがりついた。彼が立ちあがれるようになると、わたしは手を貸して道路へ連れ出した。そのあとすぐに、ＰＶＯがあらわれてわたしたちをトレス・サントスまで送り届けたの」

ヤーラは大きく息を吸ってゆっくりと吐き出した。

「それからの数年で」彼女は続けた。「ヘフェは信じられないほどの進歩を遂げた。しゃべりかたと人としてのふるまいを学んだ。実際には学んだんじゃないと思う。わたしがなにか教えると、彼は一日か二日でその領域については完璧にこなせるようになった。わたしたちが鍵を渡して、彼が知識の隠されているドアをあけたような感じ。でも彼の生来の素質はわたしたちとはちがっていて、彼はわたしたちを充分には理解できないの。彼はPVOの策謀を支援している——政治を驚くほどよく理解しているしすごい戦術家なの。生まれ変わるまえの記憶はないけど、かつてもくろんでいた政界を支配するための計画はおぼえていて、なにかがあるべき姿でないのはわかっている。繰り返し見るという夢の中で、彼は何千人もの人びとのまえで舞台に立っているらしくて、その夢が現実になったら自分は変化《へんげ》するんだと言っている——わたしが思うに、ヘフェが言っているのは第二の錬金術的行為、つまりもっと過激な変身のことで、そのあとで彼は本来の姿を取り戻して、機械による補助なしでかつてのように飛翔《ひしょう》できるんだわ」ヤーラは愉快そうに笑ったが、スノウにはなんだか場ちがいに思えた。「彼はほうっておくとずっと飛んでいるのよ。PVOもわたしも急いで彼に過去を思い出させようとはしていない。わたしは急かしたら彼がダメージを受けると思っているし、PVOのほうは彼を無知なままにしておいて制御したいとしか考えていない。利用するだけしたあとで彼を始末するつもりでいる。制御には限界があるということを認められないのよ……そもそも制御なんてできるのかどうか」

　ヤーラは姿勢を変えようとして顔をしかめた。「これが物語の要約。バカげて聞こえるのはわかってるけど……」彼女は肩をすくめた。

　たしかにバカげた、ありがちな妄想に聞こえたし、スノウとしては狂気の産物として片付けてしまいたかったが、そうではないことをしめす充分な証拠が存在していたので、自分の身に危険が迫っていることを実感させられた。今後の成り行きにまつわる不安に気をとられていたため、ヤーラの話はあまり真剣に聞いていなかったが、あるセンテンスにだけは注意を引かれた――「彼はほうっておくとずっと飛んでいるのよ」その言葉はヤーラがヘフェに影響力をもっていることを暗示していた。

「じゃあここでのきみの立場は……なんなんだ？」スノウはたずねた。「母親がわり？」

「初めのうちは、そうね、わたしの役割の説明としてはそれが正しかった。でもヘフェが成長したあとは、看護師とか召使いみたいな感じかな。ときどき助言を求められることもあるし、信頼はされている。それが変わるとは思えない」

「ぼくの置かれた状況をなんとかできないのか？　きみなら彼を動かす方法を知っているはずだ。どのボタンを押すとか」

「お世辞ね」ヤーラは言った。「お世辞には反応するけど、彼はとてもきまぐれだから……たとえ先延ばしにできたとしても、遅かれ早かれあなたにむかっていくはず」

「じゃあ逃げるのがいちばんということか」

「だめ！」ヤーラはスノウを押しとどめるように手を突き出してから、心配する態度を見せてしまったことに狼狽《ろうばい》したようだった。「逃げ出そうとする人がいると、ヘフェは特に残忍になるの。以前彼らが、ＰＶＯが……狙撃手を丘に配置して彼を監視していた。彼はそれを知ると狙撃手たちを追いかけてばらばらに引き裂いてしまった」

「見たのか？」

「狙撃手たちに命令を出していた男がどうなったかは見たわ。ほかにふたりのＰＶＯの職員が殺人の現場を目撃している。彼らはそれでもまだヘフェを制御できると信じているのよ」

「できるのか？　制御は？」

「わ、わたしにヘフェを制御できるかときいているの？　そんなことしたくない。彼はわたしたちが手にした唯一のチャンスなんだから」

またもや昔ながらの政治的主張――どんなリスクがあろうと、変化は良いものである。それは理屈が通じないという証拠でもあったが、それでもスノウは問いかけた。「犠牲はどうなる？　ヘフェはすでに村の男たちを虐殺したし、それがどこまで増えるかはだれにもわからない。この次には……」

「あなたが犠牲についてなにを知っているというの？　わたしの心には八百人以上の命がのしかかっていて、その多くは友人だった。自分が地獄に堕ちることは何年もまえから承知している。わたしはヘフェに次の変身をさせたいのよ、たとえその過程で数千人が死ぬことになっても。彼はわたしたちに本気で関心があるわけじゃない。いずれ飛べるようになったら、彼は自分の道を行って、後始末はわたしたちにまかせるはず。ＰＶＯは彼がいなければ存続できない――無能なのよ。わたしがそれを事実として知っているのは、彼らのリーダーたちの勧誘に協力したから。この国は爆発し、軍は混乱におちいって、行き先を見失い、わたしたちはテマラグアを作り直すチャンスを手に入れるの」

「きみが言うとおりになればの話だが……」

「なるわ！」

「そもそも根拠があやふやだろう！　もしもきみがまちがっていたら？　ヘフェが自分の道を行かなかったり、この第二の変身がただの空想だったりしたら？　きみは自分の国をクソな怪物に引き渡すことになるんだぞ」

「現状はもっと悲惨なのよ」ヤーラの声の辛辣な響きが薄らぎ、やわらかな気配が忍び込んできた。「あなたはわたしほどヘフェのことを知らない。彼はどんな人間のことも、復讐や政治のことも気にかけたりしない。それは目的を果たすための手段でしかないの。たしかに、彼にはまだその目的が見えていないわ、だって自分の過去についてなにもわからないんだから。ある平原で麻痺したまま何世紀も過ごしていたことだけでなく、あの朝ジャングルで目覚めるまえのことはなにひとつおぼえていないの――でも、自分の本能に従って、竜だったころに身につけたふるまいを演じている。彼がほんとうにやりたいのは空を飛びまわって雌の竜とファックすることだけ。ほかでもないあなたならそれが理解できるはず」

皮肉は無視してスノウは言った。「雌の竜がどこにもいないと知ったら激怒しそうだな」

「どこにもいないとはかぎらないわ」

「くだらない迷信のことを言っているのか？　竜はまだアルゼンチンに棲息《せいそく》しているとかいう？」スノウはあざけるような音をたて、唇のあいだからふっと空気を吐き出した。「あるいはオズの国かな？」

「ほらね？　あなたはいつもそういう調子。話をしていると必ずわたしをあざ笑う。あなたの言うとおりよ！　わたしはすべての答を知っているわけじゃないし、結局はわたしがまちがっていたと証明されるかもしれない。でもここまでは正しかったでしょう？」

頭上の機械音がさらに高まり、ふたりはしばらく無言ですわっていた。

「きみはその気になればぼくを救えるはずだ」スノウはむっつりと言った。

ヤーラはいらいらとため息をついた。「わたしを捨てたあとはなにをしていたの？」

「それがなんの関係があるんだ？」

「わたしの機嫌をとってよ。テマラグアを離れたあとでどこへ行ったの？」

「家に帰った」

「そこでなにをしていたの？」

「職についた。執筆も少し」

「あなたの人生にはずいぶんたくさんの女たちがいたんでしょうね。ドラッグも」

「まあ、そうだな。でも考えていたのはもっぱらきみのことだ。気づいたんだよ……」

「で、職についたけど、なんとか暮らせる程度だったんでしょう。だれも読まないものを書いて……」

「出版されたのもあったんだ！」

「そしてファックしてまわってた。ここにいたときと同じような暮らしをアイダホでもしていたのね。そんな男のためにわたしがすべてを犠牲にすると思う？　わたしがあなたを救うとしたら、実際はむりだとしても、すべてを投げ出せるような男でないと……」

「そんなのずるいよ！」

「そう？　たったいま自分で認めたじゃない」

「たしかにそう見えるかもしれない。実際そんなふうだったよ。ぼくはそういう暮らしに慣れていたから。でもぼくの中ではもっとちがうことも進んでいたんだ」

「傍《はた》からは見えない人間的な深みを得たとか？　そう言いたいの？　魂が成長した？　それがなんなの？　わたしがほんとうの悪党たちを排除するたったひとつのチャンスを投げ捨てると思ってるの？　昔のよしみでわたしにそんなことをしろって？」ヤーラはブヨの群れを追い払うようにさっと手を振った。「バカ言わないで！　もうたくさん！　あなたの服を洗濯しないと」

ヤーラは唇を噛んで椅子から自分の体を押しあげ、なんとかぐらつきを抑えながら立ちあがった。スノウが肘をつかんで支えてやると、ヤーラは昔の癖で思わず彼の肩に寄りかかった。スノウは彼女の腰に腕をまわした――弱々しく見えてもその肉体は昔と同じようにしなやかだった。ヤーラは身をかたくして息を荒らげ、スノウはふと、彼女はいつから男と肌を合わせていないのだろうと思った。

その夜、ヤーラの案内でスノウは食事エリアから細い廊下へ入った。そこにならんでいた狭い寝室は――実際、独房のようだった――どれも壁はむきだしのコンクリートで、バス付きで、ドアに鍵はついていなかった。ヤーラは彼をその一室に入れて、なにか必要なものがあったら廊下の先にいると告げた。スノウは、必要なのはきみの誠意だ、きみの手助けだと言いかけたが、たとえ彼女に助けてもらえるときが来るとしても、まっこうから頼んだのでは実現しそうになかった。最初に話したときからずっとかけ続けていたさりげない圧力により、昔のあの輝かしい日々を思い出させ、できるだけ頻繁に体にふれて、隙あらばヘフェに対する疑いの気持ちを植え付けるとしても、すべては遠回しに、間接的にしなければいけない――彼女を動かすならそれしかないのだ。いくらか前進しているようではあったが、さりげなくしていられる余裕はどれくらいあるのだろう？

ベッドに横たわり、いまの状況についてあれこれ思いをめぐらしたが、すぐにうとうとしてしまい、しばらくたってから（頭のぼけ具合からすると一、二時間はたっていた）部屋にだれかがいるような気配を感じて目を覚ました。まぶたを細くひらくとベッドのわきに男が立っているのが――ズボンの脚だけ――見えたので、そのまま眠っているふりをした。のろのろと数秒が過ぎた。循環器系が悲鳴をあげ心臓がばくばくするのを感じたそのとき、男の温かな吐息が頬に当たった。ヤーラから聞かされたヘフェの残虐さを思い出して、彼がベッドのわきでしゃがんでスノウの恐怖を嗅《か》ぎながらその運命についてじっくり考えている姿を想像し、大声をあげて逃げ出さないようこらえるのがせいいっぱいだった――それでも、目を閉じて呼吸も乱さないようにしていたら、やがてドアが閉じるかすかな音が聞こえた。まだ怯えきったまま、シンクへ行って冷たい水で顔をばしゃばしゃと洗った。思考のメカニズムの動きがとどこおり、ギアに恐怖の泥が詰まっていた。ジーンズをはき、だれもいないことをたしかめてから、なんの計画もないまま、怯えきった人間が知っているものやなじみのあるものへ駆け寄るように、廊下をそろそろと歩いてヤーラの部屋を目指した。そこのドアは半インチほどひらいていた。スノウはそっと隙間を押し広げた。

ヤーラは裸でベッドに腰かけ、読書灯のほのかな黄色い明かりの中で、両脚と胴と背中の曲線に沿ってのびる濃い緑色の斜線のように見える部分（形は虎の縞《しま》に似ていた）のへりに沿って、白い肌に軟膏《なんこう》を塗り込んでいた。十代のころと比べたら肉付きがよくなり、乳房は大きくなって垂れ、陰部の毛も手入れされていなかったが、それでもやはり美しく、すばらしいプロポーションだったので、ましてその濃い緑色の部分の正体がわかったあとは……なんらかの増殖物、タトゥーの中心にあったダイヤモンド形の盛りあがりとよく似た硬くて弾力のない物質、トランプ・スタンプ、竜の鱗もどき、本人がインプラントだと言っていたもの……それがわかったあとは、ごちゃ混ぜになった嫌悪と同情と性的興奮がわきあがってきた。ヤーラは軟膏のチューブをベッド脇のテーブルにならぶ薬のボトルの中に置き、プラスチック製の容器をあけて、ローションを手のひらに絞り出した。ダイヤモンドの形をしていたもともとの鱗は（いまやスノウはそれが鱗だと決め込んでいた）すっかり崩れて背中の下側のかなりの部分を占める染みになり、この感染のようなものが広がる中心点となっていた。ヤーラはローションをとった手を背後へまわし、首をねじって塗る場所を見ようとして、そこでスノウがいることに気づいた。息をのんで横向きに倒れ込み、容器を取り落としてあわてて体を隠そうとする。スノウが部屋に入ると彼女は言った。「見られたくないの！　お願い！」スノウはベッドに腰かけ、ヤーラの唇に指を当てて黙らせた。彼女の両目は涙でうるんでいた。「お願い」ヤーラはもういちど言った。スノウはききたいことがあったが、彼女がなにを必要としているかはわかっていた。プラスチック製の容器を取りあげてローションを塗り始め、特に鱗が皮膚と融合しているところに重点を置いた。ヤーラは両手で顔をおおってすすり泣いたが、スノウはそのままローションを肌にすり込み続けて、彼女の体から緊張がほぐれていくのを感じた。背中に塗りおえると、ヤーラの体を自分のほうへ向けて縞模様に注意を向けた（いまは奇妙な鉱物の筋に見えた）。模様は彼女の腹部を横切って乳房の盛りあがりに巻き付き、緊縛で使われる残酷な道具のようにそれらを部分的に支えていた。ヤーラはスノウの顔を探るように見て、そこに（彼の推測では）彼女の検知器のスイッチを入れるひきつりはないか、過度の哀れみや倒錯した喜びをしめすゆがんだ表情はないか、とにかく容認可能な献身以外のなにかがないかと探していた。スノウが穏やかで従順な態度をたもち、目のまえの作業に集中していると、ヤーラはすっかり降参し、目を閉じて彼に作業をまかせた。ほどなく、その唇のあいだからため息が漏れた。耳に心地よい、満足した赤子がたてそうな繊細な音だった。その肉体の切迫感は、身震いと、弓なりになった背中にあらわれていた。動揺させないよう気をつけながら、スノウは横になって彼女の顔を両手で包み込み、キスした。ヤーラは口をゆるめていたがすぐにキスに反応し、彼が顔を離したときには、歳月の重みが剝がれ落ちたかのように、その目や口のまわりにあるしわが浅くなっていた。スノウは彼女のおなかに、乳首に、苦痛の種である縞模様のあいだのやわらかな場所にふれ——するとヤーラが彼の手をつかんでささやいた。「あなたがほしいけど、わたしの中に入ってはだめよ。そうされると痛みがあるの」スノウはすっかり彼女に心を奪われていたので、共感から始まった行為が欲望の行為へと進化したのだと説明できなかった。十年におよぶ執着心を解き放ち、引き換えにヤーラの喜びを得たいま、もはやほかにはなにもいらなかった。湿った熱い場所へ指をそっと沈めて、彼女から悲鳴を引き出したが、それは痛みから出たわけではなかった。ヤーラを長く続く痙攣《けいれん》のような絶頂へと導きながら、スノウは彼女に顔を近づけて「愛している」と告げ、彼女のあえぎ声に合わせてその言葉を何度も繰り返した——その連禱《れんとう》こそが愛の証《あかし》であるかのように。ヤーラは太ももをぎゅっと閉じてスノウの手を挟み込み、頭を彼の胸にしっかりと押し当てると、身を震わせ、最後の揺り返しに耐えた。

「だいじょうぶ？」スノウはたずねた。

ヤーラはうなずいたが、それ以上の返事はせず、吐息を激しく震わせた。

そんなふうに抱いたまま黙っているのが気まずくなってきたので、スノウはもう引きあげたほうがいいかとたずねてみた。またうなずきが返ってきた。いま起きたことを恥じているか、混乱しているか、その両方なのだろう。

スノウは立ちあがってベルトを直した。「朝にはまた会えるかな？」

肯定のつぶやき。

スノウはもういちど愛していると言いかけたが、ヤーラはそんなことは聞きたくないかもしれないと思い直した。そのままドアへむかい、廊下をのぞき見た。

「クレイグ」

ヤーラはシーツを引きあげて頭と両肩だけをのぞかせていた。白い布で分断されて別の体の一部のように見える右脚の膝から下の部分には、濃い緑色の筋が何本もついていた。

「明日」ヤーラは言った。「明日じゃないとしても、じきに……彼は女たちをピンクハウスから連れてくる」

「売春婦か？」

「ええ、それ以外にも。パーティをひらくの。女たちは挑発的な身なりをするから。絶対にその女たちといちゃついたりしないで。無視するの。女たちの誘いにも気分を害しているようなふりをして」

「わかった」

「それはあなたが彼の女たちに興味をしめすかどうかを見きわめるためのテストなの。あなたが無関心でいれば、いくらか時間を稼げる」

スノウはまだ話が続くかと思ったが、なにも言われなかったのでもういちど廊下をのぞき見た。

「クレイグ」

「うん？」

「わたし……なんでもない」

「きみとぼくのこと？」スノウはドアから振り返った。「ヘフェは怒るかな？」

時間がゴムのようになって、区切りのない単一の瞬間へと引き伸ばされた。だいぶたってからヤーラは言った。「わたしは彼の女じゃないわ」

それからの数日で、スノウがいだいていた疑問は、何年もまえからのものもヤーラとの再会で生じたものもすべて解消された。世界には不思議な力がある――災難をもたらすものではあるが――というヤーラの信念が正しかったのはもはや明白だった。彼女の体を汚す濃い緑色をした鱗の縞模様は、竜との接触が原因というほか説明のつけようがなかった。それは両者の不自然な精神的統合によって生じた肉体への影響であり、獣と交流した彼女に課せられた罰であり、目的を達成するために彼女が受け入れた呪いだった。ヘフェは善を推進する力になるかもしれないのだから、彼に好きなようにさせておけば、テマラグアはみずから運命を決められるのだ、というヤーラの意見にスノウはあやうく説得されそうになった――だが、そんな未来が訪れるころには自分はとっくに死んでいると思うと、その考えに対する熱意は失せるのだった。

ヤーラが予想したとおり、ふたりが出会った次の日の夜、ヘフェは二十人ほどの色っぽい女たちを食堂に集めたが、その全員がランジェリー姿だった。ルイーサ・バサンから聞いた話から判断して、彼女の夫のエンリケはやはりそうした女たちを飾る絹やレースの布きれをすべて購入していたのだろうが、彼が不倫しているというルイーサの非難はどうやら見当ちがいらしく、そうでなければ（ヤーラの言葉を信じるなら）エンリケはすでに死んでいただろう。女たちの中にあの酒場から来た少女、イツェルの姿があった。ヘフェに押しやられて、少女は無表情のままスノウの性器を愛撫しようとした。スノウは指示されていたとおりに彼女を拒絶した。ほどなく、酔っ払ってぺちゃくちゃしゃべるくだけた服装の女たちが部屋をひらひらと歩きまわり、ひとりで、あるいはふたり組でスノウのもとへやってきては、甘い声を出したり体にふれたりと誘いをかけてくるようになり、そのあいだヘフェは戸口から冷たい目でじっと監視していた。スノウは女たちの優しい攻撃には動じず、退屈そうなふりをして、彼女たちを追い払い、ひとりで隅にこもってグリオールの伝説的な狡猾《こうかつ》さは彼の記憶とともに消え失せたにちがいないと考えていた。ヘフェの行動があまりにもあからさまだったからだ。スノウはヤーラの助言がなくてもこんな策略は見抜くことができたはずだと感じ、グリオールはそもそも狡猾な存在ではなかったのかもしれず、よく語られる彼のこの方面でのみごとな手腕とやらは、その巨体（ただの大衆操作もあやつる者がロードアイランド州の郡ひとつぶんくらいの大きさがあれば狡猾さとみなされる）と、責任逃れをしようとする人びとのあやつられやすさのせいで誇張されてきたのではないかと推測した——あらがいようのない力に翻弄《ほんろう》されてしまったということにして、自分たちの行動の責任を外部の影響に押し付けたいという思いが大きかったのだろう。

偶然にも、それからの一週間にはスノウが自分は計算と策略の名人であると感じる瞬間が何度かあった。死の予感で頭がいっぱいだったので、ほんのつかの間のことでしかなかったが、そうした瞬間にはなにか決定的な重要性があり、彼の自己認識や、自尊心や、生きのびたいという意志も含めた自意識全体にとって不可欠なものであるように思えた。毎晩、スノウは男性版シェヘラザードのようにヤーラの部屋を訪れて愛をかわし、そのたびに彼女から自分の命を延ばすための情報（ヒント、傾向、ほのめかし）を引き出した。そのあとで、自分の抜け目なさに、さほど痛快とは言えないかすかな満足感をおぼえるのだった。だが、それと同時にヤーラとの心のつながりは深まり、彼女を喜ばせたい、その苦しみをやわらげたいという気持ちも高まった――彼女が建物の中を動きまわるのを見ていると、あまりにも弱々しく持久力もないので胸が痛んだ。このふたとおりの態度は二重らせんのようにからみ合っているらしく、どちらも相手より優位に立ったり先んじたりすることはなかったし、どちらもよりほんものらしく見えることもなかったが、彼はどちらかに父性原理が隠れていると確信していた。スノウは自分自身にそっと忍び寄り、不意打ちを食らわせて魂の底にあるものをかいま見て、献身あるいは私欲がそれ以外のあらゆるものが芽生える土台になっているのか、それとも、それらは本質的な二重性が形をとった硬貨の両面のようなものであるのかを見きわめようとした。もちろん結論にはたどり着けなかったし、スノウにとっては、自分の心についてほんの少しも知ることができないかもしれないという恐怖と比べたら、死の恐怖などそれほど大きなものではないように思えた。

その週も終わりに近づいたある晩、ヤーラがスノウにまたがって彼の貫入を許した。動きはぎこちなく痛みがあるのも明らかだったが、彼女はその苦痛を乗り越えて行為に我を忘れているようだった。スノウは彼女の腰を支え、導き、動きを助けたものの、痛い思いをさせたくなかったのでいつものような激しい動きは控えた。ヤーラの体の縞模様はひとつの空想を生み出した――そこはチベット寺院のバターランプの輝きに照らされた小部屋で、彼女は壁にかかったタペストリーに描かれた伝説から抜け出してきた女で、見えない神のしもべあるいは彼女自身が謎の原型の女性版の化身であり、その儀式用のマーキングは九人の菩薩《ぼさつ》たちだけが知る完成された言語で使われるシンボルで、彼女の美しさをそこなうのではなく際立たせているのだと。ヤーラは彼のまわりを蜂蜜《はちみつ》のように流れ、スノウのほうもその瞬間に、ふたりの関係のかつての混乱と新たな混乱に我を忘れた。だが、すべてを使い果たして、ふたりで静かに横たわっていたとき、スノウの脳内でいつもの回路が働き始め、彼はヤーラにむかってなぜ今夜を選んで愛をかわしたのかとたずねた。

「〝愛をかわす〟」ヤーラはからかうように言った。「最初に付き合っていたときは絶対そんなふうには言わなかった。いつも〝さあファックしよう〟だった。ずいぶん紳士的になったのね」

スノウはいらいらして言った。「わかったよ。なぜぼくとファックしたんだ？」

「しないでいることに耐えられなくなったから」

「同情のファックみたいなものか？　お別れを言うつもりじゃないだろうな？」

否定されると思ったのだが、ヤーラは言った。「わからない」

「どういう意味だ？」

「わからないという意味よ！」

スノウは説明を待った。

「朝になったらヘフェはあなたを招いて自分が飛ぶところを見せるかもしれない」ヤーラは言った。「彼は……」

「断ればいいんだろう？　体調が悪いとかなんとか言って」

「いいえ。招待は受けて。そしてヘフェが飛んでいるあいだはずっと褒めまくって。できればわたしもいっしょに行くけど、彼はわたしを追い払うかもしれない。そのときはあなたが歓声を送って拍手するの……彼がどれだけ長く飛ぼうと熱烈に歓声を送るのよ。長くかかる覚悟をしておいて。何時間も」

いくつものまとまらない考えがスノウの頭の中でせめぎ合っていた――胸骨の下で冷たいものが広がった。

「なんとかしないと」スノウは言った。

ヤーラが体を押し付けてきた。

「じっとすわって処刑を待つわけにはいかない」

彼女は片腕をスノウの腹にまわし、頭を彼の胸にのせて顔を見られないようにした。

「ヤーラ？」

「ここにいるわ」

毎朝十時に、ヘフェはローストチキン四羽で日にいちどだけの食事をとる。彼が食堂のテーブルの端で腰をおろし、肉をかじりとって、きちょうめんに咀嚼《そしゃく》し、骨まできれいにしゃぶって、鳥を骨格だけの残骸にしていくあいだ、ヤーラとスノウは椅子にすわってそれを見守る。ヤーラにうながされて、スノウが「今日は体調が良さそうですね」とか「ぼくもあなたぐらい食欲があるといいんですが」とか滑稽《こっけい》なほどこびへつらう台詞《せりふ》をならべると、ヘフェは彼に鋭い視線を送り、げっぷをしたあと、なにかもっとおもしろいものを見つけたかのように部屋の別の場所へ視線を移す。ときおりヤーラに話しかけては、なにかの仕事の念押しをしたりするが、それ以外は彼女の存在を無視している。だが、この日の朝にかぎっては、ヘフェの視線はスノウからけっしてそれることなく、いっさいの感情をおもてに出していなかった。チキンの数が減るにつれ、スノウは自分の命がひと噛みごとに測られていると思い込み、わかりきった相反する感情のせめぎ合い（恐怖、ヤーラへの愛、後悔、ここにとどまるという決定に加担したヤーラへの怒り、その怒りを凌駕する自己批判、恐怖……など）に苦しんだあげく、ついにはもう限界だからなにかするなり言うなりして状況をはっきりさせようと決心した。スノウがその決心を実行に移すかどうかという問題は、テレビから流れてきた騒々しい音のせいで無意味なものとなった。スクリーンに表示されているざらざらした映像が、ピンクハウスのかたわら、施設全体の玄関に立つ三人の男の姿をとらえていた。ひとりは髪を短く刈り込んだ大学生くらいの若者で、ニューヨークヤンキースのNYのロゴが入ったてかてかのレーヨンのジャケットを着ていた。あとのふたりは肉付きのいい、いかにも金まわりの良さそうな四十代の男たちで、やはりジャケットを着ていたがこちらは革製だった。ヘフェの超然とした態度は変わらなかったが、いまは激しい怒りがあふれ出していた。彼は半分になったチキンを手にテレビへ近づき、食事を続けながらうろうろする男たちをながめた。

三人の中でいちばん大柄な男がドアの脇に設置された箱へ呼びかけた。「ヘフェ！　話があるんだ！」

スクリーンから振り返ることなく、ヘフェはヤーラにむかって手を揺り動かした――ヤーラはもたもたとインターホンへむかい、スピーカのスイッチを入れて言った。「なにか用なの？　彼が突然の訪問をきらっていることは知ってるでしょう」

「話し合いたい緊急の要件がある」男が応じた。「電話したんだがつながらなかった」

ヘフェがスクリーンに指を突き付けて、若い男の映像にふれた。

「その若者はだれ？」ヤーラがたずねた。

「チュイ・ベラスケス。われわれの一員だ」もうひとりの男がこたえた。「うちの車が故障したから、彼が送ってきてくれたんだ」

「実に光栄な……」チュイが口をひらいたが、大男がしっと言って黙らせた。

ヤーラがチュイを外で待たせるかどうかヘフェにたずねた。ヘフェはまたチキンをひと口かじりとった。

インターホンががなり立てた。「ヤーラ？」

「彼はいま考えているわ」ヤーラは外にいる男たちに告げた。

「これは耐えがたい」ヘフェが淡々とした声で言った。そんな感情は彼に付随するひとつの事実でしかないと言わんばかりに。「なにを話し合いたいのかきけ」

ヤーラが指示どおりにすると、大男がこたえた。「オルテガにてこずっている。軍を動かすことはできるし、必要とあらばそうするつもりだが、今後の彼との取引が面倒なことになる。積荷は明日到着することになっていて、きみに相談せずに動きたくなかったんだ」

ヘフェはシュッと音をたてて階段室へ通じるドアを指差した。「そこでわたしを待て」

「わたしたちふたりとも？」ヤーラがたずねた。

「彼だけだ」ヘフェは肩越しにちらりとスノウを見た。「かまわないだろう？　プライベートな話だ」

階段室は暖房が入っておらず、食堂でなにが起きているか聞けないまま十分か十五分ほどうろうろしていたら、寒さがきつくなってきたので、スノウは階段をのぼり始めた。追い出されたことで気分は高揚していた――それは当然のことで、ヘフェが彼にプライベートな問題についての話し合いを聞かせたくないということは、スノウの生存が保証されたしるしと解釈できるのだ。とにかく、しばらくのあいだは。ヘフェが単に用心深いだけなら話は別だ。ヘフェが論理的な構想に従って理にかなった行動をとっている場合も話は別だが、もちろんそんなことはないだろう。スノウが四階ぶんの階段をのぼり終えたころには、生まれつきの悲観主義が復活していた。不安に気をとられながら、階段室のてっぺんにあるドアを押しあけ、さらに数歩進んだところで、自分がヘフェの施設の中心へ、そしておそらくは竜の魂の核心へ踏み込んだことに気づいた。

スノウが立っていたのは、巨大な、明るく照らされたシャフトの最深部で、三つか四つの立派な納屋をおさめられるだけの広さがあり、その構造物のてっぺんにあたる部分が、丘の上にそびえていたあの窓のない白いビルにちがいなかった。五、六百フィート上にあるシャフトの天井は深い秋の空の青色で、壁一面に広がっているのは食堂にあった四枚のフレーム入りの写真が引き伸ばされたものだった。雲がかかる無垢《むく》のヒマラヤ山脈を幾筋かのダイヤモンドのような陽光がつらぬいていた。へりの部分が桃色と金白色に輝く、羊皮紙《ようひし》の色をした絵画的な雲層は、塵と光の複雑なありさまが精密な音楽を思わせた。ターナーを彷彿とさせる混沌とした赤色と金色に染まる煙のような雲は、天界の戦争を暗示する派手な光輝をはなっていた。わきあがる藍色がかった白い雲の群れは、いくつかはどこかで見たような人の姿や顔をしていて、偉人たちの幽霊が薄闇に溶け込んでいるかのようだ。十フィートの間隔でならぶ、数百本、ひょっとしたら数千本の目のこまかい銀色の鎖が、天井からシャフトの底まで一直線にぴんと張られ、コンクリートの床にうねうねとのびる軌道の中へ消えていた。スノウは一本の鎖を軌道に沿って滑らせてみようとしたが、びくともしなかった。なにか制御装置があるにちがいないと思って探していたら、鎖の群れの中に床が変色した部分があった。近づいてみたら乾いた血だまりのように見えた。日陰にもならず身を守ってくれることもない痩せこけた銀色の木々がならぶ森でひとり残された子供のような気分になってきたので、大急ぎで階段をおりていちばん下の段に腰かけ、シャフトの壮大さや異様さをとなりの部屋にいる残忍な殺人鬼に重ねながら、もしも人間になった竜がほんのわずかでも洗練されることがあるとしたらそれはあの空となにかかかわりがあるだろうと想像した……それでも、ヘフェのようなちっぽけな生き物が権力の行使以外のことに喜びを見出すと考えるのはむずかしかった。ストレスで疲れ果てたので、スノウは状況の分析をあきらめて重ねた前腕に頭をのせ、たったひとつの恐ろしい思いに心をざわつかせた。

　三十分ほどたったころ、ヤーラがスノウを食堂へ呼び戻した。ふたりの友人を脇に従えて、あの大男がトンネルへ通じるドアを抜けようとしていた——つやつやした豊かな髪にまっすぐ刈りととのえられた口髭、その下にのぞく傲慢な唇。腹の贅肉《ぜいにく》がベルトの上に重なっていた。テレビで見たときは映像が粗くてはっきりしなかったが、いまはそれがだれなのかかわかった——エンリケ・バサンだ。学校で一、二度顔を合わせたことがある。忘れられていることを祈りながら、スノウは気づいたそぶりを見せずにヤーラのとなりで席についたが、バサンは問い詰めるような口調で言った。「この若造がここでなにをしているんだ？」

「ミスター・スノウはお客さんだよ」テーブルとバサンのあいだに立って、ヘフェが興味津々の顔でふたりの男を交互に見比べた。「きみたちは知り合いなのか？」

いかにもいやそうな顔でバサンが言った。「うちの息子の教師だ」

ヘフェはスノウへ視線を移した。「世間は狭いなあ？」

「以前はあなたの息子さんの教師でした」スノウは言った。「しばらくまえにあの学校は退職しました」

「そうなのか？」バサンの声の音量があがった。「ではルイーサはなぜおまえの話ばかりするのだ？　説明しろ！」

ヤーラが言った。「よそで用事があるんじゃないの、エンリケ？」

「たしかに」ヘフェが言った。「その件はまた日をあらためてはどうかな」

バサンの顔が真っ赤になった。「知るか！　この男にききたいことがあるのだ」

連れのふたりのうちで年長のほうが——とてもよく似たタイプの男で、口髭も同じ、腹の贅肉も同じだが、いくらか背が低くて髪の生え際が後退している——バサンのまえに進み出た。さもなければバサンはスノウにつかみかかっていたかもしれない。

「このクソ野郎はおれの妻にちょっかいを出していたんだ！」バサンは背の低い男を脇へ突き飛ばそうとしたが、チュイがいっしょになって彼を押さえつけた。

「それは事実かね？」取り澄ました楽しげな口調からして、ヘフェがこの展開をおもしろがっているのは明らかだった。「きみはルイーサの愛情をもてあそんだのか？」

「とんでもない！」スノウはあまりにも長いあいだ自分を抑え込んでいたので、怒りにまかせて立ちあがりそうになったが、ヤーラが彼の腕に爪をくい込ませた。

バサンが蜂にたかられた雄牛のように猛烈に首を振った。「こいつはここでなにをやっているんだ？」

「丘でハイキングをしていたんです」スノウは言った。「ヘフェに滞在を勧められて。あなたの奥さんのことですが、ぼくはコーヒー一杯さえ付き合ったことはありません」

「落ち着きたまえ、エンリケ」ヘフェがバサンを壁に押し付けているふたりの男たちに加勢した。「きみの妻の相手がだれであれ、いずれ必ず真相にたどり着けるから」

「こいつだ！　妻がこいつについて話す口ぶりでわかるんだ！」

「それが証拠だって？　ルイーサが彼のことを話していたから？　あまり説得力はないね」

「いいか、おれはあのでか尻と結婚して十一年になるんだぞ！　態度でわかるんだ！」

「きみのベッドシーツをだれが汚しているかは問題ではない。ほんとうの罪はきみの妻とはなんの関係もない。そうだろう、チュイ？」

ヘフェがチュイの背中をぽんと叩き、手を若者のうなじへ這わせた。チュイは彼の愛想よい態度に反応して肩越しに振り返り、顔に笑みをたたえた……が、それは完全にかたちになるまえに消えて、混乱した表情が浮かびあがり、さらにショックと苦悶《くもん》へと変わった。右脚が震え始めた。唇から唾が飛んだ。

「ほんとうの罪はきみが招かれていない者をここへ連れてきたことだ」ヘフェはバサンに言った。「わたしの知らない者を」

チュイはヘフェの手を弱々しくかきむしって鳥がさえずるような音をたてたが、それはかぼそい泣き声へと変わっていった。両足の靴は床にふれておらず、カーペットの上に浮かんでいて、つま先がワインレッドの繊維をかすめていた。

「ヘフェ、やめろ」バサンがそろそろとヘフェから離れた。「そいつはいい若者なんだ」

チュイの肩が激しく痙攣し、引きつった両腕が、肘の糸を引っ張られたマリオネットのようにぐいっと左右へのばされた。

ヤーラが苦労して椅子から立ちあがった。「その子はなにもしていない。放してあげて！」

ヘフェは驚いてヤーラへ向き直り、チュイをぬいぐるみのように振りまわした。

「だれもあなたを傷つけてはいないわ」ヤーラはヘフェの指を引っ張って、握る力をゆるめさせようとした。「この子は彼らを車で送ってきてくれたのよ。それともオルテガの件についてなにも知らないほうがよかった？　放してあげて。エンリケには自分の仕事をさせてあげましょう」

「口をはさむな！」ヘフェが言った。

「指導者たちは友人をこんなふうに扱いがち」ヤーラはもういちど指を引っ張った。「大統領、将軍、王。どんな肩書きを自分につけようが、彼らは豚よ。悪党なの。あなたはもっと立派な存在にならないと」

ヘフェの顔に強烈な怒りが集束していて、スノウはいまにも爆発しそうだと思った。

反抗的な子供の襟を直しながら教え諭すように、ヤーラはぺらぺらとしゃべり続けた。

「あなたはわたしの助言に注意を払うと約束した。わたしはいま助言をしているの。だれかがあなたの気に入らないことをするたびに暴力をふるったりしてはだめ。少しは自分で判断しないと」

ヘフェは手の甲でヤーラの横腹をひっぱたき、同時にチュイを放した。ヤーラはよろよろとテーブルまであとずさり、悲鳴をあげて腰をつかむと、床にへたり込んだ。それでもほとんど間を置かずに上体を起こし、突き飛ばされたことなど些細《ささい》な中断だと言わんばかりに叱《しっ》責《せき》を続けた。ヘフェがヤーラのほうへ行きかけたので、スノウは彼がまた殴るのではないかと思い、椅子から立ちあがって叫んだ。「さすがです！　男なら自分の家では秩序を守らないと」

ヘフェがさっとスノウへ顔を向けた。

「自分の家ですら規律をたもてなかったら」スノウは続けた。「どこでも規律をたもてません。この者たちはなぜあなたに指図ができると思っているんでしょうね、あなたが彼らの国を支配しているというのに？　バカげていますよ！」

「あなたは理性に従って行動しなければいけないの、感情ではなく」ヤーラはなんとか膝立ちになった。「起きたことに反応するだけではだめ」

ヘフェはヤーラに顔を戻した。

「理性ね、なるほど。しかしあなたの権威に対する侮辱を黙認することはできません」スノウにはこの本筋から離れた演技がどのような方向へ進むか見えてきた。「代償は支払わせなければ」

友人の手を借りて、バサンはなかば意識をなくしたチュイを立ちあがらせた——若者はカーペットを足で探ってうめき声をあげた。騒ぎを聞きつけて、ヘフェはくるりと体をまわしたが、すぐにまたヤーラとスノウがかわす台詞のほうへ注意を戻した。

ヤーラ——「だいじなのはものごとのバランスをたもつことで……」

スノウ——「怒りっぽいところを見せておくことには一定の意義があります」

ヤーラ——「……さもないと状況をコントロールできなくなるわ」

スノウ——「人びとを怖がらせておかなければ効果的な支配などできません」

ふたりがこの調子で話していると、ヘフェの顔にじわじわと迷いがあらわれてきたが、バサンが退出の許可を求めると彼はまた興奮し始めた。

「まず第一に、あなたは自制心を身につける必要があるわ」ヤーラが言った。「しょっちゅう衝動に屈するような人が尊敬してもらえるはずがないんだから」

「チュイを医者に診せないと」バサンが言った。

「ぼくも彼女と同意見です」スノウは言った。「しかし、あなたがきまぐれだとか、ときには脅威になるとか、衣の下に鎧《よろい》をまとっているとか、そういったことが……」

バサン――「頼む、ヘフェ！」

「……人びとを行儀よくさせるのです」

ヘフェはスノウのほうへうなずきかけ――同意のしるしのように見えた――階段室へむかった。すでに冷静さを取り戻していた。

「過去は過去よ」ヤーラが言った。「もはやそれを繰り返している余裕はないわ」

「完全に捨て去るべきでもないでしょう」とスノウ。

「後生だ！」バサン。

ヘフェがさっとしゃがみ込んでバサンにむかって咆哮《ほうこう》した。その喉をひらききった叫び声はすさまじく凶暴で、スノウは攻撃のまえぶれではないかと不安になった――だが、ヘフェはこう言っただけだった。「ゴミをひろって帰るがいい。しばらく電話はするな」そして叩きつけるようにドアを閉めて去った。

チュイの頭がごろりとうしろへかしいだ。黒ずんだ血が唇のあいだから流れ出した。

スノウはバサンにむかってそれを指摘した。「血が出ています」

ヘフェの爆発にうろたえてはいたものの、バサンはいくらか男らしさを取り戻してスノウをののしった。

「ネバフに診療所があるわ」ヤーラが言った。「あいていると思う」

バサンは彼女の声が聞こえなかったようだった。「きさまのタマを引きちぎってやるからな、若造！」

「なにをバカなことを言ってるの！」ヤーラはよたよたとバサンに近づいた。「いいから出ていって！　さあ！　ヘフェの気が変わるまえに！」

男たちはチュイを連れてトンネルを進み始めた。バサンが振り返ると、ヤーラは両腕をばたばたと振って叫んだ。「行って！　早く！」

訪問者たちがネバフを目指して——チュイが運命に導かれていく先は道ばたの溝かどこかかもしれなかったが——出発すると、ヤーラは椅子にぐったりとすわり込んだ。

「あんなやつを支配者にしようというのか？」スノウは言った。「本気か？」

ヤーラは腰をさすって、顔をわずかにあおむけ、目を閉じた——肌が蠟細工《ろうざいく》のように蒼白《そうはく》になっていた。

頭がぼうっとして、足もとも定まらなかったので、スノウは腰をおろした。「あの取り澄ましたチビ野郎に比べたらヒトラーだってのどかな浜辺に見えるよ！」

ヤーラはまた腰をさすり、ちらりと自分の手を見下ろした。

「わかった」スノウは言った。「わかったよ」

なんとか呼吸を、心臓の鼓動を落ち着かせたものの、怒りは煮えたぎっていた。

「あいつがまともになると本気で思っているのか？」スノウはたずねた。「カリギュラなみのモラルしかない、あんな気色悪い青二才が？　今回のことで竜に対する見方がすっかり変わったよ。ある程度は高潔なところのある獣だと思っていたんだけど、実際は火炎放射器で武装した、火をつけてまわるのが楽しくてしょうがないガキどもみたいなものなんだな。もちろん……」あざけるように笑う。「きみなら、実体変化で絞られたせいで魂が風船の動物みたいにくしゃくしゃになってしまったとかバカなことを言うんだろうが。あらためて竜の肉体を手に入れたら、それがパチンともとの形に戻るんだろ！　ライオンキングのクソなトカゲ版になるわけだ！」

頭がアドレナリンで沸き立っていた。スノウは素早く次々と思い浮かべた――だらんと垂れたチュイの両足、神のように巨大な雲に重ね合わされたちっぽけな人物、銀色の鎖が垂れさがる広大な空間。

「あそこにはたくさん鎖があった」スノウは言った。「あれは……」

「部屋へ戻るから手を貸してくれない？」

スノウはいらいらと言った。「まずぼくの質問にこたえたらどうなんだ？」

上の階でガラガラと機械音が響き始めた。

ヤーラは右手をあげて、赤く染まった手のひらと指を見せた。

「出血しているの」彼女は言った。


テーブルのへりがヤーラの腰とぶつかったあたり、肌と濃い緑色の病斑とのあいだに血がにじんでいた。スノウは患部を圧迫して出血を止めてから、ベッドの脇の椅子に腰をおろした。ヤーラは体の怪我をしていない側を下にして横たわり、スノウの手をつかんで、傷がうずくたびにぎゅっと握り締めた。絶望となにかもっと暗くて冷たいものからなるずっしりしたゲルが頭蓋の中でずるずると動いているような感じで、スノウはそれを安定させるために頭を低くせざるをえなかった。顔をあげるとヤーラが彼を見ていた。顔色がいくらか良くなっていた。

「気分はどう？」スノウはたずねた。

「だいじょうぶ」

そのあとに気まずい間があり――とにかく、スノウは気まずく感じた――そのまたあとにふたりは同時に口をひらいた。

「お先にどうぞ」スノウは言った。

「いえ……あなたから」

「特に言いたいことがあるわけじゃないんだ。ちょっと元気づけようと思っただけで」

ヤーラは唇をなめた。「わたしならあなたを救える、と思う」

マッチの頭ほどのまばゆい感情がスノウの中で燃えあがった。

「あの巣穴……鎖がたくさんある場所」ヤーラが言った。「あそこでヘフェはほとんどの殺しを実行したの。彼は鎖を使って飛ぶのよ。ほんとに飛んでるわけじゃない――軽業みたいなものね。でも見たら驚くわ。壁のあちこちに足場があって彼はそこに……」

「足場なんて見なかったな」

「ほとんどの足場はずっと上のほうにあるから高すぎて見えないし、下のほうのやつは壁に溶け込んでいる。探さないかぎり気づかないわ。彼はそこにとまるの。飛行の合間に休むために」

「これもきみの設計なのか、足場とか、雲とか……きみがそういうこまかなことを決めたのか？」

「グリオールの設計よ。わたしが追加したのはひとつだけ。故障が起きたときのために、鎖を天井の軌道からはずせるようにしたの。それぞれの鎖に交換用のコードが設定されている。ここへ移ってきたばかりで、ヘフェにまだ飛ぶだけの力がなかったころ、技術者と何人かの職人を入れてすべてが確実に作動するようにしたの」

ヤーラは水をひと口飲んでグラスをナイトテーブルに置いた。

「数週間ヘフェといっしょに過ごして、二十四時間ずっと世話をしていたあいだに、彼がひどく身勝手になることがあるのに気づいて、わたしが期待したような存在にはならないんじゃないかと不安になってきたの」

「そいつは驚きだな」

「ヘフェを止める手段がほしかったから、技術者に賄賂《わいろ》を渡して中央部分の鎖をいっぺんに落とすことができるコードを用意してもらったの。初めはすべての鎖を落とすコードを依頼したんだけど、跳ね返り効果があると忠告されて――鎖がぜんぶ落ちたら部屋にいる人は全員死ぬだろうって。何度かそのコードを使いたくなったけど、これまでは自分の最初の判断を信じてきたわ」

スノウはなにがヤーラを変えたのか、なぜいまになって行動に出る気になったのかを推測することはできたが、チュイの一件がそれほど大きく影響したとは思えなかったので、たしかめるために質問したかった――なぜいまなんだ？　だがぐっとこらえた。そんなボタンを押してしまったら、ネガティブな感情が呼び起こされてヤーラが自分の決断を考え直してしまうかもしれない。

「コードというのは？」スノウはたずねた。

「巣穴の中、ドアのすぐ左側の目の高さにパネルがある。その中にキーパッドがあるの。入力するコードは71391。わたしの誕生日よ。7月、13日、91年。そのときが来たら、エンターキーを押せば彼は墜落する。でもコードを入力するのはわたしよ」

ヤーラはスノウの手を借りてベッドで上体を起こし、枕を背後に積んで支えにしてから言った。「とにかく、わたしにできるのはそれがせいいっぱい。ヘフェがいつもどおりの行動をとるなら、あなたを足場のひとつへ連れてあがって、彼が飛んでいるあいだそこに置き去りにする。わたしは鎖のどの部分が落下するか正確に知っているし彼が飛ぶのも見慣れている――わたしならタイミングがわかるけどあなたにはわからない。そのときは……あなたをあなたといっしょに上の階へ連れていかないかもしれない。でも彼はわたしをあなたのまま飛ぶのを見せるかも。それならあなたでもコードを使えるかな。なんとかして彼がわたしをあなたといっしょに連れていくよう仕向けないと。確実なのはわたしたちがおたがいに腹を立てていて彼の支配のやりかたについて議論を続けているふりをすること」

「どうしてそうなる？」

「ヘフェはわたしたちが言ったことに興味をもっていた。わたしたちが彼の興味を引き続けることができれば、いざあなたを殺すときにも、彼は自分がその議論にケリをつけるところをわたしに見せたがるはず」

「ぼくは高いところが得意じゃないんだ」スノウはすこしたってから言った。

「慣れてもらうしかないわね」ヤーラは首をまわして筋肉をほぐした。「もうひとつ。あなたにはヘフェにとどめを刺してもらうことになるかも」

「ちょっと待った。彼を高いところから落とすという話じゃなかったのか」

「ヘフェは墜落しても死なないかもしれない。飛び始めたばかりのころは何度も落ちていたのよ――まる一日は寝込んでいたけど、それだけだった」

「どれくらいの落下距離の話をしているんだ？」

「最長で五十から六十フィート」

「六十フィートの高さからコンクリートの床に墜落して生きているのか？」

「今回は鎖がヘフェの上に落ちるから――それで始末できるはず。でも彼が生きのびた場合にそなえて準備をしておく必要がある。マチェーテを用意して、あなたにそれを使ってもらわないと。わたしじゃ力が足りないから」

「銃はないのか？」

ヤーラは首を横に振った。「銃はないわ。狙撃手の一件があってから、ヘフェはそばにいる者には銃を持たせないの。あれば嗅ぎつけてしまうのよ」

「マチェーテのことは心配しないのか？」

「わたしが持っているのを毎日見ているわ。鶏を殺したり畑の雑草を切ったりするから。ヘフェは近距離での暗殺については心配していないの」

「まいったな！」

「あなたならできるわ！　ヘフェはたとえ死ななくても、鎖につぶされて気を失うはず」

「もっと高いところから墜落させたらどうだ？」

「ヘフェは観客にすべてを見てほしいの。ふつうは殺すつもりの相手を床に近い足場に置き去りにする。それから巣穴の中央でこの宙返りを始めるんだけど、その高さがだいたい三十から四十フィート。彼は壁にいる相手をさらって、もっと高いところへのぼってから床へ落とす。わたしはもう見慣れているから、それならタイミングがわかる。そうでないときは不規則なパターンで飛ぶから、わたしがタイミングをとれる確率はぐっと低くなる。それについて議論を重ねてもいいけど、わたしなら自分の命があやういときにそんな選択はしないわね」

その計画にまつわるなにかが、ヤーラが突然転向してスノウの大義に賛同したことが、なんだか薄っぺらで安易すぎるように思えた。もちろん、それほど唐突な転向でもない——スノウは一週間以上かけてこの変化をもたらし、ヤーラに彼への気持ちをじっくり考えさせたわけだが、それでも急な方針転換ではあった。

「おかしな顔をしているわね」ヤーラが言った。「なにかまずいことでも？」

「考えていたんだ……情景を頭に思い浮かべて」

ふたりは詳細を詰めた。ヤーラの話では、鎖は上下にスライドし、軌道に沿って前後するようになっていて、その動きはキーパッドで変更可能だが、ヘフェはあらかじめ振り付けされたシーケンスを起動するコードを入力するのがふつうらしい。村の通りに何台も停《と》まっている古い黄色のトヨタのトラックはＰＶＯのものだ。壊れているように見えるが、整備してガソリンも入れてあるので、ふたりで国境までそれに乗っていくことはできる。ヘフェが死んだらテマラグアにはとどまれない――狩り立てられるに決まっている。合衆国までたどり着けたら、どこかで腰を落ち着けて今後のことを決めればいい。などなど。その計画にはたくさんの〝もしも〟と〝それと〟と〝ただし〟がくっついていた。どれほど慎重に計画を練りあげたとしても、大きな幸運が必要になるだろう。スノウにはひとつどうしても気がかりなことがあり、そのせいで迷いも生じたので、最後に、なぜ技術者を関与させるリスクをおかしたのかとヤーラにきいてみた。

「たいしたリスクではなかったわ」ヤーラは言った。「ほかに道はなかったし、ＰＶＯがこのプロジェクトに関与した全員を消していることはわかっていたから」

「ああ、だけどその技術者は抹殺《まっさつ》されるまえにきみの秘密を暴露したかもしれない。それで助かると思ったらきみを裏切ったはずだ」

ヤーラの顔に暗いベールがかかった。「少しはわたしを信用して。その男にわたしを裏切る機会が来るまえに、わたしが始末したわ。コードが機能するのを確認したあと、すぐに刺し殺したの。ＰＶＯにはレイプされかけたと説明して」

スノウはこの告白に、ヤーラの声の冷徹さに当惑し、その反応を隠すためにうつむいて首のうしろをぽりぽりとかいた。

「ほらね」ヤーラは言った。「わたしは地獄に堕ちるって言ったでしょ」

それから数日かけて、スノウはヤーラにまつわるややこしい妄想をいくつもこしらえあげた。いちばんのお気に入りで、何度も思い返してしまったのは、ヤーラの計画はスノウから苦しみの最後のひとしずくを絞り出すことを意図した残酷な行為であり、処刑台へむかう彼を確実に従順にさせるための嘘であるという妄想だった。スノウはヤーラが死を待つ彼をあざ笑っている姿を想像した。彼女がふたりが喧嘩《けんか》しているという印象を強めるために別々のベッドで寝ようと主張したことも妄想を煽《あお》り立てた。ヤーラにとってスノウはもはや用済みであり、罠を仕掛けたいま、（彼女にとって）不快な性行為はもはや必要がなくなった——だから彼女の策略なのだ。それを信じるまでにはいたらなかったが、自分がどれほどヤーラに依存しているかに気づき、彼女があの竜を生きのびさせるためにどれだけのことをしてきたかを思うと、どうしても悪いほうへ考えたくなってしまうのだった。

「わたしがあなたを愛していると言わないのを不思議に思っているかもしれないわね」ヤーラがそう告げたのは、翌日の夜にスノウが彼女の部屋に立ち寄っておやすみを言ったときのことだった。

スノウは言われたことがあるはずだと思い、記憶を探って、ヤーラにそのときのことを思い出させようとした。

「自分がどうしてそんなに気持ちを言葉にしないのかはよくわからない。理由はわかってると思うんだけど、でも……」ヤーラは頭の側面を叩くふりをした。「ときどきこの中がぐちゃぐちゃになってしまって。でもまあ、それは見え見えよね」

「なにが見え見えなんだ？」

「わたしがあなたを愛していること」

ヤーラの声は少しも確信があるように聞こえなかった。彼女はランプシェードに青いスカーフをかけて光を弱めていたので、その表情を読み取るのはむずかしかった。

「ためらっているように聞こえたらいやなんだけど」ヤーラは言った。「まずヘフェのことを決めなくちゃいけなくて、そのあとであなたがほんとうにわたしを求めているのかどうか考えたの。それ以外にもいろいろ心配事やプレッシャーがあったし。あなたを愛しているけど、それを口にするのはなんだかばつが悪い気がして」

スノウはベッドに腰をおろした。「きみがなかなか他人を信用できないのはわかるよ」

「そうじゃないの。あなたはすごく変わったし……」

「ぼくは変わってないよ。基本的には相変わらずのポスト・ヒッピーだ」

ヤーラは考え込んだ。「わたしは変わった？　体のことは別として？」

「ああ。いまは以前より世慣れた感じになったし、自制心もある。以前ほどきまぐれでもなくなった」

「人を殺すとそういう影響があるのよ——道を踏み外すか、さもなければ驚くほど落ち着いてしまうか」

「それが原因とは思えないな。ぼくと出会ったとき、きみはもう人を殺していたじゃないか」

　ヤーラは驚いてスノウを見た。

「オーストリア人の男だよ」スノウは言った。「子供にわいせつなことをするやつ」

「どうしてそのことを知っているの？　わたしは話してないわよね？」

「ギジェルモが教えてくれた」

　ヤーラはひと呼吸置いてから言った。「シェーヴを殺したことはおぼえていないの。彼が血を流していたことはおぼえているけど、それがほんとうの記憶かどうかわからない。子供のころはいつもドラッグで頭がぼんやりしていて、はっきりおぼえていないことがたくさん起きていたの。とにかく……」彼女は手をさっと振って幼少期の話題を打ち消した。「わたしの感覚では、あなたと出会ったときだってわたしはだいたいこんな感じだったのに、あなたはわたしが変わったと言う。きっとあなたにとってもそれは同じなのよ。だからわたしが変わったのなら、あなたも自分が変わったという可能性を認めないと」

「そうかもな」

ヤーラはしばらく無言で横になっていた。「なにを言おうとしていたのか忘れてしまったわ。あなたがシェーヴの話なんかするから」

「すまない」

「いずれ思い出すかも」ヤーラは左右のこぶしをこめかみに押し付けた。「どういうふうに話をつなげたかったかは忘れても、なにを伝えたかったかはおぼえているわ。わたしたちはふたりともすっかりイカレているのよ」

スノウはくすくす笑った。「そう思う？」

「聞いて！　これは笑い事じゃないの」

「わかった。聞いてるよ」

「わたしたちはイカレている。わたしの場合は、初日から人生がめちゃめちゃだったから。そしてあなたの場合は……」

「イカレっぱなしの人生はぼくの野望なんだけど」スノウは言ったが、ヤーラは聞こえなかったふりをした。

「……わたしには理解できないかたちで世界に失望しているから。たぶんそんな感じ。ふたりでいっしょに過ごしていたあのころ、わたしたちはあまり〝愛〟という言葉を使わなかった。いちどでも使ったかどうかはわからないけど、ふたりともそこにはなにかあると知っていた。なにか力強いものが。でもそれに取り組むんじゃなくて、遠回しにふれるだけだった。

あなたがここへやってきた夜、あなたがわたしを愛していると言ったとき、わたしはそれが心からの言葉ではないことを知っていた……でも、まったくの嘘でもなかった。あれはあなたに言えるせいいっぱいだった。わたしはそれを感じて、だから応じたの」

言葉が奔流のように流れ出していたが、ヤーラはここでためらった。

「それに……その後はだんだん良くなった。夜ごとに良くなって……」彼女は力なくスノウを見つめた。「シェーヴの名前を出してほしくなかった。頭の中にいろんなイメージが浮かんで。なにも考えられない」

スノウがとなりで横になると、ヤーラは彼のほうへ顔を向けた――彼はそのひたいにキスをして彼女がリラックスするのを感じた。

「要点だけ言うわ」ヤーラは言った。「わたしたちはあと数日で死ぬかもしれない、ひょっとしたら明日にでも。これから起こることを避ける方法はないけど、これはひとつの好機でもある。もしもここを乗り切れたら、もしもおたがいのために立ちあがってやるべきことをやれたら、わたしたちのイカレっぱなしの人生を、わたしたちの不完全さを、すべて力に変えるチャンスを手にできるのよ。わたしがおかした悲惨なあやまちとか、あなたのあやまちとか、これまでに起きたあらゆることを考えれば、ほんのささやかな希望でしかない……でも、関係、愛、可能性、なんと呼んでもかまわないけど、それだけでも救い出すことができたら、わたしたちはそれを足がかりにできるかもしれないわ」

しゃっくりひとつの間も置かずにヤーラは続けた。

「ああ、なんだかうまくいかない。言いたいことをきちんと考えてあったんだけど、あなたがシェーヴの話なんかするから……ぽん！　すっかり頭から抜けちゃったわ」

スノウがゆっくり時間をかければいいと言うと、ヤーラはしばらく目を閉じていた。

「ところどころおぼえてはいるの。もしもヘフェを殺すことができるなら、わたしたちが死なせてしまった人びとに対する義務としてその機会を活用しなければならないということ。そしてもしも殺せたら、わたしたちがどんなふうに変わるかということ。それはわたしたちの魔法の薬になる。でも裏付けとなる理屈がなかったら……わたしが言おうとしていたように、きちんと整理されていなかったら……まったくのたわごとに聞こえてしまう」

ヤーラが言いたかったことをうまく思い出せないという件については信憑性《しんぴょうせい》があったので、スノウは彼女を疑ったことを申し訳なく思った。

「あのゴミ野郎の名前を口にするだけで頭がごちゃごちゃになるなんておかしいわね」ヤーラは言った。「こまかいことはたいしておぼえていないの。つまり、彼といっしょにいたことについては。ただこういう気分の悪い、超然とした感覚だけが残っているのよ、まるで夢の中のできごとみたいに。あなたがアンティグアで連れていってくれた映画みたいに。おぼえているでしょ、わたしがおかしくなってしまったときのこと？　彼の顔はぼやけてゆがんでいて、すぐ近くで、視界に入ったり出たりしていたわ、あの映画に出てきた男みたいに。

それだけ。彼についておぼえているのはそれでぜんぶ。でもあなたが〝シェーヴ〟と言うだけで、わたしはばらばらになってしまう」

「あんな話を持ち出してすまなかった」スノウはもういちどヤーラにキスした。「なんとか復活できそう？」

「自分に腹を立てているだけ。だいじょうぶよ」

「じゃあぼくはそろそろ戻らないとな」

ヤーラはスノウの手の甲に浮いた血管をなぞり、それを解かなければいけないパズルのようにじっくりと見つめた。「いいえ。戻らなくてもいいわ」


ヘフェが声の届く範囲にいるときはいつでも、ふたりは議論を再開して、相反するスタイルの統治法について論争を繰り広げた。スノウは、おそらくヤーラに依存していて、そのせいで無力感があったせいだろうが、自分が右翼の視点から議論ができることにささやかな満足感をおぼえていた――本音ではまったく同意できない主張ではあったが、それがふたつの政治的スタンスのうちではより現実的であることは認めざるをえなかった。彼は利他主義を加味した断固たる姿勢が平和で豊かなテマラグアをもたらすという主張を「左翼主義者のおとぎ話」とあざ笑い、ＰＶＯにその発足時からかかわっていた人物の口からそんなたわごとが出るのはなんとも妙な話だと揶揄《やゆ》した。

「彼女が言っていることは子供たちに聞かせるにはいいでしょう」スノウは言った。「自分の子供たちに気骨のない人間に育ってほしいと願うなら、ということですが。そんな陳腐な倫理観は子供たちを軟弱にし、母親のスカートにしがみつかせることになります。指導者は、民衆を支配する男は、そのような純朴さは捨てるべきです。彼には考慮すべき国家があるのです――どのような決断をくだしても苦しみや怒りを引き起こすさまざまな問題を毎日のように解決しなければならないのです。彼はそのような倫理観よりも、人の本能を抑制し行動を制限するだけの倫理観よりも、ずっと遠くを見なければなりません。その立場上、指導者にはより視野の広い判断力が求められるのです」

ヘフェはもはやふたりの口論に動揺することはないようだった。それどころか、こうしたやりとりを楽しんでいるようなそぶりを見せ、彼と同じ意見をヤーラあるいは（よりしばしば）スノウが口にしたときには賛意をしめすのだった。そしてチュイの事件があってから五日後の朝食の席で、ヘフェは飛ぶところを見せようとふたりを誘った。その態度はさりげなく、穏やかで、映画に誘ってでもいるかのようだった。スノウは動揺を隠せなかった。

ヘフェはスノウの肩をぽんとつかんだ。「だいじょうぶ！　きっと楽しんでもらえるよ」

ヤーラが椅子のかたわらからマチェーテを取りあげると、ヘフェは置いていくよう指示して、上の階に鶏がいるとは思えないと皮肉たっぷりに言った。

こんなに早い段階で計画に狂いが生じるのは吉兆とは言いがたかったが、階段をのぼり始めたスノウは、絞首台へむかう死刑囚の恐ろしい猜疑心を身をもって味わいながらも、じきに問題が解決するとわかっていることからくる安堵感《あんどかん》をおぼえていた。ヘフェが上着を脱いで黒タイツだけの姿でふたりのまえに立った。胸や腕の筋肉は異様にのっぺりしていて、背中のバランス筋肉と関節を守る筋肉だけがくっきりと盛りあがっていた。彼が藍色の雲の一部でカムフラージュされていた壁のパネルをひらいてキーパッドで数字を打ち込むと、ガラガラという騒々しい音とともに鎖が上下動を開始して、あるものは速く、あるものはゆるやかに軌道上を移動していき、銀色の目に沿って光がきらきらと流れた。ヘフェは薄い黒の手袋をつけてから、一本の鎖をつかんで上昇していった。

ヤーラがスノウの手を握り締めて耳元で叫んだ。「あなたが床へ戻ったら、走ってマチェーテを取ってきて！」

二十フィートほどの高さまで到達すると、ヘフェは空中へ身をおどらせて別の鎖をつかんだ。体をぶんと振ってより高い位置で別の鎖をとらえ、ふたたび体を振り、その流れを繰り返して上へ上へとのぼっていく。やがてスノウに見えるのは、動きまわる銀色の鎖の森の中を、けばけばしい光と戦場の煙のような雲という映画的な風景を背に突き進むちっぽけな人影だけになった。ヘフェは一連の旋回や宙返り、さらには急激な進路変更や反転をまじえながら降下して、数分後にはふたりのほんの数フィート上までおりてきたが、すぐにまた急上昇して、鎖から鎖へ矢のように飛び、四十フィート以上の空間を横切ってからまたもや進路を変え、きりもみやとんぼ返りといった複雑な離れ技へ突入した。声が届く可能性はほとんどなかったのに、ヤーラは激しく拍手して歓声をあげた。スノウは同じようにしろと肘でこづかれ、あまり気が進まないまま彼女に従ったが、その称賛は部分的には本心だった。それほどのスタミナと力と肉体の協調を目の当たりにしたのは初めてだったのだ。彼は鎖と雲の中にヘフェの姿を見失い、どこへ行ったのかとヤーラにたずねた――彼女が指差す先へ目をやると、ほとばしる金色の光を背に見えない足場にとまっている小さな点が見えた。それからヘフェがふたたび跳躍し、鎖の列の中を上昇し始めたが、進路を変えるために鎖の復元力や運動量を利用するどころか、ほとんどそれらにはふれることなく、まるで上昇気流にのって滑空しながら急降下や旋回を繰り返しているように見えて、そのあまりにもなめらかで優雅な空中演技は飛んでいるとしか思えなかった。

ヘフェが飛び始めてどれくらいたったのか、スノウにはよくわからなかった。一時間は確実だろう。さすがに拍手喝采を続ける意欲が薄れてきたので、無言でじっとたたずんでいたら、ヘフェがシャフトの床へ降り立ってふたりのところへ歩いてきた。奮闘のあとを物語るのはうっすらと光る汗だけだ。ヤーラは祝いの言葉をかけながら、彼の肩を叩いてにっこり笑ったが、スノウは見え透いた称賛をそれ以上続けることができず、なにかに気をとられているように目をそらし、パニックを抑えつけながら、集中すべきものごとのリストを確認していた。ヘフェは気取った笑みをたたえ、両肩をまわしながら誇らしげにスノウに歩み寄ると、彼をぐいとこづいて、煙のような雲が広がる壁のほうへ押しやった。スノウがあわててあとずさると、ヘフェはさらに強く押して彼をよろめかせた。スノウは両腕をばたばたさせてあおむけに倒れ込み、ヘフェはさっと踏み出して彼のベルトをつかむと、生きているかばんのようにじたばた暴れる男をぶらさげたまま壁へむかった。そこで鎖をつかみ、ふたたび腕に巻き付けて、それに引っ張られるままスノウもろとも上昇を始めた。

床がぐんぐん小さくなっていくのを見て、スノウはもがくのをやめて目を閉じ、恐怖のあまりめまいと吐き気をおぼえながらヘフェの脚にしがみついた。果てしない時間が過ぎたあと、体が持ちあげられるのを感じた。ついに恐れていた瞬間が来たと思って悲鳴をあげたが、下へ墜落することはなく、気がつくと壁に背中を押し付けられ、喉にかかったヘフェの手と足の下にあるなにか頑丈なもので支えられていた。これが足場か。左の靴を前方へ滑らせて探ってみたら、ほんの二、三インチで端にふれてしまった。

「心配するな」ヘフェが耳元で言った。「きみを傷つけるつもりはない」

スノウは目を細くあけて、すぐとなりで壁を向いて立っているヘフェを見てから、シャフトの底をちらりと見下ろした。ふたりはあまりにも高いところへのぼっていて、床が見えているのかどうかよくわからないほどで、視界に入るのはきらきらと光りながら上下動する鎖の混沌と、反対側の壁に広がるまばゆい雲しかなく、さらに目をあげていくと、秋を思わせる青い天井が手の届きそうなところにあった。緊張が高まり、膝ががくがくして、もしもへフェが窒息しそうなほど強く握っていてくれなかったら、きっと墜落していただろう。

ヘフェがスノウをそっと揺さぶった。「聞こえなかったのか？」

海底の噴出孔からほとばしる熱水のように、スノウの意識の暗い場所から精神のゴミがわき出して、子供じみた祈りと願いの沈泥へと変わった。

「落ち着きたまえ、友よ！　だいじょうぶだから！」

スノウは聞いたことがあった。とても高いところから墜落すると、人は地上に激突するまえに気を失うらしい。

「きみが高いところが苦手なのはわかった」ヘフェが言った。「だがわたしが支えているだろう？　リラックスするんだ」

ヘフェの顔は近すぎて表情が読めず、片方の耳と頰と首の一部が見えるだけだった。彼は乾いたにおいがして、酸味はかすかだった——アルカリ性の砂漠のようなにおいだ。スノウはぶるぶると息を吐き出し、ふたたび目を閉じた。鎖のガラガラいう音が彼の理性のふちをかじり取った。

「きみの助言でわたしは力をもらった」ヘフェが言った。「あれは大きな意義がある。ぜひわたしといっしょにいてもらいたい。これはただのジョークだよ。ヤーラをからかうためのささやかなジョークだ。それ以上の意味はない。わかるかね？」

スノウにはわからなかった。

「ヤーラはそれくらいのことをされてもしかたないと思わないか？　彼女についてきみが言ったことは正しかった」

騒音の中に声が混じっていた。走る車の窓ガラスに頭を押し当てているときタイヤのうなりの中に聞こえるような、催眠性のある、反響のきつい、アルビンとチップマンクスに不気味なほどよく似たかん高い声。不吉でありながら陽気なその声が、シンプルな歌で流れに身をまかせろと勧めてくる。流れに身をまかせろ、流れに身を……

「わたしを見るんだ！」ヘフェが言った。

ヘフェは上体を引き、確信の強さを物語るようととのえた顔をスノウに見せてから、ふたたび近づいてきた。「これでなにもかもうまくいく。きみの勝ちだ」

スノウはなにも言うことを思いつかなかった――笑みを浮かべてみたが、うまくできたかどうかわからなかった。

「これまではあまりきみと話す機会がなかったな」ヘフェが言った。「わたしのミスだ。申し訳ない。村できみを見つけたときはスパイだと思った。最初の晩にあやうく殺してしまうところだった。だがこの数日できみがわたしの立場をよく理解していることがわかってきた。ほかの者なら運命がきみをわたしのもとへ運んできたと言うだろうが、わたしのような男は自分で運命を切りひらく。わたしはきみの存在を感じ取ってそばへ呼び寄せたのだ、きみにわたしの胸のうちを言葉にしてもらうために」

ヘフェは手をスノウの喉からはずして頬をぽんと叩いた。スノウは眼下の深淵《しんえん》から引っ張られるのを感じて壁に沈み込もうとした。

「わたしは直感で理解するタイプだ」ヘフェは言った。「きみならわたしが自分の人生の閉ざされた部分にアクセスする手助けができるはずだ。初めてきみを見た瞬間にそのことに気づいたはずなんだが、いまになるときみが怖がっていたことがよくわかる。だからきみはわたしを拒絶した。きみには適応する時間が、わたしの存在に慣れる時間が必要だった。わたしは自分が人にあたえる影響をつい忘れてしまうのだ。いつでもそれに気づくというわけではない。どうやら自分自身には同じ影響をあたえることはないようだな」

スノウはヘフェの声を締め出して自分の足場に集中したかったが、ヘフェは彼の耳元でがなり続けてその意味不明な話を聞かせようとした。エンリケ・バサンの訪問のあとでヤーラを叱りつけたときに重要なことに気づいていたのかもしれないという、いくらかヒステリックではあるが説得力のある思い込みにとらわれているようだ――人間の姿に変身すると、竜は超人的なパワーをもつおしゃべりな愚か者へと退化してしまい、本来の状態に戻るとその巨体に広がって謎めいた伝説の宇宙獣になるのだろうか。いやわからない。どんな姿をしていようが、やはりゴミ野郎なのかもしれない。

ヘフェはスノウを抱き締めて頬にキスし、その動きにスノウは縮みあがった。「上に長くとどまりすぎたようだ」ヘフェは言った。「続きはあとでいい。いっしょに降りるとしようか。ジョークの仕上げだ。ヤーラは自分が負けたと知ったら驚くだろう。あの雌犬に思い知らせてやろうじゃないか、なあ？」

　スノウはこれから起ころうとしていることにいやな予感をおぼえたが、壁からおろしてもらえるかもしれないという思いがそれ以外のすべてを押し流してしまった。

　ヘフェはおおげさにウインクをして見せてから、スノウのベルトをつかみ、彼が反応する間もなく、近くの鎖へむかって跳躍した——スノウを左手にぶらさげたまま。スノウはほんの一瞬、ヘフェはやはり嘘をついていてジョークの種にされたのは自分だったのだと思ったが、そこで激しい衝撃とともに落下が止まり、ベルトのバックルが腹に強烈にくい込んで息ができなくなった。なんとか気を取り直したときには、ふたりは急速に降下していて、床がぐんぐん大きさを増していた。スノウは今度は目を閉じなかった——床を切望し、なにをおいても床を求め、床に上昇して自分を出迎えてもらいかった。ヘフェにコンクリートへほうり出されて、ざらざらした表面で頬をすりむいたときには、安堵のあまり泣きそうになりながらそこに横たわって床のすばらしい広さと堅固さを全身で味わった。それからヤーラのことを思い出してどこにいるのかと捜し、夕暮れの雲が描かれた壁にある、頭上三十フィートの足場にその姿を見つけた。ヤーラは彼を見つめていた——表情はわからなかったが、スノウは彼女から心臓めがけて恐怖の稲妻を打ち込まれたような気がした。ずっと上のほうで降下と上昇を繰り返していたヘフェが、壁のそばからさらに上昇してシャフトの中心部へむかった。その飛行はどこかおかしかった。さっきより動きが控えめで、華々しいところもなく、そのけだるげな雰囲気は、空中ブランコの芸人がゆったりと宙返りをして、次の派手な技を披露するまえに勢いをためているかのようだった。そこで披露される技がどんなものになるかに気づいて、スノウはパニックに襲われ、パネルへ駆け寄ってコードを入力しようとしたが数字を思い出せなかった。ヤーラの誕生日。7……7なんとか。くそっ！　スノウは頭を絞った。7、13、91。その数字を入力し、人差し指をキーパッドの上でかまえたまま、鎖の中にいるヘフェの姿を見つけようとした。ヤーラのむかい側の壁の高い位置から降下してきたヘフェは、自殺的なダイブを敢行する狂ったオリンピックの飛び込み選手のように、宙返りやひねりをまじえながらすでに中間地点に達していて、さらにそこを越えて……スノウはもはや手遅れだと思いながらもエンターキーを押した。

とんぼ返りがあと一回少なければ、よけいな見せびらかしがあと一回少なければ、ヘフェは自分を救えていたかもしれない。それでも、勢いがついていたので危機を脱するまではあと少しだった。ガラガラいう騒音が急に止まり、彼の優雅な飛行はコンクリートの床のはるか上方でもたつき、中断された。ヘフェの墜落にかかった時間は二秒か三秒だったが、スノウが記憶を呼び起こして再生したときには、終わるまでずっと長い時間がかかった。ヘフェは片手を突き出して、まだ天井につながっている鎖をつかもうとし、輪に指先をかすめさせたが、そのまま足を蹴り出したり腕を振りまわしたりすることもなく落下し、体はゆるやかに回転して横向きになった。彼は悲鳴をあげず、胸の悪くなるグシャッという音をたてて床にぶつかったときには、最後に足から着地しようとしたかのように、片脚が最初に接地していた。あおむけに落下したので、まだ意識があったとしたら、ぐにゃぐにゃになった鎖が合体して銀色の蛇の群れとなり、長い尻尾《しっぽ》をばたつかせ、全身をもつれ合わせて落下してくるのを目にしたはずだった。鎖はコンクリートの床に激しい衝突音とともにぶつかって、数十本がそれと同時にあらゆる方向へ飛び散り、一本はコブラのような敏捷《びんしょう》さでスノウのほうへまっすぐ飛んできて、ほんの数インチのところをかすめた。そして静寂がおりた。幸せな結末が約束されていたのに、なぜか不吉な静寂だった。巣穴はいまやゴシック様式の芸術品であり、シュールレアリスム演劇の最後の場面の舞台セットでもあり、結末をどうとでも解釈できる中世の残酷な寓話《ぐうわ》でもあった。周辺部のかなりの数の鎖がまだ天井につながったままで、巨大な壁面写真をカーテンのようにおおっていた。シャフトの底三分の一でコンクリートの塵のとばりが一面にかかり、その青白い霧が床の中央に山と積みあがった鎖を部分的にぼやけさせている様子は、どこかの不死身の怪物を閉じ込めている埋葬塚のようだった。

ヤーラがマチェーテを取ってきてと呼びかけてきたので、スノウは叫んだ。「きみが下へ降りてからだ！」

「マチェーテを！」

スノウは頑固にそれを拒み、ヤーラをおろすためになにをすればいいかと問いかけた。彼女は狭い足場で壁にぴったりと体を押し付け、両腕を広げてバランスをとっていた。足場からころげ落ちるのが怖くてうなずくこともできないのだろうと思ったが、ヤーラは一瞬だけ片手をあげて鎖の山を指差した。スノウにはなにも見えなかった。「なにを指差しているんだ？」

「彼は生きている！　鎖を見て！」

「どこだ？　なにも見えないぞ！」

「鎖の山よ！　わたしに近いほう！　いいから見て！」

なにも見当たらず、血痕もなく、生きているものの気配もなかったが、スノウはまえへ進み出て、周辺部でもつれている鎖を踏み越えた。金属製の木のうねうねとねじれた根のようなかたちをしていて、見た目は鰐《わに》の尻尾か、あふれんばかりの銀色の輪の下に頭を埋めた古代生物の背骨のようだ。鎖の山はスノウの身長の三倍の高さがあり冷たい光輝を放っていた。ゆっくりした足取りで、慎重に、動くものに注意を払いながら周囲をめぐってみたが、やはりなにも見えなかった。

「どこのことを言っているんだ？」スノウは叫んだが、そのとき、四、五フィートの高さしかない山の端のあたりで数本の鎖がかすかな盛りあがりを滑り落ちるのが目に入った。胸のうちで心臓が跳ねあがったが、それ以上の動きはなかった。

「鎖が滑って落ち着こうとしている、それだけだ！」スノウはヤーラを見上げた。「どうやってきみをおろせばいい？」

「まちがいない？」

スノウはもうしばらく鎖の山を見張ってから言った。「ああ！」

「パネルのところへ行って――999と入力して！　それで鎖が降下を始めるから！」

「ぼくがあがらなくていいのか？」

「床に着くまでならぶらさがっていられる！」

スノウの背後でじゃらりと音がした――鎖が動いて、山が盛りあがり、血まみれのこぶしがそこから突き出してヘフェの指が空気をかきむしった。

恐怖に駆り立てられるまま、スノウは階段室へ走った。どたどたと階段を駆けおり、マチェーテをつかむと、ふたたび駆け戻り、のぼりきったところで足を止めて勇気を奮い起こしてから、あらためて巣穴へ踏み込んだ。胴体と両脚に長い鎖がからみついていたものの、ヘフェはそのほとんどを振りほどいて膝立ちになっていた。胸と両腕の裂け目から血が流れ出していた――皮膚が切れたりすりむけたりしたのではなく、殻が割れたように見えた。ヘフェは悪意のこもった目でスノウを見たが、なにも言わなかったし威嚇するような動きもなかった。ヤーラが叫んだ。「殺して！　殺して！」ヘフェは彼女の声には反応せず、じっとスノウを見つめていて、そのスノウはこわごわと近づきながら、マチェーテを頭のうしろへかまえて、すぐにでも振りおろせる体勢をとっていた。

近づいたらヘフェが襲いかかってくると思ったのだが、距離が数フィートまで縮まって手が届きそうなほどになっても、彼は動かず、前進するスノウを目で追っていた。これで自信をつけて、スノウはヘフェの頭を狙ってマチェーテを振りおろした。ヘフェが腕をあげてそれをブロックすると、刃は腕の内側に沿って滑り、かんなのように皮膚をそぎ取った。人間の皮膚とはちがう、樹皮のような感触で、分厚い外皮が肉を守っていた。スノウは退却しながら、ヘフェに叩かれたときにその手がひどく硬かったことを思い出した。

「立ちあがらせちゃだめ！」ヤーラが叫んだ。「立ちあがったら、ますます仕留めるのがむずかしくなる！」

スノウにはヘフェが立ちあがることが**できる**とは思えなかったし、ヤーラの言葉が正しいのかどうかもわからなかった。鎖の山があって背後へまわり込まれる心配がないので、ヘフェの動ける範囲でもあらゆる角度からの攻撃をふせぐことはできるだろう。ひどい怪我をしたまま立ちあがってくれたら、広範囲から攻撃をしやすくなるかもしれないが、いまの体勢のままならもういちど正面からの攻撃を試すしかない。スノウがマチェーテの切っ先を突き出すと、ヘフェはやすやすとそれを払いのけた。そのままバックハンドでなぎ払うふりをして、姿勢を変え、ヘフェの頭頂部めがけてまっすぐマチェーテを振りおろす――だが、標的までの距離が近すぎた。ヘフェはスノウの手首を叩いてマチェーテを床のむこうへはじき飛ばし、彼のシャツの裾をつかんだ。スノウはそれを振りほどいて武器を取り戻そうと急いだ。まえかがみになったとき、ヤーラが警告の叫びをあげた。ヘフェがどうにか立ちあがって階段へむかっていた。右脚を引きずり、胴体を右へかしげて、ふらつきながら、何度も進路をはずれてはもとに戻している。ゆがんだ男がたどるゆがんだ道筋。スノウはあとを追って走り、ヘフェの膝の側面を狙ってマチェーテを振るい、腱を切ってやろうとしたが、角度が悪かったせいで、その一撃にはあまり力が入らず目に見えるようなダメージはあたえられなかった。ヘフェは老人じみたぎこちない緩慢な動きで向き直り、逆上した猫のようにシャーッと叫んだ。顔は人間らしさをすっかり失っていて、それが奥になにか不快で醜悪なものを隠す狡猾な仮面だったことが暴露されていたが、いまやその仮面の組織が崩壊して、腐食性の怒りがあふれだし、その矛先《ほこさき》はスノウだけでなく、自身以外のあらゆるものへ向けられていた。そいつを数千年にわたって生かし続け、いまやそいつの唯一の存在意義となった、悪意あふれる卑しい憎悪。これだけのことが一瞥《いちべつ》しただけで伝わってきたのだ。それはあたかも、竜の邪悪な細菌がふたりのあいだの距離を越えてスノウに感染し、ほんの一瞬でみずからの類似物を彼の脳内で繁殖させて共鳴する怒りをかき立てたかのようだった。ヘフェがよろよろと階段室へむかうと、スノウはその怒りにあおられるまま行動を起こし、その怒りに導かれるまま手を動かした。

スノウは前方へ跳躍し、その一撃の誠実さを感じながらマチェーテを振るって、ヘフェの首の横に刃を叩き込み、先端で顎の後方部分を横に切断した。ヘフェはカラスのような声をあげてさっと身を引き、肉と骨にしっかりとくい込んでいるマチェーテをスノウの手からもぎとった。血が刃のまわりからにじみ出てくる。ヘフェはさらにおぼつかなくなった足取りで階段室へ入り込んだ。そこで足を滑らせ、手すりをつかもうとしたが果たせず、前方へつんのめって、下の踊場《おどりば》までうつぶせに階段をごとごとと落下し、そのはずみでマチェーテがはずれた。なんとか立ちあがって先へ進んだが、傷口から流れる血がその背中を真っ赤に染めあげていた。

異様な静けさが、唐突に訪れた。異様だと思ったのは感情面のことではなく——ヘフェが死にかけていてもう脅威にならないことはわかっていた——その静けさが自分にあるとは知らなかった内なる源から生まれているように思えたからだ。スノウはじっとたたずみ、ヘフェがふらふらと視界から消えるのを見送ってから巣穴に戻った。ヤーラがヘフェにとどめを刺せと叫んでいたが、スノウはドアの脇のパネルに近づき、999と入力して鎖をガラガラと降下させた。騒音が彼女の叫びをかき消した。ヤーラの身の安全を確認すると、彼はゆったりした足取りで階段をくだり、マチェーテをひろって、食堂へ入った。サイドボードのかたわらで立ち止まり、ならんでいるウイスキーとテキーラの中から時間をかけて一本を選び出し、シングルモルトをダブルでグラスに注いでひと口味わった。震えで手がしびれていた。スコッチを飲み干し、ヘフェの血痕を追ってトンネルを進んだ。

スノウが施設を出るのはほぼ二週間ぶりで、トンネルの出口から見た昼間の光景は、世界の広さや村が築かれた草のない敷地を取り囲む丘のつらなりと同じように彼の方向感覚を狂わせた。どんよりした空の下で、八人か九人の女たちが——ふたりだけは薄っぺらなペニョワール姿で、あとはショールと色鮮やかな長いスカートときめの粗い土地の布地を使った刺繡飾りのあるブラウスを身につけていた——村とピンクハウスの中間あたりに集まり、スノウの位置からでは見えないなにかを厳しい顔でじっと見つめていた。トンネルの出口から踏み出すと、右手のほうにヘフェの姿が見えた——まだ脚を引きずっていたが、両肩を何度も上下させながらぬかるんだ地面をよたよたと走り、十ヤードほどいったところで足をもつれさせて体勢を崩し、濁った水たまりにばしゃんと倒れ込んだ。立ちあがるのにも何回かやり直さなければならなかった。血と赤煉瓦色の泥が混じったものが胸にも背中にもべっとり付いていて、絶望のあまり呆然《ぼうぜん》としたような顔になっている。スノウに気づいた様子は見せずに、もういちどトンネルにむかってやや短めの疾走を試み、最後に小さくジャンプを入れたが、結果は変わらなかった。スノウはヘフェが飛び立とうとしていることに気づき、彼は自分が竜の肉体をもっていないことを知っているのだろうかといぶかった。

ブロンドの髪をつんつんにとがらせた肉感的な黒人の女が、寒さでペニョワールの襟元をかき合わせながら、ヘフェをぐるっとまわり込んでスノウに近づいてきた。女はマチェーテの柄にふれて言った。「あんたがやったの？」

「ああ。ヤーラの手を借りて」

「ヤーラ？　ヤーラなんて知らないね」

「ラ・エンドリアーガだ」

「ラ・エンドリアーガはヘフェの女じゃないのかい？」

「彼女はヘフェの囚人だった。きみと同じように」

ヘフェがもういちど飛行を試みると、その女はマム語でほかの女たちに叫んだ——スノウに理解できた単語は〝ラ・エンドリアーガ〟だけだった。

村の女たちのひとりがなにか怒鳴り返し、黒人女がスノウにヘフェは致命傷を負っているのかとたずねた。

「そうだ」スノウはこたえた。「血を大量に失っているが、まだ危険かもしれない」

黒人女がこれを仲間たちに伝えると、ふたりの女が村へ走っていった。おそらく知らせを広めるためだろう。

ヘフェがまた倒れた——今度はしばらく横向きに横たわったまま、ぜいぜいと息をあえがせていた。

スノウの心の平穏はトレス・サントスの空のようなどんよりしたムードにむしばまれていた。雲はでこぼこになった装甲板の重さと堅さをそなえているように見えたが、下側が黒々とした雷雲の群れが北から迫り始めていた。ヘフェが再挑戦のために気力を奮い起こしていたとき、ヤーラがたどたどしい足取りでトンネルから出てきた。彼女はスノウのとなりに立ち、ヘフェがみじめな芸を演じるのを見守った。目には涙が浮かんでいた。きっと彼女自身への涙だろう、とスノウは思った。かつては前途有望だった男が、ヤーラが貴重な時間を投資した男が、いまやここまで落ちぶれた姿をさらしているのだ——駐車場でみずからの凋落《ちょうらく》と衰退をしめすショーを演じ、観客に投げてもらった硬貨で安ワインを買おうともくろんでいる、肝臓が半分しか働かない錯乱気味の浮浪者のように。

黒人女がスノウの腕をつついて耳元でささやいた。「ヘフェの女じゃないのに、そいつはなんで泣いているんだい？」

「彼女は人生のほとんどをヘフェの囚人として過ごしてきた」スノウは言った。「だれかとそれくらい長いあいだいっしょに暮らしていると、たとえ虜囚であっても、気持ちが混乱するものなんだよ」

女はこの嘘、というか半分の嘘に、なるほどというようにうなずいたが、困惑した表情が消えることはなかった。

さらに女たちがグループに加わり、初めよりも四倍ほどの人数にふくれあがった。庭用の道具を持ち出してきた者もいれば、とがった棒やこぶし大の石を手にした者もいる——明るい黄緑色のサテンのパジャマを着た少女は裁縫用の大ばさみを振りかざしていた。彼らはヘフェの近くで憤りをあらわにし、悪態のコーラスを浴びせていたものの、攻撃はせず、自分たちを苦しめた者を警戒していたが、ヘフェの飛行の試みはすでに終わったようだった。大きな水たまりの中で四つん這いになって、うつむき、全身を赤い汚物まみれにして、髪に泥をこびりつかせ、裂け目や切り傷から血を流し、唇からはルビー色のよだれの筋を何本も垂らしている――その姿は村にいる動物が、狂犬病にかかったパリア犬が、高熱で消耗し、暗い水面の醜悪な反射像だけを世界とみなしているかのようだ。スノウはヘフェに対して哀れみも、嫌悪も、怒りも感じなかった。なにか感じているとしたら、それは不愉快な職務を果たさなければならない職員のいらだちだった。彼はまえへ進み出てマチェーテの刃をヘフェの首に当てた。女たちが黙り込み、ヘフェのかぼそい息づかいが聞こえるようになった。ヘフェが頭をあげようとした――スノウを見ようとしたか、単に刃を当てられて警戒したのだろうが、頭が重すぎてむりだったか、さもなければ目を向けてその冷たく鋭利な物体がなんなのか知ろうとする意欲さえ失われていたのだろう。わかっていてどうでもよくなっていたのかもしれない。スノウは力を奮い起こし、マチェーテを荒々しく振るった。刃は深々と刺さり、骨まで達したが、ヘフェの反応はほんのわずかだった――ひと声うめいて身を震わせ、ほんの少しだけかしいだが、倒れはしなかった。とどめを刺せない自分にいらいらして、スノウは刃を引っ張ったが、それはまたもや抜けなくなっていた。ヘフェの両肩のあいだに当てた足を押し込みながら刃をねじりとると、彼は顔から泥水の中へ突っ込んだ。傷口から血がどっとあふれ出した。

スノウがもういちどマチェーテを振るおうとしたとき、ヘフェの吐く息が泥の中でごぼごぼと泡立ち、むせぶような咳の音とともに、その体がくるりとあおむけになった。全身を地面から跳ねあがらせて空中でひねるという、たいへんな身体能力を要する動きであり、スノウはヘフェの体力が奇跡的に復活したのかと恐ろしくなったが、すぐにそれはただのトカゲっぽい反射行動であり、生命力の最後の高まりでしかないと理解した。なぜならヘフェは明らかに死にかけていたのだ。四肢がぴくぴくと痙攣し、顔の造作は不気味に弛緩《しかん》し、喉からは粘っこい舌打ちの音が繰り返し漏れたが、それはなにかの内部機能が壊れたせいであって言葉を発しようとしているわけではなかった……ただし、その両目には数千年にわたって世界を汚染してきた毒のある憎悪のきらめきが残っていた。

女たちがヘフェに襲いかかった。最初は鍬《くわ》を手にしたイツェルで、彼女がヘフェの胸に掘った溝からは血があふれ出した。それからほかの女たちが続き、突き刺したり切り裂いたり叩いたりして、レイプや殺しや数限りない辱《はずかし》めに対する復讐にとりかかった。女たちはいっせいに押し寄せてヘフェを見えないように隠し、彼の破壊に加わろうとして押し合いへし合いを繰り広げ、恍惚《こうこつ》とした叫びで怒りと喜びをあらわしたが、そのとき一陣の熱気と虹色の光（見た目の印象は二流マジシャンが使うフラッシュパウダーと変わりがなかった）がぼろぼろの肉と粉々の骨からいきなり放たれたために、全員があおむけにひっくり返り、怯えた悲鳴をあげながら四つん這いであたふたと逃げ出して、宿敵と同じように泥とねっとりした血の混合物を体中に浴びるはめになった。ある者はその騒ぎのあいだに仲間の女たちの不注意によって切り傷やあざをつけられ、ある者はヘフェの死という安っぽいマジックから派生したなんらかの溶融プロセスで奇妙なやけどの跡を帯びていた。スノウは空を見上げて、あの波立つ光が雲の中に出現するのではないかと不安をおぼえた――十三年まえにチャフルの村の上空に見た、竜の生まれ変わりのしるしである光。だが、なにも実体化することはなかった。ヘフェは死んだのだ。完全な、取り返しのつかない死。

最後に、年老いた女がガソリン缶を運んできて中身をヘフェの死体にぶちまけた。死体はどんな種類であれ生物のようには見えず、まるで消化不可能なことが判明していてたとえ摂取しても吐き出してしまう赤い食物のようだった。老女がねじった紙片に火をつけてその上に落とした。燃えあがった炎は小さく、薄れゆく光の中で赤く透きとおって見え、じきに嵐を連れてくる冷たい北風に勢いよくあおられた。油っぽい煙が立ちのぼってすぐに吹き流された。村の女たちはピンクハウスにいた者も含めて全員が外へ出ていて、いくつかの小人数のグループに分かれて身を寄せ合い、その荒れ果てた無名の場所でじっと黙り込み、ときおり慰めや励ましのささやきをかわしていた。やがて炎が燃え尽きて、何人かはそれぞれの家へ帰っていったが、追加のガソリンが運び込まれると、多くの女たちがそこに残って第二の炎をながめ、ときおり燃えがらをつついてひと筋の透きとおった炎をかきたて、腸の断片や軟骨の破片をしっかりと焼き切った。空が暗くなって、冷たい雨がぽつぽつと降り始めたが、女たちはショールで頭を覆い、儀式に参列した粗暴な修道女のようにそれぞれの持ち場にとどまり、やがてその姿が影に沈んで、強まった風が砂ぼこりの味を女たちの口へ運ぶころには、竜のグリオールの残存物とその人間の化身はすべてが炭化した骨のかけらと化していたが、いずれは集められて粉々にすりつぶされ、神秘的な晩餐《ばんさん》で供される食事となって、脳の灰白質《かいはくしつ》の残滓《ざんし》も、まだ時がその揺り籠《かご》にあり空が創造の炎でまばゆく輝いていたころから周辺の丘を吹き渡っていた塵と見分けがつかなくなるだろう。

6

午後遅くに北方のネバフを目指してぼろぼろの黄色い小型トラックでトレス・サントスを出たころには、雨が途切れなく降っていた。村の女たちはふたりを祝いに参加させることにまったく興味をしめさなかった。女たちはすみやかに日常へ、伝統の暮らしへ戻ることを望み、スノウとヤーラのことは、あれだけの働きをしたにもかかわらず、歯牙にもかけようとしなかったので、そこに外国人《グリンゴ》と白いかたわ女の居場所はなかった。スノウとしては、トレス・サントスになど用がなくなれば一秒でもとどまりたくなかった。おそらくここの女たちは夢の中あるいはなんらかの代替品ないし影像という手段により永遠に憎しみを燃やし続けるのだろう。女たちの新しい夫たちは、仮にそういうことになったとすればだが、妻たちのそうした激情を生きのびられたら幸運と言えるだろう。

ヤーラはヘフェが死んでからほとんど口をきかなくなっていて、いまも話をする気分ではないようだった。トラックがわだちやくぼみを越えてごとごとと進んでいくあいだ、スノウはぬかるみでタイヤが滑らないように忙しくギアをあやつり、ヤーラはときおり脚をさするだけで――自分が安心するためなのかスノウを安心させたいのか、彼には判断がつかなかった――いっさいコメントも助言もしなかった。実のところ、スノウはあまり返事ができるような状況ではなく、フロントガラスに横から叩き付けてくる風と雨と、狭い道の右側の切り立った崖のことで頭がいっぱいだった。ネバフまでの道のりの半分を過ぎたころ、嵐が全力で襲いかかってきた。そのあたりの地域では特に激烈だとかすごく長く続いたとか言われるような嵐ではなかったし、その突然の到来にしても、えんえんと続く雷鳴にしても、マツ林を照らす強烈な雷光が、木々を骨のように白く色あせさせ、凄惨《せいさん》な略奪に対する厄除《やくよ》けと警告として山腹で燃やされる聖なる遺物のようにそれらを紫色の光輝で包み込む様子にしても、ごくありきたりなものだった。とはいえ、スノウがエンジンを切って役に立たないワイパーを止める気になるくらいの威力はあった。ガラスがふたりの吐息でくもらないように窓は少しだけあけておいた。雨は灰色のペンキのように濃密に降り注ぎ、そのドラムのような音は耳を聾《ろう》さんばかりに強まっていた。スノウはヤーラと話をしたかったが、いまは嵐とそれがもたらす光と音がありがたかった。きちんと整理してじっくり考えなければならないことがあまりにも多すぎたので、これまでに起きたことや今後について話し合えるようになるのはもっと先のことだ。とはいえ、かび臭い運転席にすわって、世界から隔絶され、現実と空想の精霊に取り囲まれ、沈黙と、ギアボックスと、ドリンクや地図などをおさめる仕切りでおたがいから切り離されていたところで、それがましな解決策になるわけではなかった。先のことを考えると、国境の検問所でどうやって交渉しようとか、どこで暮らそうとか、ヤーラのような傷ついた女をそばに置いてなにをしようとか、不安ばかりがつのってくる。そうした屈辱的な現実問題と恥ずべき懸念は、ふたりがあらためてつないだ絆を、すでにいちど壊れていた絆を、なすすべもなく消し去ってしまうだろう。そんな陰気な考えに抵抗できればとは思ったが、それらはスノウの心に深く染み込んでいた——あまりにも長いあいだ、錯覚から生まれた愛が成就することはないという考えや、あらゆる真実は嘘へ作り替えることができるという原理と共生を続けてきたせいだ。スノウからすれば、ふたりが体験したことも感じたこともやったこともいずれはただの記述へと矮小化《わいしょうか》され、ヒーローたちは過度に単純化されたりその勇敢な資質が日常の些事に埋没したりして、何度も何度も語られるうちに物語は低俗になり驚異は失われて——愛と救済も、受難と喪失も、謎と死もあったのに——最後にはなにも起きなかったことになってしまうとしか思えなかった。

雨が弱まって嵐のもっともきつい部分は低地へ去っていった。スノウはエンジンをかけた。ヤーラが仕切り越しに手をのばしてきたので、彼はその冷え切った指を温めてやった。ヤーラの顔には理解しがたい静穏があった。きっとスノウには縁のない女だけの秘策があるのだろうと思ったが、その表情を見たとたん、彼の中で生まれたなにかが急に生気を放ち、スノウはふたりで成し遂げたことを、怪物を消滅させたことを、殺せるはずがない相手を殺したことをあらためて実感させられた。過去のあらゆるネガティブな信念に反することではあったが、スノウは信じるという行為を受け入れた……魂の結合を信じ、なにかを成し遂げることや気高い義務を信じ、自分は二度とヤーラを見捨てることはないしヤーラも彼を見捨てることはないと信じた。

　ラジオからぱちぱちと雑音が流れ出して、サルサ歌手たちが不正を嘆き、ポピュラー音楽の歌姫たちが果てしなく些細なことを褒めたたえた。ヤーラは知っている曲があるといっしょに歌い、ふたりはお気に入りのバンドやできの悪い映画など取るに足りないことを語り合い、おたがいの結びつきを再確認するために体をふれ合わせた――いまやふたりはおたがいの故郷になっていたからだ。ハイウェイに出るとふたりは黙り込んだ。ヤーラは窓の外を見つめ、スノウは車の流れに集中して、どちらもそれぞれの思いに沈み、どちらも暗闇にぱっとひらめく疑いと恐れの萌芽《ほうが》をなんとか無視しようとしていたが、そこにある敵意の強烈さは、ふたりが車を止めて給油をしたガソリンスタンド兼ホテル兼売春宿でも変わりがなかった――でかくて、不格好で、下品な建物は、全体がレモン色の輝きに包まれ、地元の悪魔とその息子たちの総本部のようでもあり、玄関先で道路に沿ってならぶミニスカート姿でしなをつくった六人の女たちは、薄暗がりの中から高速で通過する車にむかって乳房をあらわにし、それを監視する金歯をならべたチェーンスモーカーの悪魔は、行きつ戻りつ歩きまわり、車や女たちだけでなく、目に見えるあらゆるものに悪態をついて、この世の終末をあっせんしていた。酔っ払った十代のインディオの兵士たちが、AK—47を手に玄関先でたむろし、まわりにいる人びとを困らせていた。遊び半分に脅してやろうという気持ちで、ひとりの兵士がヤーラのスカートの裾をライフルの銃身で持ちあげ――変形した両脚を見てすぐにまたスカートをおろし、十字を切って、友人たちと協議を始めた。兵士たちがさらなる調査を決断するまえに、スノウはヤーラをトラックへ押し込み、大急ぎで出発した。それからは田舎道や、裏街道《ブルーハイウェイ》や、地図にも載っていない小路をたどって北西へと車を走らせ、ふつうの怪物とふつうの誘惑が待つふつうの領域に入り込み、死を拒絶するためだけに存在している町をいくつもとおりすぎていったが、目指す先にある皮肉な〝魅惑の地〟とやらは、果てしなく続くセール、ヌードダンサーによる癌募金、新しい迷信にもとづく政策など、多彩な犯罪的妄言にあふれた〝偉大なるアメリカのごった煮〟であり、ふたりの支えとなるものはなにもなく、たしかなこともなにもなく、あるのは彼らの不完全さがもつ力とその胸のうちにある竜の再生を願う思いだけ——そして進みゆくふたりの背後では古き世界が身震いして光が炎を放ち咆哮した。

作品に関する覚え書き

タボリンの鱗《うろこ》

この物語はグリオールを滅ぼそうという早まった試みだったが、本書に収録した各作品のおかしなところはどれもがたくさんの可能性を生み出しているように思えるところだ……最後の作品ですら、というか特に最後の作品では、数ページ書くごとにまた別の物語が生まれるきざしがあるような気がしたものだ。竜が死ぬのをいやがって、興味をそそるさまざまな可能性を提示し、わたしに彼を救わせようとしているみたいだった。いまではわたしが死ぬまではグリオールが死ぬことはないのではないかと思っている。

この覚え書きの執筆を始めたころ、わたしは破滅的な流感にかかっていたので、どんなものにしようかはっきりと考えていたわけではなかった……だが、見たところそれぞれの覚え書きに共通しているのは、執筆と周辺環境との関係というテーマのようだ。ただし、「タボリンの鱗」の場合は、そのテーマについて語れるめぼしいことはなにもない。当時住んでいたのはオレゴン州ポートランドで、いま住んでいるところと同じだ。日々の暮らしは基本的には平穏で、快適で、執筆は順調で、物語はあっさりと出てきた。この作品の背景についてほんのわずかでも興味深い点があるとしたら、主人公であるジョージのもとになっている男のことくらいだろう——ニューヨークシティでたまたま知り合ったきゃしゃなパンクロッカーで、生計を立てるためにニューヨーク州北部のガレージセールに出かけて、収集価値のある骨董品《こっとうひん》を見つけては、それを転売していた。夜になると髪をとげとげにして、悪鬼のような勢いでマイクに吠《ほ》えて、口にためた唾を空中へ吐いてはそれを顔で受け止めようとする男の活動にしてはずいぶん整然としていると思ったものだった。ここは推測するしかないのだが、オフィスと自宅があって所持品を国内のあちこちの収納ロッカーへあずけたりしていない作家たちとは感じ方がちがうかもしれない――わたしは自分の所持品が何人かのオークションバイヤーが放置されたロッカーに入札するリアリティショーに登場しないかと期待することがよくあって、もしもそうなったら、落札者がわたしのガラクタをひっかきまわし、ヒューゴーだかハワードだかなにかそんなものを困惑した目でながめ、どんな敗残者ならからっぽのタバコの箱を落書きだらけの本と汚れた洗濯物を入れた箱にわざわざためておくのだろうと悩むのを見物できるのだ。

まあ、十人十色ってことじゃないかな。

スカル

ある晩、グアテマラシティのセイス通りにある混み合ったアーケードでパチンコをしていたとき、ときどきあることなのだが、わたしはゲームに没頭しすぎてまわりでなにが起きているかわからなくなっていた。ふと顔をあげると、アーケードから客がいなくなって経営者が金属製のドアを引き下ろそうとしていただけではなく、通りからも往来が消えていて、ごく少数の怯《おび》えた様子の歩行者たちが身を隠せる場所へあわてて走っていた——セイス通りはニューヨークシティのブロードウェイみたいなもので、いつでもにぎわっていたので、こんなに急に人影が消えるならなにかまずいことが起きたのだと察せられた（そのときは知らなかったことだが、左派の学生たちとインディオの活動家たちが、グアテマラの前大統領が祝宴をひらいていたスペイン大使館を占拠して、前大統領と大使館職員を人質にとり、農地改革に関して対話を求めていたのだった）。泊まっていたホテルを目指して走り出すと、軍の車両（ジープ、装甲兵員輸送車、などなど）が脇道を移動しているのが目に入った——だがホテルはまだまだずっと先だったし、わたしは外国人《グリンゴ》で被害妄想気味で、つかまって殴られたり、もっとひどいことになったりするのが恐ろしかったので、ひとりの男が戸口へ滑り込むのを見かけて急いでそのあとを追ってみたところ、そこはゲイのナイトクラブだった。カウンターにならんでいる大勢の若い男たちに加えて、数十人の魅力的な女たちがテーブルで席についていた。だれもが通りで不都合なことなどなにも起きていないかのように楽しくやっていたので、いくらか安心感をおぼえたわたしは、それから何時間か店にとどまり、バーテンダーからあれこれ教えてもらった――その女たちは〝ロリータ〟（インコ）と呼ばれる上流階級の妻たちや情婦たちであり、他愛もないことを磨きあげて現実に対する鎧《よろい》にしているとか、クラブに彼女たちがいることがゲイの男たちをいやがらせから守る役に立っているとか。バーテンダーはさらに、もしもその気があるなら寝るのは簡単だが――女たちの多くは極度の尻軽だった――それにはリスクがともなうと言った。彼女たちの夫やボーイフレンドはたいていが右翼で、場合によっては軍の関係者なのだ。

大使館を占拠した左派グループの行動のきっかけは次のような事実だった――国の北方の広大な牧場の所有者たちは、彼らの土地にインディオが住みついていて、しかも長期間なので法的権利が生じてしまうことに気づいたとき、その問題をまちがいなく負ける裁判にかけようとはせず、ただ軍を雇ってインディオたちを虐殺してその集落を壊滅させた。左派の人びとは行動を起こせば農地改革について対話を始めることができると期待していた。政府の対応はどうだったかというと、占拠の数時間後に大使館を焼夷弾《しょういだん》で攻撃し、屋内にいたすべての人びとをスペイン大使や前大統領も含めて抹殺《まっさつ》し、その後は一週間グアテマラシティを閉鎖して、空港も閉鎖し、市内から出ようとしたり逆に入ってこようとしたりしたバスをすべて燃やし、権力を誇示した。それはとてつもなく緊張の高まった時期で、人びとは少しでも予期しない音がすると跳びあがり、ほとんどすべての町角に昼夜を分かたず兵士たちがびっしり常駐していた。わたしは翌日にはホンジュラスへ出国しようとしたが、許可されなかったので、その週は例のナイトクラブでかなりの時間を過ごした。そこにたむろしていた女たちに関して、わたしはこの作品の主人公ほど大胆ではなかったが、そのうちの数人とは何度も話をしていて、ルイーサ・バサンというキャラクターと物語の重要なターニングポイントとなるできごとについてはそれを参考にさせてもらった。

　すべてのグリオールの物語の中で、これはわたしの人生経験とわたしがかなりの時間を過ごした中央アメリカの政治情勢をもっとも色濃く反映している作品だ。テマラグアはもちろんグアテマラをかき混ぜたものだし、組織的暴力党《PVO》は現実のグアテマラの政党で、わたしが初めてそこを訪れたときには大いに権勢を振るっていた。この作品におけるフィクションとわたしの現実の冒険との相関についてはほかにも一ダースは指摘できるが、そこまでは必要ないだろう。重要なのは――少なくともわたしにとっては――「スカル」を執筆したことでグリオールについて書きたいという当初の意欲が戻ってきたことであり、もしも竜とその境遇に関してさらなる物語があるとしたら、それはこれまでの作品以上に政治ファンタジーという中心テーマに焦点を合わせたものになると思う。

解説

池澤《いけざわ》　春菜《はるな》

なるべくたくさん本を読みたいと思っている。一年に二百冊ではまだ足りない、と自分的には思うけれど、人からはよく「どうしてそんなに読むの？」と聞かれる。

答えはすごく簡単。『竜のグリオールに絵を描いた男』のような本に出会いたいからだ。たくさん読んでいれば、中にはあまり好みではない本もあるし、二回は読まない本もある。でもそういう本を百冊読んで、一冊『竜のグリオール』のような本に出会えたら、補って余りある幸せだと思うのだ。

『竜のグリオール』は、奇跡だった。文章の密度があまりにも濃くて、滑らかで、驚嘆しながらぐいぐい読んで、はっと気がついて勿体《もったい》なくてページをあえて戻ったりする。知っている言葉なのに、目眩《めまい》のするような新しい感覚をもたらしてくれる。少しでもこの本に浸っていたい、と思える極上の時間だった。

前巻は、全長六千フィート（約一・八㎞）に及ぶ巨大な竜、グリオールにまつわる連作短編集だった。

　今は身じろぎもせず横たわり、その周囲には街が築かれている。竜を殺したいけれど、あまりに大きすぎて手を拱《こまぬ》いている人々の元に、ある若き画家がやってくる。彼は、竜の体に絵を描き、その絵の具に含まれる毒で徐々に弱らせ、やがて死に至らしめる計画を持っていた。数十年にわたる、壮大なプロジェクト。

　グリオールは何もしない。ただそこにあるだけだ。

　でも、グリオールをめぐって人々は変化する。それはグリオールが放つ暗い霊気のせいだとされているが、本当のことはわからない。若き画家は、鱗狩人《うろこかりゆうど》の娘は、宝石研磨工の男は、自分自身から狂っていくのかもしれない。

　物語の中心に、傲然《ごうぜん》と、圧倒的存在感で横たわっていたグリオール。徹頭徹尾（この言葉を今、人生で一番正しく使えている気がする）、動かなかったグリオールが、今作では動きまくる。なんと、空を飛ぶ!!　そんなアグレッシブなグリオール、知らない。

　そう、今回「タボリンの鱗」に出てくるのは、ヤンググリオールだ。飛ぶし、火も噴く。台詞《せりふ》をつけるなら、絶対「ひゃっはーっ!!」だ。イキリヤンググリオール、寝ているだけの老年グリオールとはまた違う魅力があって、非常にいい。

　そしてグリオールの死後の物語、「スカル」。舞台はぐっと現代に近い、中南米の架空の国（テマラグアはグアテマラのアナグラム？　と思っていたら、やはりそうであることを覚え書きで確認)。ここでもグリオールは飛ぶ。無理矢理、何とか、強引に飛ぶ。竜は空気と火の生き物だと言うけれど、だとしたら地面に縛り付けられたままのグリオールはどれだけ憤《ふん》懣《まん》を抱えていたのだろう。その鬱屈《うっくつ》したエネルギーと、中南米の混乱した、残酷で気まぐれで生々しい現実は、とてもよく似合うように思える。

私事になるが、今、チリに住んでいる。

先月、この国では大きな暴動があり、未《いま》だ収まっていない。わたしが住んでいる地域は安全で美しい、富裕層の多く住む街だ。家具付きのマンションには二十四時間コンシェルジュがいて、家から五分の所には美しい公園と、巨大なモール。徒歩圏内には九軒のスターバックスがあり、オシャマルクと呼んでいる大きなスーパーもある(元の名前がウニマルクというのだけど、ここの店舗は富裕層向けの品揃《しなぞろ》えとおしゃれな店の作りなので通称オシャマルク。駅の近くにはもう少し小さくてぼろっとしたショボマルクもある)。

休日に買い物に行く下町はもう少し南米っぽい雰囲気もあるが、全体的に首都サンティアゴはアメリカかヨーロッパの一都市のようだった。

それが一夜で急転した。

大学のクラスメイトから朝送られてきたメッセージ、「学校の近くで大きな抗議活動、催涙ガスと火炎瓶、気をつけて。危険なので、今日はわたしは帰る」。それが十月十六日。そして十八日に大きな蜂起があり、チリは一気に暴動と略奪、放火、軍と警察と民衆がぶつかり、ゴム弾と投石が飛び交う世界になった。夜間外出禁止令が発令され、放水車と特殊車両が目の前の道路を走っていく。家の裏の、緑がいっぱいで馬がのんびりと馬場を走っていた軍の士官学校は、昼夜を問わず銃を持った兵士を満載したヘリがやってくる緊急離発着場になった。

夜だけでなく、昼間も外に出られない。買い置きの食べ物を少しずつ消費しながら、ニュースにかじりついて、わからないスペイン語を必死で聞き取っていた。

南米の優等生と言われたチリの、突然の変貌。きっかけはメトロの運賃の値上げだった。三十ペソ、約四・五円。こちらのメトロは時間帯によって値段が違うが、定額だ。どこまで行っても、一番高くておよそ百円。二時間以内なら、バスの乗り継ぎも含まれる。東京都内で、下手したら一日に千円を超える運賃に耐えていた身としては、なんて安いんだろう、と喜んでいたのに。

たった三十ペソ。でも、以前は半額だったのだ。度重なる値上げは、最低賃金が月四万円の層、そしてそれすらない非正規雇用の層の怒りに火をつけた。チリは、一人当たりの資産額が南米で最も多い。だがその富を握るのは、ごく僅《わず》かな人々だ。経済格差、階級格差を乗り越える術《すべ》がない。その絶望が人々の中に巣くっていた。社会の不平等さを示すジニ係数は〇・四六（〇・四が、暴動や騒乱の可能性が上がる警戒ラインだ。日本は〇・三八）。

政府は大きな決断をした。二〇二〇年四月に国民投票をし、憲法改正の是非を問おう、と。一時期はチリの奇跡、とまで呼ばれたネオリベラリズムが抱えていた歪みをただそう、と。メトロ運賃の値上げも撤回された。

それで暴動は収まるかに見えた。だが、その発表から一週間が過ぎた今日も、未だに略奪と放火とデモは続いている。昨日は幹線に当たるリネア1が全駅閉鎖となり、大学から帰るのにとても苦労した。歩いて五分のモールの中で暴動があり、TVも基幹ケーブルを切断されて不通になった。

どう考えても、その暴力は自分自身に跳ね返ってくるのに。もう、理屈や論理ではないのかもしれない。一度溢《あふ》れたエネルギーは、国を壊し、生活を壊し、全てを一度焼き払うまで止まらない。

その混沌《こんとん》を目の当たりにしながら、ふと、この国にも見えないグリオールが横たわっているのかもしれない、と思った。

長々と私事を書き連ねてしまったが、ルーシャス・シェパードの経歴などについては、前巻のおおしまゆたかさんの完璧な解説をお読みいただくのが一番だと思う。

このグリオールには、あと一編 *Beautiful Blood* がある。近いうちに、最後の連作に触れられることを願っている。

その三冊目が出る頃、世界はまた変わっているのだろうか。見えないグリオールとわたしたちは、どう向き合っていけばいいのか、少しでも答えが見えていますように。

収録作一覧

「タボリンの鱗」（"The Taborin Scale"）
※二〇一一年度ローカス賞最優秀ノヴェラ部門候補作。
初訳

「スカル」（"The Skull"）
※二〇一三年度世界幻想文学大賞最優秀ノヴェラ部門候補作。
初訳

タボリンの鱗《うろこ》
竜のグリオールシリーズ短篇集

2020年1月2日　初版第一刷発行

著 ……………………… ルーシャス・シェパード
訳者 ……………………………… 内田《うちだ》昌之《まさゆき》
カバーイラスト ……………………… 日田《ひだ》慶治《けいじ》
カバーデザイン ………… 坂野《さかの》公一《こういち》(welle design)

発行人 ……………………………… 後藤明信
発行所 …………………… 株式会社竹書房
〒102-0072 東京都千代田区飯田橋2-7-3
電話：03-3264-1576(代表)
03-3234-6383(編集)
http://www.takeshobo.co.jp
印刷所 …………………… 凸版印刷株式会社

定価はカバーに表示してあります。
乱丁・落丁の場合には竹書房までお問い合わせください。

ISBN978-4-8019-2120-7 C0197
Printed in Japan